PAUL HERVIEU

DE L'ACADÉMIE FRANÇAISE

✦

PEINTS PAR EUX-MÊMES

PARIS

MODERN-BIBLIOTHÈQUE

ARTHÈME FAYARD, ÉDITEUR

78, BOULEVARD SAINT-MICHEL, 78

Peints par Eux-Mêmes

TU SAURAIS, J'ESPÈRE NE TE DÉCLARER VAINCUE QU'AFIN D'EN STIPULER LES HONNEURS DE LA GUERRE.

(*Lettre 34*).

PAUL HERVIEU

DE L'ACADÉMIE FRANÇAISE

Peints par Eux-Mêmes

Illustrations d'après les aquarelles

DE

RENÉ LELONG

PARIS

MODERN-BIBLIOTHÈQUE

ARTHÈME FAYARD, ÉDITEUR

78, BOULEVARD SAINT-MICHEL, 78

—

À

mon cher ami et confrère

Louis LEGENDRE

ce livre sans hypocrisie.

P. H.

POUR ÊTRE LIBRE, POUR ÉCRIRE, POUR TOUT FAIRE AU MONDE,
POUR QU'ON PUISSE ÊTRE UN PETIT PEU HEUREUX...

I

Madame de Trémeur à Monsieur Le Hinglé,
112, avenue Marceau, Paris.

CHATEAU DE PONTARME
Par Chapelle-sur-Esve
INDRE-ET-LOIRE

Vendredi, 1 heure du matin.

Hélas ! cher bien-aimé, me voici donc arrivée loin de vous. Je suis entrée avec une âme de prisonnière dans ce château, dont le seul mérite à mes yeux est celui d'avoir bien l'air de la prison qu'il va être, pendant un affreux bout de temps, pour moi. Des ponts-levis, des fossés, des tourelles, des donjons !... C'est à se demander si les gens qui sont en villégiature ici ont réellement le droit d'expédier, sans visa, leurs lettres au dehors. Du reste, si je n'étais prête à tout plutôt que de me priver de vous écrire, je devrais renoncer à le faire. Songez que le facteur ne passe qu'une fois, à huit heures du matin, et qu'il me faudra descendre au petit jour dans une démarche bien suspecte, pour éviter de me confier, avant les derniers instants, à la boîte du vestibule. Aussi je vous supplie d'excuser, mon bon trésor, ce que cette difficulté et cette anxiété pourraient vous sembler avoir mis de froid et de réserve inaccoutumée dans ces lignes.

Ah ! tenez, pour être libre, pour écrire, pour tout faire au monde, pour qu'on puisse être un petit peu heureux, il n'y a que Paris. Dieu sait si j'aimerais vous avoir sous ce toit, vous sentir là, près de moi ! Et, cependant, je devine sûrement que le séjour ici n'offrirait aucune circonstance favorable à vos moindres exigences de cher exigeant chéri. Vous seriez perdu dans un dédale de couloirs et d'escaliers tournants, à quelque étage d'une tour lointaine, d'une tour de la la Faim. Il n'y a que Paris. Et quand j'entends dire à une femme qu'elle aime Paris, j'en sais tout de suite long sur elle, parce que, pour nous, c'est *cela* que Paris signifie.

Comme j'avais à le craindre, les Pontarmé nous avaient fait préparer deux chambres communiquant, entre mon mari et moi. Naturellement, j'ai réclamé une autre disposition d'appartement, sous le prétexte que celle-ci était au Nord, où je devenais d'ordinaire malade. Certain sujet a beau avoir été convenu et réglé pour la centième fois avec un mari, j'avoue que les résidences à la campagne me font toujours peur. La bonne vieille Mme de Pontarmé était toute désorientée de ce qu'elle s'obstinait à retrouver deux chambres qui satisfissent pareillement son idéal de communication en matière de ménage. Heureusement, sa fille aînée est venue à mon secours. Il y a des affinités constantes entre deux femmes qui ne peu-

vent pas sentir leur mari. Aussi, tâchez, à
l'avenir, d'avoir plus de justice, et même

mon Glé-Glé, crois-tu qu'il doit me détes-
ter! Mais sa disette ne fait pas notre abon-

« MOI JE VOUDRAIS
SAVOIR DESSINER POUR MIEUX
TE DÉCRIRE MA CHAMBRE...

de la sympa-
thie, pour mon
amie Anna de
Courlandon. Grâce à elle, je suis installée
dans l'aile de droite, et mon mari dans
l'aile de gauche. Du reste, je dois reconnaître qu'il a été très chic. Il feignait de croire,
encore plus que moi-même, à la nécessité
que j'eusse une chambre au Midi. Dites,

dance. J'appréhende même qu'il ne m'oblige
par taquinerie, ayant la certitude que je
m'ennuie, à rester au moins quinze jours
dans cette Bastille. D'autant qu'il y a ici
son Jean de Nécringel, avec qui il peut
faire de l'exercice et se taire sans rien
avoir à écouter. Ils goûtent ensemble, à
cheval ou en chasse, des silences vifs et ani-
més.

Au moins si je paraissais m'amuser beaucoup, peut-être cela donnerait-il à mon mari
l'idée de m'emmener? Mais comment pour-

rais-je avoir cet air-là, dans un endroit où tu n'es pas! Tu ne le voudrais pas, dis? Et moi, j'aurais honte, même de m'y forcer. Oh! quinze jours, mon exigeant chéri! Vous allez trouver cela bien long, n'est-ce pas?... Mais vous ne le trouverez pas trop long, surtout! Te connaissant comme je te connais, je deviens toute inquiète dès que je ne me sens plus auprès de toi, à tes ordres. Et vous aimant comme je vous aime, je n'aurais point la ressource de seulement un petit peu moins vous aimer pour les choses que vous m'auriez faites qui ne seraient pas des choses à moi. Alors, tu penses ce que ce serait affreux!... Quinze jours sans te voir! Combien y a-t-il de temps que cela ne nous était arrivé? Oh! donne-moi bien de tes nouvelles, de tes nouvelles, interminablement. Dis-moi tout ce que tu auras vu, dit, entendu, toutes les gens et toutes les choses. Fais en sorte que je repasse partout où tu auras passé. C'est si abominable que je ne sache pas ce que tu deviens, juste en ce moment. Peut-être es-tu rentré, dès ce matin, à Paris, pendant que j'essayais encore de te regarder chez les Montmirail, dans leur propriété que je ne connais pas, mais où tu m'as dit qu'il y avait une allée d'arbres violets. Malgré ce que j'ai déclaré sur Paris, je me le représente comme un désert pour toi, sans ta pauvre chérie. C'est même pire, puisque c'est un désert qui remue, qui vit, qui parle, qui a des milliers de têtes dont je serais, à ta place, horripilée.

Moi, je voudrais savoir dessiner, pour mieux te décrire ma chambre, et afin que tu m'y voies. D'abord, je te dirai que depuis quelques instants j'y sens la fraîcheur de cette nuit d'automne; et je me suis encapuchonnée d'une façon qui doit me rendre si laide que je te prie de n'y point faire attention.

Ma chambre a donc deux grandes fenêtres à petits carreaux qui donnent sur la campagne et par où, dès le matin, je puis apercevoir deux lieues de brouillard, derrière lesquelles il y a un éclairage tout pâle de soleil. Mon ameublement est très riche, mais aussi très Louis XIII, au point que j'en éprouve du malaise. Au milieu de ces boiseries, de cette ébénisterie sévère et tourmentée, devant cette cheminée monumentale et ses fers forgés, je ressens un état pénible, en quelque sorte l'état d'anachronisme que j'apporterais à vivre, tellement différente que je suis, parmi ces choses si bien d'accord entre elles. Dis, chéri, faut-il que tu m'aies rendue nerveuse pour que j'aie de ces sensibilités-là? Les tapis, l'étoffe des sièges, les rideaux ont cette décoloration qu'exerce l'air de province, et il s'en dégage l'odeur de solitude. Quant à mon cabinet de toilette, il est vaste, mais installé, lui, d'une façon que je qualifierai d'être à peine Louis XII, ou même Louis Un; ce qui n'est guère commode. Enfin, la prison est la prison; on ne doit lui demander que d'être courte.

Quant à m'écrire, il faut le faire sous double enveloppe, en adressant celle de par-dessus à *Madame Vanault de Floche*, qui est ici depuis la veille de mon arrivée et dont le mari s'absente demain pour les vingt-huit jours. Je sais que vous la jugez fort écervelée. Mais c'est peut-être là sa qualité. La meilleure confidente, pour une femme dans ma situation, me paraît être celle qui pense le moins à ce qu'elle fait, puisque je n'ai à lui demander que des services et point de conseils. Certainement, Anna de Courlandon est plus sérieuse. Mais elle est notre aînée, à Vanoche et à moi; et, dès le couvent, il y a toujours eu moins d'intimité entre elle et nous, qu'entre nous deux petites autres. Enfin, dans la difficulté présente, je n'oserais pas me dispenser de raconter à Anna quelque histoire de prétextes, dussé-je même l'en faire dormir debout. Tandis que je préviendrai tout uniment ma Vanoche-Vanitoche qu'elle recevra une lettre pour moi. Il est probable qu'elle soupçonnera que cela émane de toi. Avoue que tu veux que ce soit toi, au moins un tout petit peu, qu'elle soupçonne? Surtout, n'oubliez pas de l'appeler, sur son enveloppe : Mᵐᵉ Vanault DE FLOCHE. Elle tient naturellement à sa particule, comme à une toilette toute neuve que l'on vient seulement de se mettre à porter. Moi, il faudra que vous m'excusiez tendrement, chaque jour où vous serez sans lettre de moi, et que vous sentiez combien j'en serai malheureuse. Chéri, oh! chéri, voici que j'ai plein de larmes qui me font bien froid sur la figure. Que saurais-je te dire encore, quand je t'aurai dit que je vais me coucher, que je suis toute gelée et que tu n'es pas là!

FRANÇOISE.

P.-S. — Ecrivez-moi autant que vous pourrez d'amour, sans que cela contienne rien de tout à fait flagrant délit.

II

La comtesse de Pontarmé à la marquise douairière de Nécringel, au manoir de Berthelys.

CHATEAU DE PONTARME
Par Chapelle-sur-Esve
INDRE-ET-LOIRE

30 septembre 1892.

Je m'empresse, bonne amie, de vous remercier de l'excellente lettre que nos enfants m'ont remise, dès hier soir, en venant de vous quitter.

Je ne saurais pas comment vous dissimuler ma joie de vous avoir, pour quelque temps, pris votre fils, en vous reprenant aussi ma fille. Du moins, ce cher ménage m'est arrivé si heureux de son séjour chez vous que, si je devais mettre en ceci la moindre vanité, je souffrirais déjà à la perspective de ne pouvoir lui promettre des distractions comparables à celles dont vous l'avez comblé.

Nous sommes encore en assez petit comité, à Pontarmé. Pour mon compte, je ne m'en plaindrais guère, appréciant fort le calme, ainsi que vous le savez. Mais je dois composer avec la préférence de mon mari, dont vous connaissez les goûts fastueux et les principes sur ce qui convient à la tenue des grandes maisons. Je vous apprendrai même, en confidence, que je crois savoir que M. de Pontarmé achève, dans ce moment, une pièce pour laquelle on convoquera toute la région. Et je présume qu'il a en vue, comme principale interprète, Mme de Trémeur, qui est en déplacement ici.

En outre, ce qui m'obligerait à vouloir de la gaieté et du mouvement dans notre entourage, c'est la présence chez nous de ma pauvre fille de Courlandon que vous avez eu la bonté d'aimer tant et si bien. Sa situation est, en effet, pire que celle d'une veuve, depuis que l'existence avec son mari est, de fait, rompue. Et le nombre de nos relations se trouve être, par la même occasion, fort diminué dans l'instant. Il ne nous est pas possible, en l'état, d'avoir, cette année, les Trépoigne, ni les Marmery, ni aucun proche parent du vicomte de Courlandon. Je veux cependant, avant la fin de la saison, et un peu malgré mon Anna, tâcher de recevoir Mgr Corrobert, dont le caractère et le zèle religieux pourront peut-être un jour beaucoup pour le rapprochement des deux cœurs désunis. Je sais que la vie a toujours été abominable entre ma fille aînée et son mari; et personne, parmi nos connaissances, n'a la moindre illusion sur ce qu'a été cet enfer. Mais, pourtant, si on pouvait leur inventer un petit moyen, que je ne conçois pas, de vivoter ensemble, ce serait bien heureux pour les familles et cela satisferait le monde. Vous qui êtes en si affectueuse correspondance avec notre Anna, prêchez-la bien, je vous prie, dans le sens de ce que je lui répète sans cesse à cet égard; mais cela ne peut naturellement porter autant de ma part, puisque, moi, je suis sa mère. Recommandez-lui surtout, le plus souvent possible, de faire très attention à ses manières, pour ne point donner prise à la malignité. Je sais bien que ma chère Anna possède une consolation dans son fils, notre charmant petit René qui, Dieu merci! n'a aucun trait de mon gendre. Mais à trente-trois ans! Est-ce admissible qu'une femme reste seule dans la vie, à trente-trois ans! C'est un sujet de continuelles préoccupations pour mon mari et pour moi, de nous représenter notre fille en difficultés, peut-être, avec des domestiques, des fournisseurs... Ces gens-là sont une telle engeance, quand ils ne sentent pas la présence d'un homme dans une maison ! Vous comprenez, d'autre part, que je ne peux pas reprendre Anna avec nous, à cause de son caractère, dont j'ai toujours été la pre-

jaune ; et elle n'a pas tardé à me dire, entre autres folies, que le bien ne lui paraissait pas mieux que le mal. Vous voyez, ma bonne amie, quelle crise traverse cette pau-

LE CHATEAU DE PONTARMÉ, DONT L'ANTIQUE GRANDEUR ÉTAIT DESTINÉE A CONTENIR A L'AISE TOUTE UNE GARNISON.

mière à me plaindre et qui a encore acquis de nouvelles incompatibilités envers mes habitudes, depuis plus de douze ans qu'elle est sortie de mon giron. Au surplus, elle a toujours montré une tendance à la rêverie, à l'extravagance d'idées, que la mélancolie de sa position actuelle accentue même un peu. Hier, je l'ai trouvée dans un coin du parc, en train de lire, tout en marchant, je ne sais quel méchant livre à couverture

vre enfant, si incapable pourtant de manquer à aucun principe.

J'espère que la compagnie de sa sœur va lui produire un effet salutaire. Mais cependant votre fils est pour ma seconde fille un tel modèle de mari qu'il inspirera fatalement de tristes retours sur soi-même à une femme aussi malheureusement partagée que mon Anna. Et d'ailleurs, les aînées n'aiment point, je l'ai déjà remarqué, le bonheur de leurs cadettes aussi facilement qu'une cadette aime le bonheur de son aînée. Les plus jeunes tirent sans doute leur bonne humeur, en ce genre, de ce qu'elles se sentiraient un crédit ouvert sur la vie, auquel viendra leur tour de toucher.

Parmi nos quelques hôtes, nous avons, en ce moment, comme je crois vous l'avoir dit plus haut, M. et Mᵐᵉ de Trémeur. Cette dernière me plaît par son sérieux; et je n'attends que les plus heureuses influences de son amitié avec Anna. C'est, d'ailleurs, votre cher fils qui avait déterminé M. de Trémeur à faire l'expédition de venir jusqu'ici. C'est de même Jean qui a convié un peintre, lequel lui a été présenté, paraît-il, à cette espèce de cercle où il va déjeuner quelquefois : M. Guy Marfaux. Celui-ci a bonne façon, et de plus, dit-on, beaucoup de talent. Mon mari ne se rappelle rien de lui; mais il a remarqué, plusieurs fois, qu'on en parlait. Jean va faire exécuter le portrait de sa femme à ce M. Marfaux, pendant le séjour à Pontarmé; car, à Paris, vous savez qu'il n'aimerait point ne pas tenir les artistes à distance.

En tout cas, cela devient de plus en plus difficile d'avoir des amis à la campagne. Je me demande de quoi cela peut provenir, puisque, à mesure que la société va, on a plutôt plus de relations qu'autrefois. Ainsi, nous nous sommes décidés, par exemple, à faire accueil, cette année, aux Vanault, dont personne ne voulait encore entendre parler, l'an passé, ni en Touraine, ni en Anjou. Ils sont, du reste, bien pensants et semblent vouloir s'occuper beaucoup de charité. Mais je suis bien forcée de tomber d'accord avec M. de Pontarmé, que la pénurie d'invités convient mal aux dimensions de notre résidence, dont l'antique grandeur était destinée à contenir à l'aise toute une garnison. Pour peu que cela continue dans cette tournure, les châtelains seront bientôt obligés de s'y prendre, afin de se procurer de l'entourage, comme on s'y prend afin d'avoir du monde sur les mails : on fera payer. Le malheur, c'est que ceux que l'on attirerait sans peine sont surtout ceux dont on ne voudrait pas.

M. de Pontarmé a l'intention de recevoir son ancien collègue, le sénateur Servoneux qui, aux dernières élections, a passé seul de la liste conservatrice où il figurait avec mon mari. Nous dispensera-t-il de nous amener sa femme et personne de sa famille? M. de Pontarmé le garantit; et je crois, en effet, que le Servoneux est quelqu'un qui, partout et toujours, passe seul de sa liste. Aucune chasse, en dehors du coup de feu des gardes, n'a encore eu lieu sur nos terres. Mais Jean projette de convoquer incessamment tous les voisins et connaissances de la région. Il va nous arriver onze Pherne-Echelle, sur leurs vingt-deux bottes; et, le lendemain, il n'y aura plus trace de gibier à la ronde d'ici. Enfin !

Si je vous avais eue, dimanche dernier, je vous aurais fait entendre un joli sermon. D'ailleurs, depuis quelque temps, presque tous nos sermons sont bons : ni trop, ni trop peu, ni à côté, juste ce qu'il faut. Je l'ai dit tout de suite au curé.

Votre vieille amie,

OURLAS-PONTARMÉ.

*
* *

III

Monsieur Le Hinglé à Madame de Trémeur, au château de Pontarmé.

(Sous enveloppe adressée à Mᵐᵉ Vanault de Floche.)

LITTLE CLUB

Lundi, 3 octobre.

C'est seulement aujourd'hui que j'ai trouvé chez moi la lettre exquise de ma belle amie. Et je m'empresse d'y répondre sous le couvert qu'elle m'a indiqué.

J'étais effectivement revenu, dès dimanche, de ma villégiature où, entre parenthèses, j'ai eu un temps de canard; mais la

— IL Y A CINQUANTE LOUIS EN BANQUE.

poste ne m'avait encore rien apporté de ce que j'attendais tant. Alors, je suis reparti hier, de grand matin, pour faire une journée de chasse chez Munstein.

Pas grand'chose à signaler de mon séjour chez les Montmirail, sauf que j'ai parlé de Willy à Mᵐᵉ de Roannière et que, aussitôt, elle m'a parlé de vous. Cela en signifiait long, n'est-ce pas ? sur notre compte ; mais avouez que cela en signifiait davantage sur le sien. Elle fait, d'ailleurs, profession de beaucoup vous admirer.

Une fois aussi, il a été question de Mᵐᵉ de Courlandon. D'un côté, on a dit qu'elle allait régler judiciairement sa séparation avec son mari ; d'un autre côté, on disait, au contraire, qu'elle allait se remettre avec lui. Mais finalement nul n'a su se remémorer par quelle origine il s'en tenait à l'une de ces idées ou à l'autre. Et on a reconnu que, dans les nouvelles du monde, chacun était presque toujours aussi bien renseigné que cela.

En revanche, j'ai eu, chez Munstein, une grosse émotion, quand il a fait sonner bien haut qu'il était sur son départ pour le château de Pontarmé, où, en cet instant, vous êtes la princesse de ma vie enfermée dans une tour. Cela m'a fait subitement du bien et du mal de contempler quelqu'un qui allait être, à quelques heures de là, tout auprès de vous. Mais je me serai sans doute imaginé que cela me faisait du bien, tant que je ne m'étais pas tout à fait rendu compte de ce que j'éprouvais. Car, ensuite, ça ne m'a plus fait que du mal ; tellement de mal que je n'aurais vu aucun inconvénient à ce que le baron reçût un bon petit coup de fusil, tandis qu'il nous reparlait, pour la je ne sais quelle millième fois, de son invitation chez *son ami* le comte de Pontarmé. En somme, cela n'aurait pas représenté beaucoup de grains de plomb à son adresse, sur les quinze cents cartouches qu'il nous a fait tirer.

Ce qui me dégoûte autant de Pontarmé que de Munstein, c'est d'avoir assisté, quand il s'est agi d'obtenir l'échec de Munstein au club, à tous les efforts en ce sens de cet excellent Pontarmé, qui en a été la principale cause. Maintenant que Pontarmé prépare

chez lui des appartements pour le baron, je présume qu'il y a là-dessous quelque combinaison politique... ou financière, qui fasse plaisir au duc d'Angoulême. Vous savez qu'on a dit de Munstein qu'il s'introduisait partout avec une pince-monseigneur.

Pour moi, je me suis soulagé de tout cela en exprimant le plus d'ignominies possible sur Pontarmé. D'autant mieux qu'il n'aurait tenu qu'à lui de m'inspirer, au contraire, les meilleurs propos de la terre... La situation est bien simple : tous les gens qui m'invitent avec vous sont des perfections, des saints, des toutous en sucre ; les autres sont des crétins, de la vermine, des semelles à mauvais temps.

Vous m'avez fait espérer que vous seriez de passage à Paris pour le 15. Et soyez bien certaine que vous ne pouvez pas le désirer plus, ni même autant que moi. Car vous savez bien que j'ai toujours quelques minutes d'avance sur vous dans les vœux que nous soyons près — et plus que près — l'un de l'autre. Là ! vous voyez ce que j'en arrive à dire, après avoir commencé d'un ton qui ne devait pas permettre au flagrant délit d'apparaître. C'est que, aussi, dès que je me mets en face de vous, même rien qu'en lettre, j'en perds bientôt la tête. Ah ! combien je rêve d'aller vous faire une petite visite, là-bas, ne fût-ce que pour une heure, et n'importe où, à la ville voisine ou même dans les bois. N'est-ce pas ? prévenez-moi, télégraphiez-moi, si vous en aperceviez la moindre possibilité. Oh !...

Il y a quelques passants au club. Justement, hier soir, on a pu installer un semblant de partie. J'ai même gagné ; mais bien moins que je n'y avais droit, puisque je t'aime qui m'aimes, et que vous êtes à soixante lieues de ce que l'on se le prouve.

En ce moment, de la table où je vous griffonne ces lignes, j'entends la voix du valet de pied, qui crie de salon en salon qu'il y a cinquante louis en banque. Voilà qui m'est joliment égal, par exemple ! Moi, j'ai cinq cents souvenirs en tête, tous plus fous les uns que les autres. N'avez-vous pas remarqué comme on se souvient, dès que l'on est seul ? A deux, on semble négliger le passé ; on ne fait que des projets, et ce sont là comme qui dirait des idées de luxe auxquelles on ne se livrerait qu'aux heures de la fête d'être ensemble. Mais, pour se rappeler bien les choses, il n'y a rien de tel que les instants où l'on est pauvre de bonheur présent, et où il faut vivre sur les économies qu'on en a faites. Cette voix de domestique imbécile, dont je viens d'être si agacé, est peut-être celle qui me fit tant battre le cœur, en lançant votre nom aux échos des mêmes salles, il y a trois ans, le soir de la pantomime du petit duc. Avait-on été méchant et bête — moi bête, vous méchante — de se séparer si bêtement, si méchamment, dans l'après-midi ! Vous aviez juré que vous ne viendriez pas à cette soirée ; je me l'étais juré aussi. Et puis, tout d'un coup, voici que l'on vous annonce, et voilà que j'étais là ! N'est-ce pas que c'est une des fois que l'on a été le plus heureux ?

J'entends maintenant crier qu'il y a mille louis en banque. On ne veut pas nous laisser tranquilles ensemble. Et, par surcroît, ce diable de Palancia vient de venir s'installer à côté de moi ; et, tout en faisant semblant de tripoter des enveloppes et de préparer sa correspondance, il ne s'arrête pas de me demander :

— « C'est à une femme que vous écrivez, hein ? Qu'est-ce que vous lui dites ? que les mots vous manquent pour peindre votre flamme ? Très bon, ça ! Et puis, on ajoute simplement : Si vous étiez là, cristi !... A votre disposition, pour témoigner que vous étiez dans un état que votre plume se refusait à décrire, car, il n'y a pas à le cacher, elle s'y refuse, votre plume... »

Et des tas d'autres insanités, qui me rendent la place d'autant plus intenable que Palancia passe pour avoir le mauvais œil. Je ne jouerai pas de ce soir.

Adieu, mon amie toute belle. Pardonnez-moi cette lettre, chère petite désobéie, petit flagrant-délit chéri de toutes mes forces. Continuez de m'écrire toujours à Paris, où je serai rentré le 6, en retour de chez mon oncle de Vorge, qui devient tout à fait gâteux.

GLÉ.

IV

Monsieur Guy Marfaux à Monsieur Cyprien Marfaux, homme de lettres, 9 bis, avenue de la Grande-Armée, Paris.

CHATEAU DE PONTARME
Par Chapelle-sur-Esve
INDRE-ET-LOIRE

4 octobre 1892.

Depuis près d'une semaine que je suis ici, mon garçon, je n'avais pas encore trouvé le moment de te donner fraternellement de mes nouvelles. Au risque de me faire conspuer par toi, je n'hésiterai pas à te déclarer que la vie de château, comme on la mène ici, diffère pas mal des tableaux que tu en as si brillamment présentés dans ton dernier roman-feuilleton du *Petit Siècle*. Ainsi les domestiques ne revêtent pas, dès le matin, ce que tu appelles « leur livrée impeccable » ; et je t'avouerai même que, souvent, à trois heures de l'après-midi, ma chambre n'est pas faite. D'autre part, quoique je sois actuellement entouré de ce qu'il y a de plus ronflant en fait de titres, sache que les personnages évitent de s'appeler « Monsieur le Marquis » pour s'entre-demander les salières ; et je n'ai encore entendu personne formuler aucun avertissement dans le genre de ces termes qui t'appartiennent : « — Vicomtesse, vicomtesse, vous dépassez les bornes. »

Malgré le mal que tu ne cesses de m'exprimer sur les quelques relations que j'ai dans la Haute — et mal que tu penses sincèrement, de tout cœur, — je suis persuadé que tu aurais une grande jouissance de bon vivant, sinon de contemplateur et d'observateur, si tu passais quelque temps dans le décor et parmi les êtres qui règnent ici. Du reste, je te rapporterai une étude du château que j'ai entreprise, en attendant que le modèle dont je suis venu faire le portrait soit remis d'une indisposition et puisse poser. Mon cher garçon, il faut voir cette cour d'honneur, avec ses escaliers à jour et sa galerie extérieure qui contourne une partie de l'édifice à la hauteur du premier étage ! A te trouver dans cet endroit, d'un contraste si étrange avec ceux où tu passais, la veille, ton existence, tu aurais la sensation d'être toi-même un bien étrange individu. Et surtout quand on est tout seul, le soir, par le clair de cette lune qu'il fait en ce moment, à regarder cette féerie d'architecture, tandis que quelques lueurs veillent, çà et là, toutes rouges dans le silence... Alors

instant-là que l'on serait le plus tenté de se croire un peu différent des brutes ordinaires.

Mais un autre aspect qui n'est pas moins saisissant, c'est dans le courant de la matinée, quand les yeux sortent ragaillardis du sommeil, et que le sentiment qu'on a repris de la réalité est tout avivé en soi par la lumière du jour. Figure-toi que c'est l'heure de voir apparaître, dans ce cadre d'un autre âge, un défilé de femmes, en déshabillé du matin, en toilette d'aujourd'hui, avec des mises qui jettent le cri de la dernière mode, sous des galeries immuables où la raison et l'esthétique attendraient une cour de dames à collerettes Médicis et à robes traînantes. Immanquablement, ce spectacle met tout mon modernisme en fête. Il me semble que je suis alors

DU RESTE JE TE RAPPORTERAI UNE ÉTUDE DU CHATEAU QUE J'AI ENTREPRISE EN ATTENDANT QUE LE MODÈLE SOIT REMIS D'UNE INDISPOSITION.

on sent passer en soi des choses vagues, vertigineuses, grâce auxquelles on perçoit qu'un petit peu de soi-même a déjà vécu, et que l'on a été neuf aussi, comme ces pierres, dans quelque existence au XVI⁰ siècle, où l'on aurait été quelqu'un dont on a une certaine peur et qui ne serait sans doute pas quelque chose de bien consolant à savoir. Et, lorsque l'on a ainsi le cœur tout gonflé de ce qui voudrait se rappeler mystérieusement à soi, c'est à cet

dans une intimité de coulisses, que je suis mêlé à une répétition de théâtre sans costumes, dans une troupe d'actrices à qui dire des bêtises.

A ce propos, mon cher garçon, je ne te laisserai pas ignorer qu'il y a, au château, de la très jolie femme. Et comme je suis seul d'homme, ou à peu près, à ne pas chasser, à être toujours là sous la main, je pourrais avoir de l'agrément.

Je suis arrivé à peu près en même temps

qu'une Mme de Trémeur, que je connaissais déjà de vue. Fichtre ! je ne plains pas son mari, quoique cela n'ait pas l'air de le rendre aimable. D'abord, c'est la seule brune que nous avons, et brune d'un noir qu'il ne serait certainement pas possible de blondir. Il lui sort du noir par les yeux ; tout l'épiderme de ses paupières en est noir. Il doit faire noir en elle... comme dans un four.

Ma voisine de table, Mme Vanault de Floche, serait aussi, avec un type opposé, un joli morceau de peintre. Suppose une statuette de Tanagra, dont Grévin aurait retouché les yeux pour en faire deux grands ronds bleus, et la bouche pour en faire un petit rond rose.

Suppose encore que la maison Huret ait articulé cette statuette ; il n'y a plus qu'à en bomber beaucoup la poitrine, un peu le bas des reins, pour avoir une image fidèle de la jeune Mme Vanault de Floche, chez qui subsiste, malgré ces retouches, un reste de lignes gracieusement antiques et solidement fragiles. Avec cela, très gaie, très bonne enfant quand elle parle, très poseuse quand elle se tait, très odalisque en sa façon de s'accommoder dans les fauteuils, très anglaise au lawn-tennis, elle combine pas mal de races d'être femme dans sa façon de l'être. Quand j'aurai ajouté que son mari l'a laissée ici pour aller faire les vingt-huit jours de réserve, tu t'imagineras que ton cher garçon de frère est déjà en train de ruminer des choses et de s'en pourlécher les babouines. Eh bien ! pas du tout, mon cher garçon !

D'abord, tu connais mon principe : à savoir que les hommes — du moins, les hommes comme moi — ne se rendent amoureux qu'à force de s'être persuadés de le devenir. En conséquence, afin de m'épargner les désolations de l'amour inexaucé, je ne me suggestionne jamais dans ce sens, qu'après avoir réuni le plus de raisons possible de croire que l'on veut de moi. La science de la satisfaction — sinon celle du bonheur — en amour est de ne pas s'ingérer de choisir, mais d'examiner conciliablement si c'est, ou non, assez près de son propre goût que l'on se voit choisi. Et, dans le cas favorable,

mettre alors beaucoup du sien, pour arriver, à toute vitesse, au paradis d'aimer.

Or, Mme Vanault, fille de spéculateur, mariée au fils du secrétaire des commandements du duc d'Angoulême, devenue *de Floche* par une décision du ménage, est de trop infime extraction et de particule trop récente pour être en situation de sacrifier quelques instants de son utile jeunesse à un manant tel que moi, Guy Marfaux, frère simplement puîné de Cyprien Marfaux. Je ne crois nullement à sa vertu absolue ; mais j'ai foi en sa vertu relative contre moi. Elle est pour amateur important du faubourg Saint-Germain, pour grand-duc de passage à Paris, pour ambassadeur accrédité par une haute monarchie. Je sens qu'une Altesse viendrait à bout de Mme Vanoche, comme on l'appelle, en vingt-quatre heures ; une Excellence, en moins d'une semaine. Quelque psychologue a écrit, quelque part, qu'il y avait des femmes dans le cœur desquelles on n'entrait qu'à quatre chevaux. A l'égard de celle-ci, je spécifierai « quatre chevaux de Lorraine ». Mais je m'aperçois que le mot, que je viens de faire, doit être beaucoup trop fort pour toi. Ne te fatigue pas à le comprendre ; et admets, sans remords, que je le replacerai plus avantageusement qu'auprès de toi.

Je pourrais bien encore te décrire une belle personne, la vicomtesse de Courlandon, qui est la fille aînée de Mme de Pontarmé. C'est un Rubens par l'allure, avec une carnation vaporeuse de clarté, laiteuse, et, rien qu'à la regarder, savoureuse. Mais je ne veux pas davantage troubler la paix de tes sens ; et je te passe la parole.

A toi de me donner de tes nouvelles, de me renseigner sur tes occupations, ton travail, ta vie. Apprends-moi de qui tu dis, pour le moment, que tu n'as jamais rencontré « de mufle pareil ». Si c'est de moi, ne te gêne pas, ne m'épargne aucune de tes injures familières.

Je t'embrasse, en toute fraternelle tendresse.

Ton

Guy.

V

Madame de Trémeur à Monsieur Le Hinglé,
112, avenue Marceau, Paris.

CHATEAU DE PONTARME
Par Chapelle-sur-Esve
INDRE-ET-LOIRE

Mardi, midi et demi.

Deux mots en folle hâte, mon adoré. Je profite d'une promenade en voiture que nous allons faire, toutes trois, Vanoche, Anna et moi, en conduisant nous-mêmes. Cela nous fera passer, bien sûr, devant quelque boîte de

grand air ? Mon mari a trouvé cela parfait. Oh ! que je t'aime, quand j'ai presque envie de l'embrasser de ce qu'il soit si bête !

Mais, avec tout cela, mon Glé-Glé, ta pauvre chienne a une vraie faim de chien. Et tout en t'écrivant d'une main, je me sers de l'autre pour mordre, à belles dents, un reste de tartines grillées de mon chocolat de ce matin. Heureusement que l'on vous sert, ici, abondamment, et que l'on ne vous dessert pas de bonne heure ; ce qui, aujourd'hui du moins, me paraît être une qualité de la maison.

Que de stupidités je te raconte, chéri tant chéri, au

CONDUISANT NOUS-MÊMES, NOUS ALLONS FAIRE TOUTES TROIS UNE
PROMENADE EN VOITURE.

poste, dont je pourrai me servir sans trembler pour nous et où je verrai ma lettre disparaître vers toi, toute sauvée de tous.

Seras-tu attendri de savoir que, pour que tu aies ces lignes, pour que j'aie les petites minutes de les gribouiller, il m'a fallu feindre une migraine au lieu de descendre déjeuner, et aussi prétendre que ça me remettrait d'aller, tout à l'heure, être trottée au

lieu de la seule chose dont je suis dominée, qui est de te remercier, avec des larmes de reconnaissance, de m'avoir proposé de venir dans ces parages ! Mais j'ai le désespoir d'être convaincue que ce n'est pas réalisable ! D'abord, où vous recevrais-je, en admettant que je puisse me rendre libre, un moment, de toutes ces gens qui m'enserrent avec leurs amabilités, leurs habitudes, les parties qu'ils organisent ou dé-sorganisent à tout bout de champ? Et encore, sans autre perspective que de vous rencontrer dans les bois! Et puis, aussi, la difficulté ne serait pas seulement de savoir où vous fixer un rendez-vous, dans cette contrée inconnue. Je saurais encore moins te dire quand, puisque, cette semaine, je vais devenir bien laide. Mon bon trésor, les nécessités nous forcent donc de renoncer à ton bien-aimé projet; mais tu as bien fait de l'avoir, car ce sera fameusement bon que tu l'aies eu, et je t'en remercie d'avance. Dis, d'après-demain en huit, peut-être!...

Et avec tout cela, il faut déjà que je t'embrasse et que je te quitte. Il est vrai que je suis enfermée à clef; mais si l'on frappait, je n'aurais pas le temps de ne plus être trop pâle avant d'ouvrir. Adieu, mon beau. Je vais fermer ma lettre, la cacher sur moi, et tu sentiras combien elle aura eu chaud, jusqu'à ce qu'elle m'ait quittée pour te venir.

Françoise.

P.-S. — Si vous vous portez très bien, si vous m'aimez infiniment, je vous permets de ne me répondre que quand je vous aurai récrit un grand et véritable courrier. J'ai le courage d'être prudente, maintenant que j'ai une lettre de vous à relire.

*
* *

VI

La vicomtesse de Courlandon à la marquise douairière de Nécringel, au manoir de Berthelys.

CHATEAU DE PONTARME
Par Chapelle-sur-Esve
INDRE-ET-LOIRE

5/10, 92.

Chère grande amie,

N'allez-vous pas très prochainement nous arriver et me donner enfin un peu de votre bonne causerie, puisque Valentine et Jean me confirment votre décision de vous rendre, avant le 20 de ce mois déjà, à Sorrente, pour y prendre vos quartiers d'hiver?

Je commence par vous assurer que ma sœur et votre fils sont toujours dans la plus exquise des lunes de miel. Et quand vos jolis petits-enfants, avec leurs trois nourrices, sont en rassemblement, on pourrait presque se croire à l'étroit dans l'immense Pontarmé. Ce n'est point, cependant, qu'il n'y ait encore bien des chambres vides, à l'hôtellerie de ma famille; mais on annonce que les voyageurs vont affluer. En tout cas, votre chambre vous est soigneusement réservée. Vous savez que je tiens à vous avoir pour voisine, comme par un culte; et les domestiques eux-mêmes verraient une sorte de sacrilège à ce que l'on disposât de la chambre de madame la Marquise. Tout le monde vous aime tant! Vous avez tant l'art de vous faire aimer! Vous rappelez-vous les longs entretiens réconfortants et les reposantes rêveries que je trouvais auprès de vous, l'an passé, quand, de porte à porte, je passais en peignoir, et les pieds nus dans mes mules, à votre petit réveil?

Mon Dieu! que je voudrais donc vous avoir toujours auprès de moi! Maman, tendre ainsi que toujours, emploie à me témoigner son affection tout le temps qui ne lui est pas pris par l'administration de Pontarmé. Mais, hélas! que sait-elle de moi, de ma pauvre âme que vous savez? Elle est, à mon égard, comme une bonne abbesse, comme la douce mère supérieure de mon couvent d'autrefois; et, devant elle, je suis toujours un peu en état de comparution. A travers la joie qu'une mère nous inspire, on la craint bien un peu, quand on est petite; et c'est toujours rester petite devant elle que d'avoir des choses à lui cacher.

Ah! ma chère grande amie, vous êtes mon autre mère, la mère de mon autre vie, de celle qui est invisible comme la pensée et qui est quelque chose de plus que d'être simplement vraie, puisqu'elle est en cette quintessence de vérité : le secret.

Voici maintenant treize mois que Saint-S est marié et que je n'ai plus eu directement aucune nouvelle de lui. A présent, je préfère n'en plus jamais recevoir. J'aurais peur d'apprendre qu'il est devenu malheureux; et j'au-

2

rais peut-être encore plus peur de constater combien il me serait indifférent qu'il fût heureux. Est-il possible que, soi-même, on en arrive à différer ainsi de soi et que tout, jusqu'au regret, s'efface, et qu'il ne me reste rien que du véritable doute sur la réalité de ce temps passé, ainsi que sur les choses d'avant que vous savez encore !

Quand je cause, ainsi que je l'ai fait hier soir, avec Françoise de Trémeur, je me demande si c'est bien moi qui ai naguère éprouvé des états d'exaltation pareils à ceux dans lesquels je la considère à son tour. Et, pourtant, ce qui me prouve que je n'ai point rêvé, c'est l'absence de pudeur avec laquelle je l'écoute être si impudique dans le langage de sa passion. Toutefois elle va bien loin dans un ordre de folies où mes souvenirs ne peuvent la suivre et où même j'essaie vainement de la comprendre. Vous reconnaissez, n'est-ce pas, de quel sujet peu immatériel il s'agit ? D'ailleurs, je compare ce sujet-là aux délices du Paradis, dont je n'ai jamais pu réussir davantage à me représenter la nature, dans le temps que j'ai eu le plus de religion et que j'étais tout à fait croyante.

Quoi qu'il en soit, je m'abstiens d'adresser à Françoise les paroles d'expérience qui pourraient l'alarmer ou qui modéreraient peut-être utilement son extase actuelle. Bien au contraire. Est-ce curieux ! Je n'ai plus de foi en aucun homme, en aucun amour ; et cependant je ressens du bien à entendre quelqu'un qui a et qui exprime cette foi. Je suis guérie, je n'ai besoin de rien ni de personne ; néanmoins un instinct irrésistible fait que c'est moi — et non elle — qui me sens la malade. J'ai une attirance de me réchauffer à ses idées, au lieu qu'elle cherche à rafraîchir sa fièvre au contact des miennes. Enfin, auprès de cette énergumène, je lui retrouve mon ancienne soif de faire parler de l'homme aimé, d'en faire, le plus souvent possible, prononcer le nom, sans presque jamais le murmurer soi-même. Dieu ! que Françoise est amusante, dans sa manière de baisser la voix, lorsque les circonstances l'obligent parfois à le nommer, lui, son Lui, son monsieur Lui ; car elle me dit « monsieur » en le nommant. Vous verrez, venez

vite, je l'amènerai sans peine à se confier à vous comme à moi. Pauvre femme ! pour combien de temps en a-t-elle encore à faire ainsi sa petite glorieuse ? Au surplus, je trouve son mari mieux que l'autre, à tous les points de vue. C'est, d'ailleurs, votre avis aussi, il me semble ? En tout cas, ce que Françoise a de très bien et de très en son honneur, c'est sa rupture des relations conjugales. J'ai été à même, ici, de contrôler l'exactitude de la chose. Selon moi, la marque typique de l'honnêteté d'une femme, c'est qu'elle soit intraitable sur la question de partage. Sauf, bien entendu, les cas où la surprise, la brutalité du plus fort, ou encore un scandale de tapage à éviter... Mais alors, quelle horreur !

M. de Trémeur me rappelle mon mari par la façon propriétaire qu'il a d'articuler : « Ma femme. » A ce propos, je vous apprendrai que M. de Courlandon fait, en ce moment, du tourisme en Tunisie, d'après ce qu'il en a écrit à son fils, en lui envoyant une énorme paire d'éperons, dont il a négligé de payer le port, ainsi que vous le reconnaîtrez bien à ce trait. Il projetterait de s'arrêter, à son retour, en Provence, chez nos cousins d'Indoré. Pas un mot à mon sujet dans sa lettre. Du reste, depuis que je ne le vois plus, je ne le déteste plus ; j'ai besoin d'être en présence des gens pour les haïr ou les aimer. Maintenant que notre séparation me laisse en répit, il me semble que je lui ai pardonné tout ce qu'il m'a fait, et même un peu de ce que je lui ai fait.

Le seul mal qu'il pourrait me causer encore, ce serait si mon René se mettait à souffrir de ne voir que rarement son père. Mais, Dieu merci ! le cher enfant, cela lui est bien égal ! Il est encore si bébé, malgré les neuf ans qu'il vient d'avoir. Ma joie de chaque jour est de regarder combien il s'attarde à rester petit garçon ; et quand il me faut m'apercevoir que son esprit progresse, je constate toujours que c'est dans le sens d'idées qui auraient l'air d'être celles d'une future femme. Il a horreur du poney que sa grand'mère lui a donné ; la fumée des cigares, autour de lui, le rend malade. Il est en vrai amour avec la petite Irène de Trémeur, qui a son âge ; et je distingue que c'est justement parce qu'elle est garçonnière au possible, et que, auprès d'elle, il se sent

toute la bande des autres, qui avaient pris part à cette fête sauvage, m'exaspéraient

MA JOIE DE CHAQUE JOUR EST DE REGAR-DER COMBIEN IL S'ATTARDE A RESTER PETIT GARÇON.

ainsi lui-même plus petite fille encore.

L'autre soir, à la grande table, on racontait la première chasse à courre de l'équipage de nos voisins de Ruan, chez qui tous les chasseurs et chasseresses de notre maisonnée avaient été conviés. Il paraît que, au matin, la meute avait séparé une laie d'avec ses marcassins et que l'on avait infructueusement pourchassé cette malheureuse bête, toute la journée. Je me hâte de vous prévenir que votre Jean était resté au château, à tenir compagnie à sa femme; et cela me met aussitôt à l'aise pour vous exprimer combien

avec leurs figures de proie et les crocs de chiens que le récit faisait pointer dans leurs sourires. Enfin, à la chute du jour, des pay-

sans, disait-on, avaient aperçu la laie qui, d'un trot exténué, avec ses pauvres mamelles traînantes, traversait une route toute proche du lancer. A ce passage du narrateur, on entend battre des mains à la petite table. Et c'était mon René qui s'exclamait que les petits de la laie auraient donc eu à dîner !
— « Oui, oui ! quel bonheur ! » criait Irène de Trémeur. Et les deux aînés de vos petits-enfants, sans comprendre les paroles, applaudissaient comme de bons petits singes. Tandis que l'on rappelait cette gentille émeute au silence. je me suis levée, j'ai couru embrasser René, Irène, toute la tablée... Oh ! les enfants ! Voyez-vous, chère grande amie, mon plus grave grief contre mon mari sera toujours sans doute qu'il m'ait inspiré l'horreur d'en avoir de lui. Décidément, c'est surtout *mère* que je suis. J'aime mon fils, comme je n'ai jamais aimé. Je l'aime, à ne pouvoir songer à lui sans des tressaillements de tout mon être. Et, quand je songe aux événements de ma vie, je ne puis m'en expliquer certaines circonstances irrésistibles que par ce qu'il y aura eu d'enfantin dans l'expression de la prière, de la joie ou de la peine, à certains moments, sur certains visages.

De ce que je vous ai conté que le marquis s'était excusé pour la chasse des Ruan, n'en supposez pas que la santé de votre bru lui donne de l'inquiétude. L'état de ma sœur ne réclame que de la nonchalance, des cajoleries et un contentement perpétuel. Ses nerfs seront bientôt remis, grâce à très peu d'exercice, chaque jour, dans notre air très pur, et grâce à beaucoup de chaise longue, avec des lectures édulcorées, qu'elle se dispensera de faire elle-même et pour lesquelles la complaisance de Jean est tout indiquée.

Mais cette période de langueur a commencé bien mal à propos pour un peintre, M. Guy Marfaux, qui est venu, à Pontarmé, sur l'invitation de faire le portrait de Valentine.

Or, la première prescription qu'elle doive observer, est de s'interdire toute espèce d'efforts, et, naturellement, la tension nécessaire pour poser en modèle convenable.

Aussi, devinez ce qui est résulté de cette situation ?... Maman a décidé que l'on ne pouvait faire perdre son temps, ni son dépla-

cement, à M. Marfaux, qui probablement n'est pas bien riche ; et, pour le faire patienter, elle vient de lui commander mon portrait.

On est encore en délibération pour savoir le costume et le milieu qui me conviendraient le mieux. Les uns prétendent, fort poliment pour ma tête, qu'il me faudrait poser dans l'oratoire de Pontarmé, avec une sorte de costume historique. D'autres, plus aimablement encore, soutiennent que je perdrais à porter une toilette par trop montante. Pour ma part, je suis résolue à n'avoir aucune préférence personnelle et à m'en rapporter à l'opinion que m'indiquera le goût de M. Marfaux. Il me semble avoir un tempérament d'artiste, dont on ne doit pas aisément éviter l'impression. Toutes ses idées surprennent d'abord, car on dirait qu'elles commencent au point où s'arrête la banalité des idées habituelles. Et l'on est d'autant plus entraîné à prendre ses manières de voir qu'elles semblent continuer, prolonger notre pensée, plutôt qu'elles ne nous en dérangeraient ou détourneraient. Vous serez certainement très intéressée de le connaître, et je vous ai annoncée à lui.

Quant à papa, il a les airs mystérieux que nous avons déjà observés en lui, il y a deux ans, quand il méditait son à-propos sur *Charles VIII à Pontarmé*. Maman croit qu'il s'agit, cette fois, d'une comédie sérieuse sur Gabrielle d'Estrées. Mais personne ne sait rien ; personne n'a le droit de pouvoir seulement paraître soupçonner. Assurément, il y a une représentation sous roche, puisque M. Anrion, « l'acteur mondain si apprécié », comme disent les journaux, est annoncé à bref délai, et puisqu'il ne se déplace, en cette saison, que pour créer un rôle, et que, d'ailleurs, on ne l'invite aussi partout que pour ça.

Vous comprenez donc, chère grande amie, que vous n'avez plus que le temps de faire confectionner vos malles et de me prévenir du jour où vous me donnerez la joie d'aller vous attendre — vous *espérer* — à la gare de Chapelle.

Votre petite amie,

ANNA DE COURLANDON.

VII

Monsieur Cyprien Marfaux à Monsieur Guy Marfaux, artiste peintre, au château de Pontarmé.

Paris, 6 *octobre* 1892.

Mon cher garçon, je te concède que tu sois en passe de devenir tout à fait gentilhomme, car te voilà déjà insolent.

J'aurai, néanmoins, la grandeur d'âme de te remercier pour tes importantes corrections sur les bévues de mon dernier bouquin. Je m'y conformerai par un remaniement de l'édition qu'on en va incessamment retirer : désormais, mes domestiques feront leurs trois toilettes par jour ; et j'intercalerai, quelque part, un artiste peintre qui, fils d'agent voyer, n'en interpellera pas moins les duchesses par leur tout petit nom.

Note, mon garçon, que je suis enchanté, pour toi, que tu te plaises si cordialement, puisque cela t'échoit, à mener la vie d'un Valois ; et — sans insinuation déplacée, honneur aux dames — je suis convaincu que, avec ton aimable tournure, cela doit t'aller parfaitement. Mais, parole ! j'avais rêvé, en ta faveur, une autre destinée.

J'avais rêvé que tu continuasses à être ce que tu étais, ou plutôt à devenir ce que tu devenais, alors que tu suivais une existence vraiment digne d'un artiste. Et c'est dans cette période-là que tu as donné les preuves, ne t'en déplaise, qui jusqu'à nouvel ordre restent les plus brillantes de ton talent.

Certes, j'ai toujours applaudi, du meilleur cœur, à cette forme de ton succès qui consistait à recevoir les visites des gens du monde dans ton atelier. Car, là, tu étais bien à ta place, bien chez toi, bien maître de la situation. Les uns et les autres, dans ces conditions, ne pouvaient que t'entretenir de ton art, t'en flatter, t'encourager par l'hommage de leur démarche et de leurs félicitations, si médiocrement qu'elles fussent tournées.

Où tu es maintenant, chez eux, l'affaire est tout autre. Logiquement, et à l'inverse, c'est à toi qu'il incombe de leur parler de leur mérite ; et, pour cela, il faut d'abord que tu perdes ton temps à leur en découvrir.

Dans leur milieu, tu ne peux leur avoir l'air que d'un mondain amateur, de même que ceux des leurs qui venaient, à ton atelier, te soumettre de leur peinture, étaient pour toi des peintres amateurs. Possible que tu ne t'aperçoives pas de cette transformation dans la nuance à ton égard, mais elle est certaine. Quand leurs peintraillons viennent à toi, tu les juges, en bonne rosse que tu es ; quand tu vas à eux, ils te jugent. Et tu peux, mon garçon, compter sur leur rosserie.

Ce que je te reproche gravement, c'est que tu en sois à préférer la société du premier baron coiffé — tâche, au moins, que ce soit par toi — à celles des personnalités de valeur parmi lesquelles et grâce auxquelles tu es parvenu à être ce que tu es. Un peu de plus j'aurais dit : ce que tu as été.

Voyons, réponds : dans ta nouvelle fréquentation, les hommes sont-ils seulement à moitié aussi intelligents que dans l'ancienne ? Les femmes sont-elles plus jolies, plus satisfaisantes, plus fournies sous quelque rapport ?

Non, n'est-ce pas ?

Alors, quoi ? Qu'est-ce qui t'attire, te capte ? Je vais te le dire, mon garçon :

1° L'espoir de gagner facilement de l'argent.

Eh bien ! c'est du propre ; et, en définitive, tu te trompes : il n'y a rien d'aussi rat que les gens du monde.

2° L'agrément de te pavaner et de te prélasser dans du luxe.

Mais, bon sang ! le luxe des autres est une provocation contre soi, un outrage privé, un attentat public ! Il nous fait mal aux yeux, il nous démange la peau ; il nous rendrait voleur, assassin.

3° La vanité qu'on attrape, en se frottant à la vanité de titres nobiliaires, de noms pompeux (et surtout pompiers).

Voilà. Cherche à ton tour dans tes mobiles ; et je te défie de me signaler rien de mieux ni rien de plus.

Sur ce, oseras-tu soutenir, à présent, que ta valeur morale, intellectuelle et talentueuse n'ait pas diminué, depuis l'époque où l'argent, le luxe et les armoiries te faisaient faire la nique, quand tu travaillais pour toi seul, et qu'il n'y avait de riche à ton gré que la gloire des maîtres, de noble et de somptueux que les futures œuvres dont tu nourrissais l'idéal?

Ce que tu as pu produire, grâce au sol désert et abrité sur lequel ton art a poussé,

cringel ne te comble de prévenances. Entendu : il est charmant, il ne dédaigne pas de se montrer en ta compagnie chez ses fermiers ; de plus, il t'a fait une commande, et il doit en avoir pour toi le genre d'estime que les messieurs de son espèce ont envers

je le sais et
tu le sais.
Chacun a pu constater, par les fruits,
que ce sol était
à ta convenance.
Nul ne sait encore ce que tu donneras, une fois transplanté. Peut-être rien. Prends garde !

En outre, et c'était fatal, tu t'écartes de tes anciens amis, de ceux qui t'ont soutenu, prôné, et qui furent tes garants. Justement, l'ami Garriard, qui dînait hier à la maison, m'a dit que ton nouveau monde te faisait le plus grand tort et que, quand on serait bien convaincu de ton option pour la *droite*, tu n'aurais bientôt plus le groupe des vrais artistes à tes côtés.

Or, si je vois quels partisans tu perds, je ne vois guère que tu en acquières d'autres. Je ne conteste pas que ton marquis de Né-

MÉLANIE ET JINKER
JOUANT LA MARCHE NUP-
TIALE DES UNIONS RÉGULARISÉES

quelqu'un qui leur gagne leur argent, ailleurs qu'aux nobles jeux de hasard, c'est-à-dire en travaux manuels. Et je suis convaincu aussi que cela coûte encore moins à M. le Comte, son beau-père, de te considérer comme l'égal de Théodore Rousseau pour les portraits et de Velasquez pour les paysages. Mais réfléchis à ceci : ta raison, ton unique raison d'être en cour auprès de ces seigneurs, ce sont les éloges que tes amis de la première heure ont pensés, dits et imprimés sur toi. Car, au banquet restreint de la haute vie, le mérite individuel n'est presque rien, l'individu en soi est trop peu de chose pour avoir droit à l'un des couverts très strictement comptés. Nul n'y est admis qu'en représentation, en qualité de représentant. On y représente tantôt des aïeux, tantôt des capitaux, ou des électeurs, ou encore des admirateurs et du succès.

Par conséquent, mon cher garçon, si tu veux conserver ton titre à piquer les assiettes de ce monde-là, ne rebute pas la clientèle d'esprits ingénus et de cœurs enthousiastes, qui ont établi ta notoriété et qui sont le seul appui solide d'un artiste.

Là-dessus, je te remercie de t'être informé affectueusement des nouvelles de mon intérieur.

Léontine tient très bien la maison, de telle sorte que, pour la première fois de mon existence, j'ai des économies. Je te souhaiterais une femme pareille, malgré la vivacité avec laquelle on déblatère contre le collage. Car, du train où je te vois parti, j'appréhende toujours que tu ne veuilles te lancer dans quelque liaison copurchic. Tu as du cœur, mon bon petit : et une de tes grandes dames, à linge fleurdelisé, ne te prendrait que comme passe-temps. Il faut te garer de cela surtout, encore plus que de tout, je t'en prie, parce que la tentation est sans doute forte et que la déception te serait rude.

Ce que Léontine a tout à fait de bon garçon, c'est de se plaire absolument chez nous et de ne faire la tête à aucun des camarades. Comme ça, l'on peut vivre selon le train-train qui me plaît, laisser venir les idées et en échanger avec les autres, dans la fumée des pipes.

L'ami Garriard vient presque tous les soirs, ou bien on le retrouve pour souper, après le spectacle, les soirs de premières. C'est là le seul genre de sorties auquel tient Léontine, et que je lui accorde volontiers. L'autre soir, Garriard nous a lu le premier acte de sa pièce qui est fichtrement bien. Il y avait aussi là Jinker qui nous a joué, à quatre mains avec Mélanie, le morceau qu'il a composé pour leur mariage et qu'il intitule : « la Marche nuptiale des unions régularisées ». On s'est tordu. Et puis, on a discuté pour savoir si, Léontine et moi, nous

ne devrions pas nous marier aussi, à notre tour. Mais à quoi bon? Nous n'avons à nous gêner pour personne; et rien ne nous manque. Du reste, Léontine a dit qu'elle ne le voudrait pas.

Quant à mon travail, je poursuis mon roman sur les caissiers. Garriard dit déjà que ça va être épatant. Il m'a d'ailleurs, lui-même, donné quelques bons détails sur des coups que le second mari de sa mère a faits avant de filer en Belgique.

Réponds-moi, petit frérot, que tu n'en veux pas à ton vieux de sa morale; et préviens-moi quand tu seras sur le point de revenir, pour qu'on ait les amis ordinaires avec un repas extra.

Ton Cyprien Marfaux.

* *

VIII

Madame Vanault de Floche à Monsieur Vanault de Floche, maréchal des logis de dragons en service de réserve, à Mortagne (Orne).

CHATEAU DE PONTARME
Par Chapelle-sur-Erve
INDRE-ET-LOIRE

7 octobre 1892.

Depuis que vous êtes parti, mon cher ami, il ne s'est point passé de jour que je n'aie voulu vous écrire, et, chaque fois, j'en ai été empêchée par des obligations de monde, auxquelles vous auriez été le premier à me recommander de ne point manquer.

Tous les après-midi, il vient des visites de voisins, à qui je suis naturellement présentée. Et ce sont des visites que je me dépêche de rendre, tantôt avec M. et Mme de Pontarmé, tantôt avec le marquis et la marquise Jean de Nécringel, quand ce n'est ni trop loin ni trop fatigant pour la santé de cette dernière, ou bien encore dans la victoria, avec la vicomtesse de Courlandon. Vous voyez que je travaille ferme ; mais cela m'amuse.

On a ici l'occasion d'entrer en relations avec des personnes que je n'aurais eu aucune chance de connaître, encore cet hiver, à Paris. Les séjours de châteaux sont commodes à cet égard : en y employant bien son temps, on y gagne une avance de plusieurs saisons sur le total qu'il faut pour s'être poussé dans la société. C'est un peu comme les villes d'eaux ou les bains de mer, mais avec des choix de tout autre qualité.

A chaque visite, je déclare que vous regrettez bien d'être retenu ailleurs par votre service militaire, et que je serai on ne peut plus heureuse de vous amener à votre tour, à Paris. Nous aurons ainsi une introduction très correcte, pour l'époque des rentrées. Parmi les châtelains des environs, j'en connaissais la plupart de vue ou de nom ; et il y en a beaucoup dont je m'étais dit qu'il faudrait, coûte que coûte, nous faire mettre en rapport avec eux. Le tout était d'être tout à fait bien présenté. Ça y est : j'ai pu constater que le patronage des Pontarmé était de premier ordre.

Les invités continuent à s'installer au château, qui finira bientôt par avoir l'air un peu garni. Il arrive certaines gens fort agréables ; et il en arrive d'autres dont je trouve, pour ma part, que l'on se passerait parfaitement.

Nous avons, en ce moment, le prince Silvère de Caréan, qui est un garçon tout jeune, mais tout ce qu'il y a de plus chic. Depuis qu'il est survenu, c'est visible que M. de Kerbors est dégommé et qu'il le sent lui-même. D'abord, comme naissance, ça ne peut se comparer ; et puis enfin, comme raffinement de manière, comme physique. Le prince Silvère a un teint de fleur rose, et tellement peu, si peu de moustache blonde, que même une figure de femme n'en paraîtrait que plus jolie d'en avoir autant. Vous savez ce que je dis toujours : quand les étrangers sont mal, ils le sont plus que n'importe qui ; mais quand ils sont bien, ils le sont mieux que personne.

Par exemple, un étranger qui est ce qu'on peut imaginer de pire, c'est le baron Munstein. Nous jouissons de sa présence, depuis aujourd'hui midi ; et je l'ai dès à présent en exécration. Du reste, vous et moi, nous l'avions déjà remarqué sans savoir qui c'était. Vous rappelez-vous cet individu, l'année dernière, qui était au Gymnase, dans une baignoire, à côté de celle où nous étions avec la générale ? Un petit tas d'homme, tout carré, avec une barbe en crin, et des dents si peu couvertes par la lèvre du haut, qu'il avait toujours l'air de rire, alors même que les scènes étaient le plus tristes... et dont je vous ai dit qu'il me faisait peur à regarder ? A coup sûr, monsieur, vous n'aurez pas oublié la gentille petite dame avec qui il était, et que vous avez cru reconnaître pour être une actrice ou une danseuse ? Et moi, je ne pouvais pas me faire à l'idée qu'il y avait des femmes assez dégoûtantes, ou peut-être assez braves... Pouah !

Ce Munstein a amené sa fille, une grande pimbêche qui se donne des façons, comme s'il n'y avait qu'elle au monde. Je ne prétends pas qu'on ne puisse la trouver jolie ; d'abord, elle est si riche ! Mais elle n'a pas l'aspect jeune fille ; elle n'a aucune amabilité, aucune déférence pour les femmes. Du reste, elle a également été presque impolie pour M. de Kerbors, qui était auprès d'elle à table, et qui, vous le supposez bien, faisait le beau et mille grimaces de physionomie, entre les côtelettes de ses favoris, « ses côtelettes panées », comme les appelle Valentine de Nécringel.

C'est tout au plus si Mlle Munstein a été polie à l'égard de ce pauvre prince de Caréan, qui s'était donné la peine d'installer, pour elle, le filet de tennis. Aussi je n'ai pu m'empêcher de dire tout bas, en passant près du prince : « Quelle chipie ! hein ? » Et je suis montée vous écrire. Et je vous préviens immédiatement que je renonce à faire aucune espèce de frais pour ces Munstein. Du reste, c'est facile de voir que l'on ne peut compter, devant leurs millions, que lorsque l'on commence à avoir trente-deux quartiers de noblesse. Eh bien ! ils verront ce qu'ils compteront, devant moi ! D'autant qu'il me semble qu'ils ne nous serviraient à rien. Enfin, vous me direz pourtant votre opinion là-dessus.

Anna de Courlandon est toujours bien

affectueuse envers moi. Elle est très contente que je me sois chargée de la coiffer, chaque jour, pour toute la durée du portrait que M. Marfaux entreprend d'elle. Anna a choisi, pour poser, une sorte de toilette de

de gracieusetés. Elle m'a fait de très charmantes jarretières, tout en ayant, quant à elle, sa préférence pour le système des rubans. Elle projette de partir à la fin de la semaine prochaine, afin de faire un crochet par Paris, où elle a des obligations, avant d'aller accomplir sa saison à Salies-de-Béarn. Je crois que Luxeuil lui aurait mieux valu ; mais ce n'est plus l'époque. Je suis montée deux fois à cheval, avec son mari et sa fille. Je considère comme une bonne action de distraire le plus possible M. de

JE CONSIDÈRE COMME UNE BONNE ACTION DE DISTRAIRE M. DE TRÉMEUR.

bal Empire, avec un corsage drapé, et des manches-ballon en velours dahlia. Je puis vous assurer que son décolleté est joliment ballon aussi, et en fameux satin de peau. J'avais apporté mon ouvrage, aujourd'hui, à la première séance ; mais comme M. Marfaux, qui d'ordinaire a la langue très bien pendue, n'a point articulé une syllabe pendant tout le temps que j'ai assisté à son travail, je me dispenserai dorénavant d'être assidue dans le pavillon de l'Horloge, où l'atelier a été établi.

Françoise de Trémeur me comble aussi

Trémeur, quoiqu'il déteste les amies de sa femme.

Enfin, des officiers sont venus en force, de Preuilly et de Bléré, pour prendre part à une partie de chasse. Ils n'auraient pas été fâchés que l'on organisât une sauterie en leur honneur ; et Mlles de Ruan, conviées aussi, étaient de leur avis. J'ignore ce qui me recommandait au choix des uns et des autres ; mais j'avais été désignée pour négocier cette affaire avec la maîtresse de maison. En tout cas, j'ai refusé de me mêler de rien, ne sachant pas jusqu'à quel point vous seriez ravi que j'eusse fait tant de vis-à-vis et de révérences à des messieurs vêtus et galonnés pareillement à ceux, qui, en cet instant, peut-être vous envoient à la salle de police. Du reste, il n'y en avait, parmi eux aucun de né ni d'important et je ne vous ai signalé cet incident qu'en manière de vous glisser comme quoi votre épouse ne vous oublie pas.

Tâchez de trouver le loisir et le courage de m'apprendre un peu ce que vous devenez, dans cette corvée qui sera bientôt finie.

Votre affectionnée, qui vous plaint et pense à vous,

VANOCHE.

*
* *

IX

La marquise douairière de Nécringel au prince de Caréan-Priolo, à Sorrente (Italie).

MANOIR DE BERTHELYS
Par Saint-Loup-les-deux-Jumeaux
VIENNE

Vendredi.

Bien cher Lorenzo, je vais tout à l'heure, en compagnie de ma petite lectrice, partir pour Pontarmé d'où votre fils m'a informée qu'il était et que les Munstein y arriveraient ce jour même. Mon séjour n'y aura guère que la durée strictement nécessaire pour reconnaître que le charmant Silvère, dûment stylé par un maître tel que vous, n'a aucun besoin de mon concours. Ce ne sera certes pas long, non plus, de m'assurer que Mlle Munstein soit bien la fillette la plus énamourée que l'on puisse rêver pour le triomphe de nos projets. J'ai en outre la sécurité de savoir que Munstein veut un prince pour gendre ; et sa fille a les allures d'une personne parfaitement prévenue qu'elle sera faite princesse vers sa majorité, qui est très prochaine.

Je suis vouée, de toutes mes forces, au succès que vous désirez de cette combinaison, pour laquelle j'aurai l'affectueux orgueil de vous avoir peut-être servi.

Serai-je ingrate envers une autre époque, cher Lorenzo, en vous exprimant que les vieux liens, par lesquels je vous suis attachée aujourd'hui, me tiennent dans un bonheur encore plus solide qu'autrefois ?

Du reste il y a là quelque miracle ; car la pensée que j'ai de vous, la forme de vision sous laquelle vous vous présentez à moi, reste toujours celle de notre lointain premier temps, alors que vous étiez si jeune, si beau, et que j'étais si émue.

Depuis cette époque, les ans ont passé ; cependant je n'ai point retenu les transformations qui se seront accomplies en nous et qui se brouillent dans un brouillard de ma mémoire. A présent, je me vois être bien vieille ; mais quand je vous regarde être grave et pensif avec votre glorieuse barbe blanche, je vous revois, vous, tel que vous étiez jadis, à une date que je pourrais citer, qui fut un grand jour de notre petit passé. Ou plutôt cette fois-là, il faisait petit jour d'un jour de notre grand passé. Ne me grondez pas ; ne me rappelez pas aux convenances : on était à Venise, vous dormiez et je vous contemplais.

Tenez, je puis comparer l'inaltérable portrait de vous, que l'amour a gravé dans mon âme, à une impression pareillement surnaturelle que m'a laissée ce portrait du jeune roi, par Vanloo, vous savez bien ? qui est dans mon petit salon blanc de la rue de Varenne. Cette image que, dès l'enfance, je m'étais habituée à admirer, dans la candeur de mes yeux, aura toujours pour moi symbolisé tout Louis XV. J'aurai eu beau rencontrer bien d'autres peintures d'après lui, par le même Vanloo ou par d'autres, cela n'empêche que, à n'importe quelle péripétie de son règne, à n'importe quelle page de son histoire, le Bien-Aimé ne m'apparaisse avec cette tête juvénile, dont le teint semble n'être pas destiné à mûrir. Il faisait alors les délices de Mme de Mailly ; et c'est, à mon gré, comme s'il lui était resté fidèle, de me paraître n'avoir jamais changé depuis lors de visage. Et j'aime celui qui devait devenir l'amant de Mme de Châteauroux, de Mme de Pompadour, de la Dubarry, et de tant d'autres, hélas ! de ce qu'il a su éternellement me revenir à l'esprit sous les traits constants de celui qui ensorcela d'abord l'aînée des quatre sœurs de Nesles.

CETTE IMAGE
QUE, DÈS L'EN-
FANCE, JE M'ÉTAIS
HABITUÉE A ADMIRER,
DANS LA CANDEUR DE MES
YEUX...

Mais je bavarde, je bavarde en amie ra- doteuse, au lieu de vous causer sérieuse- ment, ainsi que les circonstances vous donnent le droit de vous y attendre de ma part.

D'après les renseigne- ments que j'ai fait pren- dre, la jeune personne doit avoir, en se mariant, une première somme de trois cent mille francs, du chef de sa mère, qui est morte avant que la fortune de Munstein ne fût entrée dans sa phase de plénitude ; plus deux mil- lions de dot que lui octroie son père.

Voilà qui constitue quel- que chose ; mais je conviens que ce n'est pas extravagant. D'autant que votre prince charmant de fils n'apporte, de son côté, rien que les qualités les plus brillantes ; c'est-à-dire un surcroît de charges, en cela. Toutefois, ne négligez point que la future est fille unique. De plus, Munstein annonce l'intention de faire vivre chez lui le ménage, tant à Paris qu'à la campagne. Par conséquent, être ainsi à peu près défrayé de tout, cela représente un second revenu assez approchant de celui dont le capital aura déjà été versé. Je n'irai pas jusqu'à prétendre que la compagnie habituelle de Munstein puisse être fort agréable ; mais, du moins, il témoigne pour sa fille une vraie passion de paternité : c'est même la seule succursale qu'il a sans doute jamais affectée au fonctionnement de son colossal égoïsme.

Au sujet de la question religieuse, aucune difficulté : Flore Munstein est catholique. ainsi que sa mère, qui était Bavaroise, d'une famille Muller ou Weber. Sur cette origine. les documents ne semblent pas s'efforcer d'être trop clairs ; mais, en définitive, on ne peut exiger davantage de la baronne Munstein — ou, à la rigueur, de la demoiselle Muller-Weber — que de ne plus être là.

Quant au caractère de la jeune Flore, je la crois plutôt prévoyante et résolue que sentimentale ou enjouée. Par exemple, elle possède un mignon terrier anglais, qu'elle porte parfois en visite, et auquel, une fois, chez moi, à l'heure du thé, elle a refusé toute friandise de sucre ou de gâteau, par une volonté soigneuse de conserver à cette maigre petite bête une beauté censément de race. Tirez de cette note les conclusions que vous pourrez, ou bien n'en tirez aucune : ce qui sera probablement la conclusion la plus judicieuse.

Pendant qu'il est encore temps de s'exprimer librement, je me hâte de vous déclarer que Mlle Munstein n'est pas laide. Et même, si elle devient votre bru, je dirai volontiers, et de très bonne foi, qu'elle est belle. Son physique est, en effet, de ceux qui permettent de prendre sincèrement parti pour ou contre, suivant que l'on soit en état d'amitié ou non avec la personne. Elle est grande, quelque peu mince, mais n'attendant, j'imagine, que les premiers prétextes à devenir plus grassouillette. La tête a une intéressante étroitesse de structure, avec une hau-

teur de front qui serait avantageuse, si l'innocente se coiffait mieux. Un nez aquilin, de jolies dents, de jolis cheveux ; et des yeux d'un ton vert qui, du moins, n'est pas commun. J'espère qu'elle va plaire à Silvère, ce qui serait fort à souhaiter, au cas qu'il l'épousât.

Enfin, comptez que votre fils va être bien entouré et très secondé. Vous savez quelle est ma sollicitude pour lui ; et mon Jean le chérit comme un frère. Il y a même des moments où je trouverais presque qu'ils se ressemblent, si je ne me souvenais combien c'est exactement impossible.

J'oubliais de vous répondre sur un point essentiel, dont vous m'avez posé la question : le baron Munstein n'a jamais été mêlé à l'affaire des mines de Bayona. Il a été surtout, ces dernières années, dans celles des Voies Transbalkaniques et des Comptoirs Méditerranéens, pour lesquelles toutes les difficultés judiciaires sont maintenant aplanies.

Donc, quand j'aurai rempli, à Pontarmé, dans la mesure de mes moyens, ma tâche de vieille amie si heureuse du bien qui peut être obtenu en faveur de ce qui vous touche, je prendrai le chemin d'aller, en quelques étapes, vous retrouver pour quelques précieuses semaines, dans votre hivernage d'élection, où l'hiver de l'année reste bon et chaud comme celui de notre tendresse.

Ah ! Lorenzo, ce sont de théoriciens bien mal instruits qui professent que, à nos âges, l'amitié a succédé à l'amour. Et moi je réplique : « Non, non, l'amour est toujours l'amour ! » Certes, il a quitté le service, il est désormais un peu une sorte de vieux grognard en retraite ; mais il porte au cœur, jusqu'à la mort, sa décoration mystérieuse, le petit lambeau rouge et la chère croix des amoureux. Et quand je vois défiler, quand j'entends retentir la passion des folles jeunesses qui se renouvellent autour de moi, un bien-être inexprimable et toute une ivresse s'emparent de mes sens, car ce sont comme les tambours et les clairons adorés de mon régiment qui passent.

A bientôt, ami aimé.

S. N.

X

*Madame de Trémeur à Monsieur Le Hinglé,
112, avenue Marceau, Paris.*

CHATEAU DE PONTARMÉ
Par Chapelle-sur-Esve
INDRE-ET-LOIRE

Dimanche, 10 heures du matin.

Chéri de ma vie, je suis à couteaux tirés avec mon mari. J'ai cru que je n'oserais plus vous écrire ; et je saisis l'instant de deux heures que j'ai devant moi. Ils sont tous partis, pour une messe en musique, que, moi, j'ai envoyée au diable. Chéri chéri, figurez-vous l'abomination que l'on m'a faite : on m'oblige à jouer la comédie ! une comédie de M. de Pontarmé, qui est déjà en répétitions, et dont la représentation n'aura lieu que du 20 au 25 ! Adieu les projets d'être chez toi, dans tes bras, à six jours d'aujourd'hui.

Chéri, c'est mon mari qui est cause de tout. On aurait parfaitement accepté les excuses que je faisais valoir avec l'énergie que tu peux m'attribuer, s'il n'avait certifié, répété, ragoté que rien ne nous rappelait. Est-ce par sottise ou par malfaisance ?

Ce serait effrayant à penser qu'il eût voulu être mauvais ; car, alors, il faudrait admettre qu'il se doute de quelque chose ? Mais si c'est par stupidité, je crois que je lui en veux encore plus. Oh ! chéri, jure-moi que tu ne l'as pas encore exécré autant ! Mon Dieu ! que pourrons-nous donc faire ensemble, qui nous venge encore plus de lui ? Tu inventeras, n'est-ce pas ? Moi, par moments, je rêve qu'il nous voie, sans rien pouvoir empêcher ni nous faire ensuite aucun mal. Par exemple, s'il était paralysé dans un fauteuil. Mon adoré, il faudrait que tu sois là, tout de suite ; parce que tu juges bien que ça ne me calme pas de rappeler, à moi, des choses de nous, ni d'appeler les intentions les plus folles. Au contraire.

Mais tu sais, ce qu'il en a fait, c'est peut-être bien tout de même de la canaillerie. Il a senti certainement qu'il m'exaspérait ; et cela lui aura suffi, sans qu'il fût capable d'aller jusqu'au bout de l'idée, de chercher à comprendre comment et pourquoi il m'exaspérait tant. Du reste, il ne m'a jamais tant marqué d'hostilité qu'ici, sans doute à cause de ce que, dans ce château reculé, certaines ressources lui manquent particulièrement, en compensation de mes refus. Il est si brute ! Oui, une vraie brute ! N'en faut-il pas être la pire pour continuer à vouloir bestialement une femme dont on n'a jamais eu autre chose que cette misère qu'il a eue de moi ?

Ah ! mon maître aimé, n'êtes-vous pas toqué, lorsque vous me demandez parfois, avec une si vilaine incrédulité, quelle espèce de sentiment ce sauvage rencontrait de ma part, dans les tout premiers temps de mon à peu près bon ménage avec lui ?

Ah çà ! voyons, supposes-tu donc, une minute, qu'il serait si confiant, en somme, aussi certain qu'il l'est — je veux en être convaincue — de ma fidélité, si, à n'importe quelle heure du passé, il avait été seulement un petit peu gratifié de ce que tu sais que je peux être pour toi et par toi ! S'il ne croyait pas que je suis une pitoyable exception, une rien du tout, s'il savait ce qu'il t'est possible de faire de moi, et qu'avec cela je me dérobe à lui, immédiatement il soupçonnerait, il comprendrait, comment veux-tu ? Et, ma parole, il me tuerait ! Et c'est surtout par jalousie de cela — encore plus que pour avoir été tout bonnement trompé — qu'il te tuerait, mon pauvre chéri, toi mon petit magicien ! Aussi, quelquefois, quand c'est trop fort d'être si heureuse, une angoisse me vient qu'il ne me devine en rentrant ; et c'est de peur que je crie.

Mais, pardon, Glé-Glé, de tant vous parler de cet être abhorré ! Et pourtant il faut bien que j'exhale vers toi un peu de la fureur qui m'étouffe. Et ça n'a pas été de trop toute cette colère pour me distraire de te dire plus tôt ma simple mortelle douleur d'être séparée de toi, d'exister où tu n'es pas, de ne pas être où tu vis !...

Si mon mal n'est point pire que la mort, il est en tout cas presque pareil. D'où provient, en définitive, en résumé, cette peine que nous cause la perte d'un être chéri, et qui le comble de la torture morale ? C'est de ce que le mort est ABSENT, qu'on ne le voit pas, qu'on ne peut pas le voir, et que l'on en éprouve d'autant plus encore l'envie ardente de le voir. Parbleu ! ce mot « la mort » pénètre dans l'âme des vivants, et l'emplit, avec un cortège d'idées tragiques, effroyables, surhumaines, fantastiques ; mais au fond de la chose, que trouvons-nous de réel, de sensible ? C'est l'absence. Seulement on objectera que celle-là est éternelle. Oui, c'est vrai. Mais, chéri, quand on endure une souffrance affreuse à chaque moment, dans la cruauté actuelle de chacune de ses secondes, sans que l'instant présent ait place pour recevoir une aggravation de l'instant suivant. Quoi qu'il en soit, chéri, chaque jour de notre séparation est pour moi un morceau de malheur égal à ce que serait le morceau quotidien d'une séparation qui devrait être sans fin.

Alors, Glé-Glé, tu conçois quel cœur j'apporte à apprendre maintenant un rôle de comédie, qui est, avec ça, pas mal long ! Je tâche un petit peu de n'être pas trop horriblement malhonnête pour M. de Pontarmé, qui est l'auteur. Mais, malgré moi, je me renfrogne et je fais manquer toute la répétition, dès que je remarque, autour de moi, de la jovialité ou quelque zèle à préparer un divertissement dont mon bien-aimé ne sera pas spectateur et auquel on ose m'employer, moi, qui n'ai partout et toujours que toi en vue.

Nous n'échangeons plus une parole, mon mari et moi. Nous ne faisons que de croiser nos regards, de temps en temps, comme par inadvertance.

Oh ! mon petit, les yeux d'un autre, de cet autre ! C'est tout ce qu'il pense, tout ce qu'il est, tout ce qu'il va peut-être vouloir, qui se montre là, au bord de sa figure, au dehors de sa tête, à portée de ma main. Oui, c'est l'expression de son âme, c'est toute son âme qui s'avance ainsi sur le seuil d'elle-même, si visible et si extérieure qu'on en pourrait saisir l'abominable gris d'acier, sans que cependant il soit possible d'y rien déchiffrer de ce qui vous attend, de ce qui vous menacerait peut-être !... Mon Dieu ! que je le hais donc, cette espèce de sphinx, qui doit surtout être un idiot ! Mais crois bien, mon mignon, que je ne suis guère plus calme, quand ce sont tes chéris yeux que je contemple. J'y distingue aussi que mon sort y

brille, sous tes beaux sourcils, et que je n'en puis pas savoir la moindre parcelle.

Tout me persuade qu'Il ne se doute de rien ; car Il ne nous laisserait pas en paix. Et, à tout moment, je me répète néanmoins que c'est impossible qu'Il n'ait pas quelque ombrage, qu'Il ne suspecte point des choses...

Réfléchis : comment un mari, dès qu'il sait sûrement n'être pas aimé de sa femme, n'est-il pas, du matin au soir, à chercher qui sa femme peut bien aimer ? Est-ce admissible qu'il n'observe pas combien l'amour est la loi formelle, la nécessité impérieuse de tous les autres hommes, de toutes les femmes ? Surtout dans notre société de désœuvrés. Et c'est aussi pour cela, cher Glé-Glé, que tu me fais toujours si peur quand je ne sens pas, quand je ne serre pas dans mes bras, que je sois l'occupation absorbante de ta vie tant inoccupée. Oh ! je voudrais que tu sois encore soldat, ou député, ouvrier, n'importe quoi, que sais-je ? afin d'éviter ces impitoyables tentations de l'oisiveté.

En définitive, ici, au château, pour presque tout le monde, l'amour est seul en cause ; il ne s'agit que de lui, dans les propos que tiennent les uns et dans les mines que prennent les autres. On en parle, on le parle, et peut-être le fait-on plus encore que je ne saurais l'assurer. En tout cas, ceux qui, à cet égard, ont la libre pratique et qui n'auraient à dissimuler un peu que par pudeur, s'en donnent officiellement à cœur-joie.

Je fais allusion au jeune couple de Nécringel, qui, sous le prétexte que la petite marquise soit souffrante, passe presque toute la journée dans la chambre de celle-ci. Et, quand ils en descendent, c'est le mari qui a la plus mauvaise mine. La marquise douairière, qui est arrivée avant-hier, a critiqué carrément son fils et sa belle-fille ; mais, du reste, sans sévérité. Elle m'a tout l'air aussi d'être une vieille zélatrice de l'amour. Hier soir, elle nous a conté, à Vanoche, Anna et moi, des fredaines bien amusantes d'une soi-disant amie, à qui, j'en jurerais, elle n'aurait point aussi subrepticement cédé sa place dans le temps précis de les fredonner.

Je garde toujours mon doute sur le point de savoir si Vanoche a sauté le pas. J'aurais une légère tendance à gager plutôt que non, malgré la façon dont tu m'as rapporté qu'elle avait été avec toi, le soir de janvier dernier où tu l'as ramenée de la maison. C'est assez dire que je ne lui en ai pas de rancune, la comprenant si elle voulait t'avoir, et la plaignant, n'est-ce pas? moi qui t'ai.

Au cours des historiettes galantes dont la bonne Nécringel nous a diverties, Vanoche a pourtant confessé que, quand elle s'interroge sur ces sujets, elle sent parfois qu'elle serait peut-être capable d'une petite défaillance qui irait tout de même jusqu'au bout, rien que pour voir, mais surtout sans

LA MARQUISE NOUS A CONTÉ
DES FREDAINES BIEN AMUSANTES
D'UNE SOI-DISANT AMIE.

être vue, par exemple masquée. Justement, il y a ici un très joli prince de Caréan, dont le masque — d'après certaines coquetteries qu'elle a — me fait l'effet qu'il irait assez à Mme Vanoche.

En ce qui concerne Anna de Courlandon, elle parle des hommes et des choses de l'amour avec un dédain que ses mésintelligences conjugales rendent plausible, mais qu'un mari ne m'a jamais paru en situation d'inspirer si définitivement. Alors ?...

Cela va de soi, néanmoins, qu'un peintre, qui fait en ce moment son portrait, profite du tête-à-tête pour lui faire aussi la cour.

Dois-je vous prévenir que M. de Kerbors, qui n'aura sans doute trouvé personne de mieux, s'est mis en frais auprès de moi ? J'ajoute aussitôt que mon mari en est devenu très gracieux envers lui. Pourrais-je mieux vous faire entendre combien il faut donc que, moi, je le sois peu !

Votre Munstein a fait, au château, son entrée de baron allemand, avec un chasseur à plumet sur le siège du landau qui avait été le chercher, lui et sa fille. Je m'étais apprêtée à le considérer comme une châsse, dans laquelle serait contenue l'impression adorée que vous ne pouvez manquer de laisser partout où vous avez passé et qu'il aurait dû m'apporter toute fraîche de votre récente partie avec lui. Mais il m'a déçue, en étant si odieux. Il est trop laid, et grossier, et plaisantin avec quelque chose de féroce. Et je le hais d'avoir été le profanateur inconscient de ce qu'il aurait pu me transmettre de vous.

Laissez-moi vous supplier, Glé-Glé, de ne pas trop jouer. D'abord, vous savez bien que la chance ne peut pas s'attacher à vous : je vous aime trop. Et aussi, je ne puis retenir (pardon!) d'être un peu jalouse de ce que les cartes doivent quelquefois disputer de votre pensée, que je veux tout entière à mon petit moi qui vous en implore bien humblement. Mais si tu dois, par instants, songer à des idées qui ne soient pas rien que moi, alors, oui, pense aux cartes, et joue, et perds, joue comme un enragé, et perds tout ! Oh ! quand j'imagine tes lèvres sur une autre bouche, et puis encore des choses, des abominations que je vois, chéri, je deviens folle !

Mon Dieu ! voici les roues des voitures qui grincent sur le sable, en bas de mes fenêtres, devant le perron. Ils vont être là. Vrai ! leur messe en musique a été plus courte que celle que je voudrais continuer à te servir. Chéri, je te quitte, et je redeviens, pour des jours, des jours et des jours, seule de toi à hurler !

Lundi, cinq heures du matin.

. . . .

Il y a une chose dont je m'étais dit que je ne te parlerais point, pour ne pas compliquer l'ennui que cette lettre de mauvaise nouvelle va te causer. Mais c'est plus fort que moi de te faire toujours savoir tout ce que je sais. J'ai patienté jusqu'à maintenant pour t'avouer une épouvante qui grandit d'heure en heure, à propos de ce qui aurait dû être, et qui n'est pas !

Ecris-moi vite, tout de suite. Et si je ne devais pas être rassurée, fortifie-moi par des montagnes d'amour !

FRANÇOISE.

XI

Le prince Silvère de Caréan au prince de Caréan-Priolo, à Sorrente (Italie).

CHATEAU DE PONTARME
Par Chapelle-sur-Esve
INDRE-ET-LOIRE

10 octobre 1892.

Mon cher père,

Je me suis conformé à vos vues, et me voici en résidence avec les Munstein. Mais je ne puis vous donner encore aucun bon renseignement à l'égard de mes chances de réussite.

Mlle Munstein n'est point d'humeur très accessible, sans qu'il me soit permis d'attribuer cela à de la timidité. Sa froideur viendrait plutôt d'un dédain probable contre tout prétendant. C'est, en tout cas, imprudent de sa part ; et elle le paiera sans doute plus tard, si elle épouse quelqu'un qu'elle aurait, tout d'abord, un peu maltraité. Car son physique n'a juste que ce qu'il lui faudrait pour se faire pardonner de s'être laissé épouser, encore que gentiment.

Je lui reproche un peu d'être aussi grande que moi. Sans m'être jamais représenté comment devrait être la compagne de ma vie, je crois que j'ai dû en rêver une qui

Son excès d'amabilité a quelque
chose d'embarrassant.

3

ne me serait venue qu'à l'épaule. Mais vous m'avez déshabitué, en votre sagesse, de m'attacher à ces idées d'instinct, dont on est incapable de fournir une raison tenable. Je résumerai donc mon impression sur la personne de Mlle Munstein, en vous déclarant que je pourrais, sans aucun malaise d'amour-propre, la présenter comme ma femme, aussi bien à Rome qu'à Paris.

L'accueil que m'a fait le baron Munstein a été extrêmement plus empressé que celui de sa fille, tout en ne m'étant pas beaucoup plus sympathique. Son excès d'amabilité a quelque chose d'embarrassant. On en est un peu gêné dans soi, et encore plus dans les autres qui se tiennent là. Ne parlant jamais de lui, il vous parle de vous ; et la façon qu'il a de rouler des yeux quand il vous adresse ainsi la parole, lui donne l'air assez menaçant de procéder à un interrogatoire que l'on aurait envie de trouver comique et que l'on sent toujours grave.

Il m'a un peu questionné sur vous et m'a félicité, ainsi que je vous le dois, de mes réponses. Il a paru content aussi d'apprendre que j'étais filleul de Sa Majesté Michel-Joseph ; et, en l'honneur de cette occasion, il s'est laissé aller, pour une fois, à dire de ses affaires qu'elles l'appelaient souvent dans les États de mon parrain. Il savait — en dehors de moi, et d'avance — que j'avais eu le malheur de perdre ma mère dans les conditions de ce douloureux pèlerinage au Saint-Sépulcre.

Mme la douairière de Neeringel, dès son arrivée, s'est montrée très charitable pour moi, s'appliquant à produire ce qui pouvait me faire connaître avantageusement. Voudrez-vous donc bien lui dire — en outre de ce que j'aurai su lui exprimer moi-même — que vous me savez très conscient et très obligé de ses bons soins ? Je crois, d'ailleurs, qu'elle ne tardera pas à quitter Pontarmé, et que vous devez lui offrir bientôt l'hospitalité, à Sorrente. Je ne désirerais pas, non plus, qu'elle plaidât plus longuement ni plus vivement ma cause qui, bien préparée par elle comme je l'en remercie, ne doit être décemment, et somme toute, gagnée que par moi. D'autant que, devant la réserve observée à mon égard par Mlle Munstein, je suis

tenu à ne point m'aventurer, envers elle, sans une foule de précautions et beaucoup de mesure. Je me garderai donc de faire aborder, par personne au monde, quoi que ce soit des conditions foncières du projet dont on pourrait la prévenir, avant que je ne l'aie amenée, si possible, aux sentiments qui ensuite faciliteraient tout.

Avec vous, toutefois, mon cher père, je tiens à préciser le sujet, de manière à nous éviter, à l'un et l'autre, des méprises pour la suite.

Me Marton-Martin, chez qui je suis allé en conseil avant de venir ici, et que vous aviez chargé de s'éclairer auprès de son collègue le notaire du baron, m'a appris que la dot de Mlle Munstein avait toujours été d'un chiffre variablement vague. C'est-à-dire qu'elle sera d'un million ou de deux millions, ou même encore de trois ou quatre, suivant le caprice de Munstein. La différence de ces sommes n'est rien, paraît-il, pour un capitaliste tel que lui, et rien ne serait définitif, ajoute-t-on, jusqu'au dernier moment, avec un caractère comme le sien. On sait que mille vanités le font être généreux ; mais l'une d'elles, cependant, serait la vanité de ne point se laisser surfaire. S'il veut de moi, il ne fera donc pas de difficulté de me payer le juste prix que je lui semblerai valoir.

Naturellement, je serais candidat au maximum de quatre millions. Je sais qu'il vaut mieux se fier à ce que l'on tient tout de suite qu'à ce que censément l'on aura. Et ce vieux précepte s'impose d'autant plus, lorsque le futur dépend d'un homme ainsi lancé dans les spéculations. Et puis je ne veux pas seulement avoir le droit, si cela me convenait, de fermer ma porte à mon beau-père ; je veux surtout en avoir le moyen.

Cependant je pourrais, à la rigueur, me contenter d'un million actuellement ; mais, pour cela, je devrais d'abord y avoir été autorisé par vous, et il faudrait alors que vous m'ayez sacrifié vos exigences, si vénérées et toutes légitimes qu'elles sont.

Je ne demande aussi qu'à être très gentil pour mes sœurs. Mais vraiment, au-dessous de deux millions (à peine de quoi soutenir

un train inévitable), je ne puis vous promettre qu'il me serait possible de servir à
Maria-Pia la rente que vous fixez à six mille
francs pour l'établir. Quant à Carlotta, son
sort est honorablement réglé; son mari ne
l'a pas prise pour des espérances qu'il ne
pouvait fonder sur moi; et la solde, en définitive, pourvoit suffisamment aux besoins
si restreints d'un ménage d'officier de ma-
rine. Néanmoins, la pension que me fait ma
tante, si elle voulait bien la continuer, pourrait être reportée sur Carlotta, ou sur Maria-
Pia, à moins que vous n'entendiez la garder.

Si, par grâce du ciel, je parvenais à me
faire décerner le prix de trois ou quatre
millions (que, dans notre branche aînée de
Sicile, l'un des nôtres a déjà décroché),
j'aurais aussitôt la joie de vous acheter votre
palais et votre domaine de Sorrente, moyen-
nant la somme que vous m'avez toujours dit
l'estimer, et de vous en conserver la jouissance en les libérant de toutes dettes.

Je me reprends, après réflexion, pour
ajouter que ne voulant ni vous contrarier,
ni pourtant trop risquer de manquer une au-
baine qui m'est si indispensable, je vous propose, dans le cas le moins favorable (c'est-
à-dire celui d'une dot d'un million), d'acquitter annuellement la charge des hypothèques
dont vous êtes grevé. Mais alors, je ne me
dessaisirais pas de la pension de ma tante
Annunzia. Et enfin, dans les cas les plus favorables (dot de trois ou quatre millions), je
ferais volontiers un beau cadeau de noces
à Carlotta, sur l'importance duquel ma piété
filiale et mes sentiments pour ma sœur vous
sont les garants que nous tomberions d'accord en famille.

Veuillez, mon cher père, me répondre si
notre entente est complète sur ces bases.

Si vous appréciiez qu'il serait juste de
réclamer davantage de moi, je vous témoi-
gnerais mon absolue déférence, en me désis-
tant d'un parti dans lequel je pourrais peut-
être aboutir à bref délai, et tel qu'il serait
possible que nous n'en retrouvions jamais
d'équivalent. Du moins, je garderais ma liberté, qui est tout de même un bien précieux
et dont je pourrais avoir envie, un jour,
d'user, sans profit pour personne, mais selon
mon cœur.

Examinez les concessions que vous pouvez exactement faire; et si vous deviez vous
en tenir à vos volontés premières, daignez
m'excuser de préférer ma pauvreté présente
à une richesse trop onéreuse.

Votre fils respectueusement affectionné,

SILVÈRE.

* *
*

XII

*Miss Gimblett à Monsieur Anrion,
au château de Pontarmé.*

Paris. — Mardi.

On pense à toi, Coco, et on fait tes com-
missions. J'ai été, hier, chez le costumier.
Demain, sans faute, tu recevras ton pour-
point. Pourquoi m'avais-tu dit qu'il coûtait deux cents francs, puisqu'il en coûte
trois cent cinquante avec broderies, et qu'il
est brodé? Tu as bien le droit de faire ce
que tu veux de ton argent; et je ne m'en
mêle pas. Seulement, quand tu me racontes
que tu n'as pas le sou, je m'explique comment ça se fait.

Je t'ai expédié, en gare de Chapelle-sur-
Esve, la boîte que tu m'avais chargée de
remplir. C'est ma femme de chambre qui a
fait l'emballage : elle ne pouvait pas croire
qu'un homme allait se fourrer sur la figure
tant de saletés de pâtes, de poudres, de
crayons et de crèmes. Je t'ai mis un pot de
mon rouge; et j'ai gardé celui de ton par-
fumeur, pour l'essayer, quoiqu'il n'ait pas
l'air très catholique.

Est-ce toi qui as envoyé les renseignements pour l'article que l'on a fait sur la
pièce où tu vas jouer? En tout cas, il est
plus aimable pour toi que pour personne. Au
fait, je le découpe, et je l'intercale entre mes
pattes de mouche :

Les échos de la Touraine vont bientôt
retentir d'une magnifique fête théâtrale qui
doit être offerte par le comte et la comtesse
de Pontarmé, dans leur superbe château.
On chuchote déjà beaucoup de bien sur la

comédie inédite, en un acte, qui sera interprétée par l'élite de nos amateurs mondains. Titre : *Gabrielle d'Estrées*. Auteur : le comte de Pontarmé. C'est tout dire.

M. Anrion, dont le Tout-Paris a consacré la gloire de fin diseur, tiendra le rôle de Bellegarde, favori du roi, mais plus favori encore de la favorite ; ce qui ne peut manquer d'être fort piquant. M. de Kerbors sera un imposant Henri IV. M. de Pontarmé (l'auteur lui-même, excusez du peu) représentera Sully, dont il a su faire la plus divertissante des vieilles ganaches, tout en gardant envers cette grande figure historique le respect que lui doit le parti monarchiste.

La pièce est, assure-t-on, d'une prose si délicate qu'elle est pour ainsi dire en vers. La belle Gabrielle paraîtra sous les traits de Mme de Trémeur, qui aura pour sémillante demoiselle d'honneur la baronne Vanault de Floche. Mme la marquise Jean de Nécringel, pour raison de santé, ne remplira qu'un rôle muet de jeune esclave mauresque, jolie à croquer sous sa coiffure de sequins et chevaleresquement dévouée à la France.

Ainsi, Coco, tu vois que l'attention des peuples est, d'ores et déjà, fixée sur ta future apothéose.

De plus, avec de pareilles Belle Gabrielle, et tes sémillantes baronnes d'honneur, et ces croquettes de marquise un peu indisposée, tu ne dois pas bâiller autant que tu me faisais semblant de t'y attendre, en partant. Ce n'est pas que je te boude. La réflexion n'est pas de moi. Elle est de la mère Trumelle, à qui je lisais tout haut cet article, pendant qu'elle me manicurait.

— « Eh bien ! ma pauvre petite dame, m'a-t-elle dit, si vous le laissez courir comme ça dans le monde, et y avoir des succès d'artiste et de monsieur joli-cœur, ce n'est pas à moi qu'il faudra venir vous plaindre, après. Mais, sapristi ! ce sont des femmes mariées qui le leur prennent tous, à toutes mes clientes ! Les actrices du monde prennent les acteurs du monde ; les vendeuses de charité prennent les commissaires de leurs bazars. Voyons, leurs répétitions, leurs comptoirs de bonnes œuvres, vous ne comprenez donc pas pourquoi c'est faire ? Des jeunes femmes partout, des jeunes gens toujours ! Par exemple, dans leurs sacrées réunions de bienfaisance, s'il ne s'agissait que de travailler au bien, est-ce que ça ne serait pas cent fois plus panaché de vieux et de vieilles,

qui n'ont rien ailleurs pour se distraire les dix doigts ? »

La mère Trumelle n'y va pas par quatre chemins : elle voudrait que les cocottes se nomment un syndic, qui se remue autant que celui des agents de change pour obtenir la suppression de la coulisse. Et le fait est qu'elles me dégoûtent assez, tes coulisses de salon, et ces prétextes de jouer la comédie qui sont des pince-machin plus ou moins comme il faut.

Et encore si les femmes de votre société chouette vous traitaient seulement mieux, ou même aussi bien que les autres ! Non, mais où est votre avantage avec elles ? Je te demande un peu que tu me le démontres ? Est-ce qu'elles vous coûtent moins cher ? Est-ce qu'elles vous empêchent moins de vous marier ? Leur éducation ! Leur instruction ! Mais moi aussi, je l'ai, mon brevet, et avec ça un diplôme du Conservatoire. Et si je me suis mise cocotte, c'est encore parce que j'ai choisi. Ah ! là là ! vos grandes dames. Vous rendent-elles plus heureux ? Vous décatissent-elles moins ?

Tiens, hier soir, Palancia a donné un dîner, au cercle, en l'honneur d'une banque-rasoir. J'y étais. Ma sœur aussi, avec qui je m'étais remise ; mais ça n'a pas duré. Il y avait Eloi de Vorge, le petit Cramant, Le Hinglé, Biriboff, Coucy de Ripont ; et encore, comme femmes, Anne-Mimi et Gonzeline. Le côté des hommes, on peut dire, était presque tout de parfaits noceurs. Un seul d'assommant, d'impossible, et que, dès son départ, nous avons tous prié Palancia de ne plus nous resservir : c'était Le Hinglé. Depuis qu'il a, paraît-il, une liaison avec une femme du monde, il est efflanqué, il est stupide, il est mal poli, et il a la guigne.

— « Ce qu'il est sombre, ce qu'il est fatal ! a trouvé Anne-Mimi ; il me fait l'effet d'un des alguazils de la rue Pergolèse... »

Et là-dessus, son cousin Eloi, qui ne l'aime pas, mais qui aurait pourtant mieux fait de se taire, nous a appris que le papa de Vorge venait de refuser de se laisser taper par Le Hinglé, dans les grands prix. Le bonhomme a été écœuré d'avoir payé, une fois, les dettes de son neveu, sans réussir à le faire maintenir dans l'armée. Cela entre

JE LISAIS TOUT HAUT CET ARTICLE A LA MÈRE
TRUMELLE PENDANT QU'ELLE ME MANICURAIT.

nous, n'est-ce pas ? Eloi de Vorge nous a conté la chose en confidence, et il serait furieux qu'on la répétât. Nous ne sommes que la bande à le savoir.

Les hommes n'ont pas voulu nous dire comment s'appelait sa madame ; mais ils étaient tous d'accord que Le Hinglé avait été épatant, quand il était à l'Ecole de Guerre, et que c'était à présent un type fini. Voilà comment elles vous arrangent, vos cascadeuses du high-life !

Je n'ai pu m'empêcher de faire la comparaison avec Palancia, qui a bien vingt ans de plus que Le Hinglé. Eh bien ! quoiqu'il n'ait plus de cheveux, presque plus de dents, et avec ça son gros ventre, c'était encore Palancia le plus jeune. Un moment, il s'est battu (en blague) avec ma sœur. Ils se sont culbutés, mon cher, ils ont roulé tous les deux sur le tapis, sous la table. Gonzeline criait à cause de sa robe. J'ai cru que je mourrais de rire.

Mais des lascars du numéro de Le Hinglé, je te préviens qu'il commence à y en avoir de trop ; il n'en faut plus.

Ce que je t'en dis là, ce n'est pas pour te taquiner ; c'est très franc. Je te considère comme un gentil petit ami. Pour m'aider, tu fais, par mois, ce que tu veux ; et j'ai toujours mieux aimé croire que c'était ce que tu pouvais. De ton côté, tu comprends, sans peine, que tu n'es pas mon seigneur et maître ; tu as le bon goût de te montrer content du train que je mène, sans jamais me demander comment. J'ai ma liberté, tu as ta liberté ; et quand il te vient un béguin, de droite ou de gauche, c'est parfait que tu te le paies. Mais si tu désires que l'on reste bien ensemble, ne va pas te faire abrutir par une femme du monde. Je te crois, du reste, trop malin, pour te faufiler dans des aventures où l'on peut être pincé, avec un tas d'histoires et tout le tremblement. Tandis qu'avec les petites cocottes, un petit coco est bien tranquille : son plaisir est le même ; et il n'a pas d'embêtements.

Pendant que tu circules, moi aussi je vais faire un voyage de trois jours pour me rappeler, en tout bien tout honneur, au père de l'enfant. Il est aujourd'hui marié au Havre ; et, ma parole, de temps en temps, pour

les trimestres, il a l'air de s'imaginer que ça répond à tout.

Préviens-moi assez à l'avance de la date où tu reviendras, et si ça sera le soir ?

J'ai renvoyé le groom et la cuisinière ; c'était l'un ou l'autre qui buvait mon eau de Botot, du moment que je suis sûre d'Aglaé.

Bonne poignée de main.

GIMBLETT.

XIII

Monsieur Le Hinglé à Madame de Trémeur, au château de Pontarmé.

(Sous enveloppe adressée à Mme Vanault de Floche.)

Paris, 11 octobre.

Eh bien ! ma chérie, il ne manquait plus que cela ! Je ne croyais pas qu'une tête pût être plus bourrelée que ne l'était déjà la mienne, lorsque ta lettre est venue me donner le coup du lapin. Ma pauvre chérie, je m'empresse de te crier, de toutes mes forces : non, non et non ! C'est impossible. Je te jure que non. Fais tout au monde pour m'envoyer une dépêche. Je n'admets pas que ton alarme dure encore, depuis l'heure d'hier où tu me l'as écrite. Que veux-tu que je te dise, puisque, dans le moment, je ne puis que t'interroger ? Je n'ai aucune inquiétude ; mais réponds-moi, au plus vite, que tu es tranquille. Ce qui est effrayant, c'est de ne pas être ensemble, et puis que tu n'aies même pas de liberté à cette heure. Encore une fois, ne te monte pas l'imagination ; ça n'en serait que pire. Je t'en prie, sois raisonnable, dors sur tes deux oreilles. Je te donne ma parole d'honneur que tu le peux. Télégraphie-moi à Châlons, télégraphe restant. J'y vais voir un camarade de promotion, que je n'ai pas vu depuis très longtemps. Dès après-demain, je serai revenu. J'ai l'âme plus au noir que je ne saurais te le dire. Mais ce n'est pas de ce que tu me racontes, bien entendu, puisque j'ai la conviction absolue que tu es dans l'erreur. Seulement on ne devrait jamais se séparer. C'est un état de malheur, bosses. Ça m'occuperait, pendant que je suis seul et que je me ronge. Je t'aime, je t'adore ; j'attends avec impatience que tu me fasses connaître la vérité. De toi, elle me sera toujours belle. Je suis prêt à tout. Je suis mûr pour n'importe quelle grande chose, bien ou mal.

Veux-tu qu'on s'en aille au bout du monde ? Et surtout aie bon courage, tu as fait un cauchemar, tu t'es effarée d'une chi-mère. Je baise tes pieds mignons, qui doivent être encore plus froids qu'à l'ordinaire, de

ENCORE UNE FOIS NE TE MONTE PAS L'IMAGINATION ; ÇA NE SERAIT QUE PIRE.

où toutes les minutes sont contre soi. Tu le vois bien pour ton compte. N'aie pas peur, mon petit chou chéri qui a osé se croire un terrible petit chou. Moi, je n'ai peur de rien. Si tu pouvais ne pas en être, j'aimerais qu'il n'éclate, autour de moi, que des plaies et des ce que tu auras eu si peur. Quelle baraque que la vie ! Dire que je ne peux rien pour toi ! On est deux à ne faire qu'un ; on l'a éprouvé mille fois dans les folies de passion. Et, subitement, pour une misère qui est survenue, on sent que l'autre est tout de même un autre, et qu'on ne pourrait rien pour le sauver, ni pour qu'il vous sauve. Mais, du reste, cela vaudrait-il autant que de se savoir capable de se perdre avec lui ?

GLÉ.

*
* *

XIV

Monsieur Guy Marfaux à Monsieur Cyprien Marfaux, homme de lettres, 9 bis, avenue de la Grande-Armée. Paris.

CHATEAU DE PONTARME
Par Chapelle-sur-Esve
INDRE-ET-LOIRE

12 octobre 1892.

Tu ne te douterais pas, mon cher garçon, du recueillement avec lequel j'ai lu les leçons que ta lettre m'a prodiguées. Et, au lieu de te répondre par les invectives que, probablement, tu prévoyais, je t'accorde l'honneur d'être discuté avec modération — et irréfutablement réfuté.

D'abord, d'une façon générale, tes idées sur les gens du monde exhalent une odeur, saine mais particulière, d'épicerie modèle et de réflexions du dimanche.

Tu prétends qu'ils n'entendent rien aux questions de l'art. Cela est beaucoup dire. Et, en tout cas, c'est trop dire pour que tu me paraisses équitable, puisque tu vis systématiquement à distance de ne pas pouvoir les écouter. Laisse-moi te faire observer que, lorsque les ancêtres de mes hôtes actuels, et de leurs semblables, détenaient toute espèce de droits et de pouvoirs, ils ont fait aux arts une place assez convenable. Toi qui es féru des infaillibilités de l'atavisme, je te fournis là, gratuitement, un sujet de mémoire à rédiger, auquel je ferai plus facilement de la réclame, dans le monde, qu'à ton *Iza la Paillasse.*

Quant à ce qui concerne mes rapports d'artiste avec les personnes de « la société », je commence par t'imposer le credo que je suis homme à traiter, partout où je vais, de puissance à puissance.

Avant tout, je te fais la déclaration d'être convaincu autant que toi — plus même que toi, car j'ai meilleure connaissance de cause — que mes aristocratiques relations se considèrent comme étant d'une race supérieure à la mienne. Et le plus intime d'entre eux avec moi, le plus cordial, après dix ans d'amical commerce et de services mutuels, me jetterait parfaitement au nez, j'en suis persuadé, cette prétention hiérarchique, pour une simple fois où il me serait arrivé de lui taper sur le ventre, d'une manière ou à un moment qui ne lui conviendrait pas tout à fait.

Mais, s'il te plaît, retiens-toi vite, sur ce point, de faire explosion contre moi ; et veuille examiner si cet état d'esprit que j'attribue à une certaine catégorie de nos compatriotes est plus intolérable, ou plus comique, que l'illusion internationale de supériorité par laquelle, de peuple à peuple, on s'imagine être plus l'un que l'autre.

Lorsque tu me reproches d'être lié avec tel ou tel de ces gens en qui sommeille légèrement cette « superbe » que je t'y signale tout le premier, c'est aussi bête, mon honoré garçon, que si tu me reprochais d'être lié avec un Anglais. Dieu sait pourtant si celui-là me mépriserait, dans son for intérieur, de n'être en regard de lui qu'un Parisien ! Certes, je n'ignorerais point que le dernier des sujets britanniques eût à passer avant moi dans le cœur de mon ami anglais. Mais, ceci concédé, je lui aurais le gré convenable de me témoigner le meilleur des sentiments qu'il fût susceptible de ressentir pour un Français, et en même temps de m'intéresser par ses particularités étrangères. Et rapporte-t'en à ton frérot pour ne jamais donner, en pareille circonstance, que vingt-cinq francs de bonne grâce par chaque livre sterling de courtoisie.

Toute la position d'un homme réside en son caractère ; et un homme de caractère ne sera nulle part déplacé ni ridicule, pas

Un véritable salon, tu ne te d'outes pas de ce que c'est...

plus à la Cour du Tsar que prisonnier des Hottentots. Il y saura garder, non seulement les dehors appropriés, mais aussi la figure intérieure qu'il se doit de faire à sa propre dignité.

Tu me demandes quelle raison m'attire dans le milieu mondain. Cela, mon garçon, permets, c'est ma fantaisie. Fromentin préférait le Sahel ; d'autres se complaisent devant le carreau des Halles, peignent des scènes du Vatican ou des équipes de canotiers. Liberté à tous, sainte liberté des autres, je te salue ; et, passant mon chemin, je vais vers ce qui est de mon goût : par exemple, les nuances et les formes d'un bal en habits de couleurs.

J'aime le spectacle du monde parce que — si vil et si imparfait qu'il soit — je considère qu'il représente encore les résultats de civilisation les plus perfectionnés, jusqu'à nouvel ordre.

Un véritable salon, tu ne te doutes pas de ce que c'est, mon pauvre Vandale, mon cher Ostrogoth, mon vieux Burgonde ! D'abord, un salon est l'endroit de civilisation d'où l'on a le plus banni tous ces genres de moyens matériels, affectés ailleurs à l'animalité des gens. Quelle qu'en soit la valeur, une salle à manger, un cabinet de toilette, même du dernier confort, une chambre à coucher (pour ne rien dire de plus), tout cela s'adresse aux nécessités de la bête humaine. Mais un salon, dont l'utilité n'est que d'être inutile, qui est un lieu paré pour de perpétuelles parades, où tous les actes sont oisifs et toutes les paroles convenues, tandis que le temps qu'on y passe est lui-même de luxe, ne saurais-tu vraiment concevoir qu'il y ait un état d'art dans cette atmosphère artificielle ? Ainsi, dissimuler tous ses besoins, maquiller ses laideurs, voiler ses vices, réprimer ses vertus, feindre par le visage, mentir pour causer, ce ne serait pas de l'art vivant, l'art absolu de la vie elle-même ? Alors, zut ! Et je me bornerai à ajouter que l'état du monde, nonobstant, reste, à mes yeux, ce qu'il y a de plus opposé à l'état de nature. N'oublie pas, dans ta prochaine, de m'envoyer ta définition, à toi, de l'art ; ce que tu auras de plus neuf en ce genre.

Peut-être vas-tu me répliquer que c'est contre les gens du monde que tu en as, plus encore que contre le monde en soi. Je connais le système. C'est comme ça que bon papa Marfaux disait qu'il était pour la République, mais sans républicains. Sur ce point, je ne pourrais te convaincre que par des exemples justement impraticables, puisqu'il me faudrait me servir de personnes que tu ne connais pas. Néanmoins, il y a des faits publics, en conséquence de quoi je fais appel à ta bonne foi pour me concéder que la suite des traditions et de l'éducation dans l'aristocratie y ait établi certaines garanties de ton et de manière avec lesquels ça ne peut être qu'agréable de se trouver en rapport. Ainsi, quand il arrive à un noble de passer en police correctionnelle, n'est-on pas toujours assez édifié de ce que son attitude a de décent auprès des juges, pour en prévoir ce qu'elle aura de doux et de distingué envers les gardiens ? Tu crois que je plaisante. Non pas. C'est surtout là, où il est difficile d'avoir belle tenue, que se marque la race.

Quant aux femmes que l'on rencontre dans le monde, et sur lesquelles tu as si vite expédié ton aveugle jugement, laisse-moi t'apprendre qu'au moins les mieux d'entre elles semblent appartenir à une espèce d'élite, dont l'élevage serait destiné à des plaisirs de roi.

Ta nature robuste — et que je qualifierai de loyale, afin d'en pouvoir t'insinuer plus gracieusement qu'elle est simple — n'est pas consciente des degrés de féminisation auxquels peut atteindre la séduction des femmes, au-dessus de la femme proprement dite que chacune est elle-même.

Pourvu qu'elle fût avenante et prête à la composition, je t'ai généralement vu enchanté de n'importe laquelle.

Il y a, mon gaillard, autre chose, et mieux, que ces satisfactions faciles de pacha du dix-septième arrondissement.

Il y a, d'abord, en reprenant la comparaison avec le cas de Français à Anglais que je faisais plus haut, un attrait d'instinct, une vive curiosité de sens à désirer le contact de sa fantaisie de continental avec l'épiderme d'une insulaire.

Et maintenant, tâche d'imaginer quelle admirable amélioration du sexe, quel suprême de volaille féminine peut être confectionné, avec une qualité de femme dont le seul but, le seul rôle, la seule pensée est d'avoir à plaire et de vouloir incomparablement plaire !

Circonvenues des hommes les plus galants, les mieux caparaçonnés et qui n'ont tous à marcher dans la vie que leur pas d'étalons en promenade, les femmes du monde sont en perpétuelle sollicitation de faire l'amour. Et cependant, pour les contenir et les enclore, tout un paddock se dresse autour d'elles, les barrières de l'époux, de la famille, des lois, des mœurs. Il n'est pas jusqu'à la domesticité qui ne soit une entrave. Ces grands larbins, ces valets de pied, montés à la suite des maîtresses et qui séjournent dans les antichambres, me font toujours l'effet d'y guetter, chacun, sa prévenue, pour la ramener jusqu'au petit coupé cellulaire dont elle est attendue en bas et pour en refermer sur elle implacablement la portière plus ou moins blasonnée.

Rien qu'à regarder les femmes du monde, avec mes yeux de peintre de portraits qui les savent surexcitées, sans cesse, par le tourment de toutes les offres et de toutes les prières, dans leur existence de fêtes, d'excitation charnelle et d'esclavage, je lis sur leur visage l'angoisse du jeune Spartiate qu'une bête dévore sous sa robe. Et je t'affirme que cette lecture est de celles qui attachent au sujet.

Voici donc ce que j'avais, pour l'instant, à t'exposer à l'égard de cette primordiale question, que l'on nomme la bagatelle, et sur laquelle pivote pourtant toute l'humanité.

Ce qui est plus sérieux — quoi que tu m'en aies dit avec ce mépris pour l'argent que tu puises sans doute dans tes premières économies — c'est que j'ai trouvé ici l'excellente affaire d'un portrait très bien payé et très intéressant. En premier lieu, sache que cela me donne toute une santé de bonne humeur ; car, ainsi qu'une fois j'entendais une personne d'esprit expliquer la jovialité des peintres, rien ne peut mettre plus en train que d'avoir à contempler, toute la journée, une jolie figure, en se répétant que cet office va vous être payé dix ou vingt mille francs. Et, précisément, Mme de Courlandon a une des plus jolies figures que l'on puisse rêver sur un magnifique buste de femme. Avec cela, une âme exquise, une soif d'entendre des choses ; et tout ce qu'elle conte de sa vie, au cours de mon travail, est suavement triste.

Je suis certain que ce que j'aurai exécuté, conformément à cette belle créature, marquera une étape dans ma carrière. Et sois certain, de ton côté, qu'un bon portrait d'une grande dame fait plus pour la renommée d'un artiste que la meilleure étude d'après un petit modèle. Il en résulte effectivement que votre peinture est *jouée* comme par une actrice des Français, au lieu de l'être par quelque cabotine du théâtre des Batignolles.

Tu vas te récrier que le succès remporté auprès des gens du monde, par des motifs de monde, est de mauvais aloi. Moi, je me sens la conscience tranquille en dirigeant mon talent — si j'en ai, — toute la sincérité de mon talent, dans le sens où il peut réussir.

Certes, je tiens beaucoup à l'estime des artistes, des indépendants ; mais à condition que leur premier principe soit de reconnaître les droits de ma liberté. S'ils prétendent me tenir sous la dépendance de leur indépendance, bonsoir ! Je m'affranchis. Advienne que pourra !

Je te crois plus impressionnable que de raison à ce que débitent, soit sur moi, soit sur toi, l'ami Garriard, l'ami Jinker, l'ami-ci et l'ami-ça. Evidemment, je suis loin de vouloir t'exprimer que leurs opinions soient celles d'imbéciles. Mais vous êtes ensemble trop intimes pour que la mesure des paroles ordinaires y soit sauvegardée. Ils sont trop à leur aise envers toi. L'intimité, tu sais, c'est le moyen de dire à un ami ce qu'un ennemi penserait, sans que ce dernier pût le dire, au moins de façon à être écouté ou seulement entendu. Ce que tes amis Machin te disent n'est pas tout à fait pour moi qui, insuffisamment lié avec eux, ne dois pas être en cause ; c'est contre toi. Pour ne pas trop les noircir, je t'accorde qu'ils préfèrent taper sur moi, en te visant, parce que moi, ton frère, je suis encore la partie de toi sur laquelle ils peuvent y aller à tour de bras, sans que tu le sentes trop.

Si mes relations, de haut en bas, me méprisent, les tiennes, côte à côte, te haïssent. Entre les hommes, c'est toujours l'un ou l'autre de ces cas qui se produit, sans que beaucoup s'en doutent. Et, d'ailleurs, qu'est-ce que cela fait, puisque l'on n'y peut rien faire! Tous les mâles, de quelque milieu qu'ils soient, sont rivaux, dans le rayon de la harde ou de la basse-cour.

L'amitié? Ah! oui, l'amitié! Ce n'est qu'une illusion vaniteuse de notre égoïsme, autant quand nous imaginons l'inspirer, que la ressentir. L'amitié, c'est une convention publique, une commodité privée, une perversion des sens qui ne dépasse point une limite au delà de quoi elle mériterait la qualification infamante. L'amour est le seul sentiment qui rapproche les êtres, parce qu'il tend, en vertu d'une grâce de nature, au complément nécessaire d'un sexe par l'autre.

Et, là-dessus, mon garçon, ne te gêne pas pour faire, de ma part, mes meilleures amitiés à l'ami Garriard et aux amis conjoints Jinker.

J'estime que j'aurai encore besoin d'une douzaine de jours pour avoir mené mon portrait au point qu'il faut. J'ai, au surplus, été un peu dérangé d'y travailler tout le temps par une carotte que m'a tirée le châtelain, mais dont je ne me plains pas, car je lui aurai payé ainsi largement son hospitalité; et ta démocratique fierté se réjouira de me savoir quitte. J'ai dû brosser des décors pour un à-propos, que la verve du comte a composé, sur un séjour que Gabrielle d'Estrées n'a, du reste, pas fait, en 1592, au château de Pontarmé. Il y a un dénouement allégorique avec flammes de Bengale. Il est même question que ce soit moi qui fasse la voix de Ravaillac, dans la coulisse; et je cherche une intonation du temps.

A toi fraternellement.

GUY.

XV

Madame de Trémeur à Monsieur Le Hinglé.

Pour Châlons, de La Haie-en-Indre
Dépôt le 12, à 3 heures 15 du soir.

Ne puis que confirmer lettre. Merci pour réponse. On est pareil. Cela suffit à tout. On fera comme on décidera.

FRANCESCA.

*
* *

XVI

Monsieur Vanault de Floche à Madame Vanault de Floche, au château de Pontarmé.

Mortagne, le 13 octobre 1892.

Ma chère amie,

Voici douze jours d'accomplis, et il m'en reste encore seize, qui n'auront rien de folichon. J'espère pourtant avoir, à bref délai, une permission de vingt-quatre heures qu'il me sera possible d'aller passer auprès de vous. Je vous dispenserai de mes jérémiades, ainsi que d'un rapport en termes techniques sur l'existence fatigante et si vulgaire qui m'est imposée.

Je souffre surtout de manquer des fréquentations d'une qualité un peu relevée, que je m'attendais à rencontrer, et en l'honneur desquelles on supporte tant de choses. Mon escadron est très mal composé, et c'est à ne pas savoir où en arrivera bientôt la cavalerie, si elle continue dans cette voie?

Parmi mes compagnons, il ne m'avait paru, à première vue, que deux possibles : le nommé Babouin (vous voyez que je ne faisais déjà pas trop le difficile), à qui j'avais tout de suite demandé s'il était parent de l'académicien, et le vicomte de Sharpignies; mais ils sont, en définitive, l'un et l'autre, à peu près impossibles.

Babouin est bien fils de l'historien légitimiste ; seulement il mène ici une assez sale vie, avec des fantassins.

Quant à ce M. de Sharpignies, j'avais commencé très gentiment à lui faire les premières avances ; mais, plusieurs fois, je l'ai trouvé tout à fait malhonnête. Et cela ne me convient pas beaucoup, tel que, n'est-ce pas, chère amie, vous connaissez mon caractère ? Tou-

conversation qui tienne. De quoi parlerait-on ? Moi, je ne vois pas.

Heureusement je me suis découvert un camarade potable, pas trop commun, qui est avoué à Paris.

On ne se douterait pas, ma chère amie, de ce que les avoués savent sur le monde. Et celui avec qui je fraye momentanément m'est d'une vraie

Voici douze jours d'accomplis et il m'en reste encore seize.

tefois, j'excuse ce garçon autant qu'il faut, en me disant que c'est un cerveau brûlé, qui a fait ses années de service en Algérie. En tout cas, c'est probable que sa famille — qui est bien posée, je le sais, en Champagne — ne serait jamais très chaude pour des personnes qu'il lui présenterait ; et j'aime presque mieux qu'il m'ait obligé à me tenir sur la réserve vis-à-vis de lui.

Aussi donc, pendant quelques jours, j'ai craint de n'avoir absolument personne avec qui causer ; car, lorsque l'on a en face de soi quelqu'un qui ne connaît aucun des gens que l'on connaît, lorsque les noms que l'on cite ne disent rien à l'autre, alors il n'y a pas de

ressource, par une foule d'histoires qu'il possède au sujet des familles dont c'est la peine de s'entretenir.

Par exemple, l'occasion m'ayant fait conter que j'avais dû interrompre une charmante villégiature au château de Pontarmé, cet avoué m'a prévenu que le Crédit Foncier avait prêté sur l'immeuble tout ce qu'il y avait moyen de prêter. Il paraît que le comte de Pontarmé a toujours spéculé à la Bourse, et qu'il n'y a pas plus tripotier que ce vieux-là. Et quoiqu'il se soit mis en qua-

tre pour vous et moi, je n'ai tout de même
pas été fâché d'apprendre cela sur lui.

Vous avez rudement raison de ne pas
aimer le baron Munstein, car l'avoué en sait
long sur ce dégoûtant personnage, que je
lui avais signalé comme un des hôtes actuels
du château, en même temps que je lui énu-
mérais les personnages marquants en compagnie de qui vous m'attendez.

Mon camarade a été une fois consulté
par un client qui, mandé chez Munstein, à
la suite d'une réclamation un peu vive qu'il
avait écrite à ce dernier, venait d'être, dès
son entrée dans l'hôtel, appréhendé par deux
domestiques et, sans plus d'explication, fus-
tigé vite et ferme.

L'avoué déconseilla toute plainte en justice contre ce grand banquier à qui ses dîners, ses chasses et ses relations auprès de
tous les pouvoirs ont fait une sorte de situation féodale; et le parti qui fut adopté,
comme pratique, fut de solliciter une indem-
nité que le seigneur octroya fièrement.

Mais ce n'est pas tout. Ce poseur de
Sharpignies qui, en la circonstance, n'avait
sans doute rien de mieux à faire que de
s'approcher de nous et de nous écouter, a
ajouté un trait pour compléter Munstein,
que lui aussi connaît beaucoup.

Un soir, dans un dîner chez lady Queenwell, sœur de Sharpignies, il y avait, entre
autres personnes, une grande dame de toute
beauté, dont le mari est chambellan d'une
cour quelconque, et avec qui Munstein se
rencontrait pour la première fois. Cette
dame était à la veille de son départ; et, le
lendemain, Sharpignies va chez elle, d'assez
bonne heure, lui porter, avec ses hommages d'ami déjà ancien, aussi ses souhaits
de bon voyage. Qui trouve-t-il là, en visite
parmi les malles, avec un air de quelqu'un
qu'on dérangerait et qui vous recevrait
comme un intrus? Munstein, ma chère!
Munstein qui se retire alors, mais pour
ainsi dire furieux. Une semaine plus tard,
abordant Sharpignies et redevenu de meilleure humeur, il lui dit :

— « Vous savez bien, l'autre fois, quand
vous êtes intempestivement survenu chez la
jolie étrangère?... Eh bien! sans vous, un
quart d'heure de plus, ça y était. »

Sharpignies, qui en a vu de toutes les
couleurs, réplique tranquillement :

— « Diable! mais alors, ça vous aurait
coûté bon...? »

— « Parbleu! ça n'est jamais pour ma
beauté! »

En effet, ma chère amie, il paraît que
vous n'avez pas exagéré dans votre lettre,
que c'est un véritable monstre; et l'on ne
voudrait pas imaginer qu'il y ait des malheureuses assez malheureuses pour s'en remettre à lui.

Mais quel toupet, hein? à tous égards!
Les hommes et les femmes sembleraient être
à sa merci.

Du reste, qu'il soit comme il veut, cela
nous est bien égal à vous et à moi, puisque
nous n'avons rien à faire avec lui.

Je partage effectivement votre avis qu'il
n'y a pas lieu, pour vous, de le ménager.
Nous avons déjà meilleur rang que lui dans
le monde, malgré ses tas de millions. Et,
d'un autre côté, notre position n'est pas encore assez forte pour que nous ne risquions
pas d'y perdre, si nous nous lancions dans
des relations avec lui, dont tout le monde
n'est pas partisan. Pour se permettre ce
genre de haute fantaisie, il faut avoir un
prestige de prince du sang, ou d'être d'aussi
grande maison que les Pontarmé.

Cependant, il n'est jamais mauvais de
s'imposer un peu, sans en avoir l'air, à des
individus de l'espèce de Munstein.

Par conséquent, si le prétexte s'en présente, vous ferez bien de lui parler de lady
Queenwell comme de quelqu'un que vous
connaîtriez, et sur qui vous n'auriez pas besoin de vous expliquer davantage. Il y a
toujours quelque petit bénéfice à intriguer
les gens envers soi, et aussi à nous faire valoir de ce que nous pouvons connaître à
l'égard des personnes que même nous ne
connaissons pas. D'ailleurs, si Munstein vous
poussait trop sur ce sujet, vous n'auriez qu'à
lui répondre évasivement que je suis lié avec
le frère de lady Queenwell, le vicomte de
Sharpignies. Ce ne serait pas, en définitive,
de la fausse vantardise, puisque, pour me
lier suffisamment avec lui, il ne dépendrait
que de moi de me remettre en frais et de
ne plus m'arrêter, par sot amour-propre, à

ses rebuffades qui sont d'un homme bien élevé, somme toute, et fort supportables.

A bientôt, ma chère amie, selon les probabilités que j'obtienne les quelques instants de liberté nécessaire pour aller vous embrasser bien affectueusement.

ANDRÉ V. DE FLOCHE.

XVII

Le prince de Caréan-Priolo au prince Silvère de Caréan, au château de Pontarmé.

Sorrente, 13 octobre.

Mon cher enfant,

La vive tendresse que j'ai pour toi et mon estime de ton mérite me préservent de craindre que Mlle Flore Munstein puisse rester longtemps indifférente aux recherches sérieuses dont elle doit être l'objet de ta part. Doué merveilleusement pour toujours parvenir à plaire, si tu t'arrêtais, cette fois-ci, en chemin, il faudrait donc que tu cédasses à une malencontreuse nonchalance ou que tu misses volontairement quelque retenue dans l'emploi de tes ressources. Je t'en jugerais avec sévérité.

Il ne m'est pas difficile de concevoir comment une jeune personne aussi adulée sans doute que celle-ci, et dont le parti aura déjà attiré les plus vives et les plus inadmissibles poursuites, en a pris une attitude défensive. Je comprends aussi pourquoi elle opposera, d'abord, une banalité ou même une sécheresse de manières à tout inconnu, qu'elle s'empresserait de deviner pareil à ce qu'elle peut avoir connu : je vois cela lui venir de sa crédulité en une propre expérience, trop précoce pour rien valoir. J'admets, enfin, que Mlle Munstein, par une émancipation naturelle aux écolières de cet âge, tente de se dérober au petit devoir qu'on lui impose dans cet instant de sa destinée, c'est-à-dire à l'étude d'analyse qui l'instruirait de tes supériorités sur tous ceux dont on aura voulu l'occuper jusqu'ici.

Il sied d'avoir de l'indulgence pour cette jeune paresse, et je t'engage, mon cher enfant, à faire exécuter, sous les yeux de Mlle Flore, par une autre, le travail, pourtant aimable, auquel elle se refuse à ton sujet.

Dans l'entourage, au château de Pontarmé, tu ne peux pas manquer de trouver, à ta portée, quelque femme éclairée qui ait acquis, dans un usage plus avancé de la vie et la fréquentation comparée des hommes, les qualités de discernement qui lui permettraient de t'apprécier sans retard. Je souhaiterais donc que tu facilitasses à une intermédiaire si bien en point — et avec tout ce que les moyens discrets peuvent offrir d'ostensible — les occasions d'établir combien tu lui ferais sentir tout ce que tu saurais valoir.

Je serais bien surpris que Mlle Munstein ne fût point vite gagnée par le sentiment si chaleureux de l'émulation. Et j'augure plutôt que l'éducation de son goût se terminerait hâtivement en ta faveur, grâce à l'exemple que tu aurais eu le soin de choisir, non moins pour toi que pour elle, aussi avenant que possible.

Dès qu'elle aura paru, de sa place, s'intéresser à ton jeu, je te recommande de le mener aussi loin que cela conviendra à ton bon plaisir, et surtout de ne point l'arrêter avant qu'il ait été assez cruel — à regarder. J'ai toujours considéré, en effet, que, quand c'est le plaisir qui pêche les cœurs, il se sert d'un filet dont, s'ils s'en échappent, ils fuient sans blessure. Mais au bout du dépit amoureux, de la jalousie et de tout ce qui est douloureux en amour, il y a un hameçon, dont, seule, la main du pêcheur, et en se faisant bien douce, pourrait décrocher la prise. Au moment donné, tu ouvriras tes mailles pour laisser partir celle des deux qu'il faudra et tu auras ferré lestement Mlle Munstein.

Je sais que ton âme généreuse est mal préparée à faire souffrir, surtout l'innocence. Mais je veux que tu trouves en toi une constance tout à fait indispensable envers une adversaire qui m'a été dépeinte comme n'annonçant point de faiblesse, mais devant, au contraire, animer pour la lutte. Tel aussi qu'on m'en a précisé le caractère d'agrément, je ne redoute point que son visage ne te montre trop tôt les expressions dont tu serais infailliblement désarmé ; et je te prédis

suré, mon cher fils, contre les fantaisies d'estimation, plus ou moins obligeantes à ton égard, dont tu m'as enseigné que le baron Munstein serait capable.

JE SAIS QUE TON AME GÉNÉREUSE EST MAL PRÉPARÉE A FAIRE SOUFFRIR, SURTOUT L'INNOCENCE.

que tu y deviendras l'auteur d'un nouveau charme à tes yeux, quand, après un peu de patience, tu parviendras à y lire combien tu as profondément et définitivement vaincu.

Après que tu auras obtenu ce résultat, vraisemblablement prochain, je serai ras-

Les conditions de ton établissement reposeront désormais sur cette base invariable, que tu sois un objet unique et désiré par la plus impérieuse des petites forces : une enfant gâtée.

Tu as pu apprécier, de longue date, combien les questions d'argent et les débats d'intérêts me répugnent ; et je serais plus particulièrement affecté encore, s'il me fallait en discuter avec un fils aussi tendre et fidèle que toi. Ma seule pensée est d'agir en ta faveur, de la façon qui te soit le plus profitable ; et cela consiste surtout à surélever plutôt qu'à aplanir les difficultés par lesquelles je veux que tu sois porté très haut. Je croirais trahir ta cause, si je réduisais rien des nécessités que je représente et qui, aujourd'hui, doivent, en arrière de toi, te soutenir comme d'un renfort d'exigences, afin de te rendre d'autant plus ambitieux et conquérant.

Te voilà donc fixé, mon cher enfant, sur le point de savoir que je n'accorderai mon consentement, dont tu as besoin, à une union si opportune pour toi, qu'en y voyant un acte dont mes sentiments paternels puissent se réjouir — totalement.

Je t'embrasse.

CARÉAN-PRIOLO.

* * *

XVIII

Monsieur Anrion à Miss Gimblett,
95, rue Marbeuf, Paris.

CHATEAU DE PONTARME
Par Chapelle-sur-Esve
INDRE-ET-LOIRE

15 *octobre.*

Mon petit coco,

Tu me manques énormément, tous les jours, et tous les soirs. Heureusement que j'aurai bientôt fini de me faire du mauvais sang ici. Travailler comme ça avec des amateurs, ce n'est pas un métier ; c'est je ne sais pas quoi. Et encore c'est moi qui fais tout. Je joue le rôle principal, je montre aux interprètes comment chacun doit dire ; et je mets en scène. Tout cela est tuant.

Pense que notre représentation est dans cinq jours, et que personne ne sait encore ses entrées ni ses sorties. Et, avec ça, chez tous ces cabotins du monde, un amour-propre ! une paresse ! Ils grognaient déjà de

répéter quatre heures de suite, chaque après-midi. A partir de demain, je les ferai répéter encore après dîner.

Par exemple, je renonce à rien tirer de M. de Kerbors. Hier encore, je m'étais donné la peine de lui jouer tout son rôle ; et puis, pour qu'il sentît bien la différence, je le lui ai rejoué comme il le joue, d'une manière idiote. Pour tout résultat, il m'a répondu :

— « Vous m'embêtez. »

Soit ! qu'il se débrouille !

Mais c'est dommage, parce que la pièce me plaît beaucoup. Le style est écrit couramment ; et les bons mots grouillent. Les situations s'engagent, se dégagent, se rengagent, cric, crac, sans que les personnages aient pu seulement prendre le temps de s'asseoir. Il y a des moments où chacun, de son côté, arrive en courant et repart de même. Avec ça, les caractères sont très fouillés. La scène la plus importante est entre moi et Henri IV ; et nous y ferons beaucoup d'effet, parce que la politique que nous y disons est la profession de foi elle-même de M. de Pontarmé aux dernières élections. Chaque phrase est si bien ciselée qu'elle cinglera tout naturellement.

Mᵐᵉ de Trémeur est exécrable. Elle devrait se montrer très furet, mais furet très correct, un vrai démon touche-à-tout ; et elle a, de plus en plus, l'air d'être à un enterrement. A un passage, j'ai à la prendre par la taille, parce qu'elle vient de me dire, avec intention :

— « Le Roi est le roi ; et Sully est son prophète... »

Sur ces mots, elle devrait s'abandonner, ainsi que c'est, du reste, marqué au manuscrit. Ah ! bien, ouiche ! Chaque fois, nom d'un chien ! elle regimbe ; et elle éclate d'un petit rire nerveux qui pourrait être pris pour une façon de s'excuser, si ça ne crevait pas les yeux que c'est de la colère. Alors, il va de soi que l'effet de la scène est raté. On ne comprend plus pourquoi la jeune Mauresque fait résonner son tambour de basque près de la fenêtre, ni comment je réplique :

— « Gabrielle, pour ces larmes, soyez bénie ! »

Aussi donc, j'ai pris mon parti de ne

4

plus dérager jusqu'à dimanche. Ce soir-là, devant le feu de la rampe, je me ficherai

Le comte de Pontarmé ne s'était-il pas déjà avisé de me tâter au sujet d'une

ET, AVEC ÇA, CHEZ TOUS CES CABOTINS DU MONDE,
UN AMOUR-PROPRE ! UNE PARESSE !

des autres; et je ne m'occuperai que de tirer mon épingle du jeu. Et le lendemain, je fausserai compagnie à cette troupe, qui n'est même pas suffisante pour la province.

deuxième représentation qu'il désirait offrir, une semaine plus tard, à une seconde catégorie d'invités! Il convierait une fournée d'électeurs influents, de délégués sénatoriaux. Mais, outre que je suis très pressé de te revoir, je ne voudrais pas affronter ce gros public, sur lequel je ne porterais pas assez. Je puis bien le dire sans me vanter, puisque c'est l'avis de tout le monde, lorsque je n'ai pas devant moi un auditoire très délicat, je ne me sens pas en communication. Je pourrais devenir mauvais. En tout cas, je veux qu'il soit bien établi qu'on ne me fait pas jouer devant n'importe qui, ni avec tout le monde, ni quand ce n'est plus mon idée.

Tu ne t'imaginerais pas, mon coco, à quel point ce père Pontarmé a été crampon !

— « N'êtes-vous pas bien ici ? répétait-il. Qu'est-ce qui vous rappelle ? Que vous manque-t-il donc ? »

J'ai eu, sur le bout de la langue, de lui répondre carrément:

— « Il me manque Gimblett. »

C'est vrai aussi, à la fin, que tous ces propriétaires de châteaux sont extraordinaires ! Tantôt, ce sont des vieux, comme M. de Pontarmé, qui auraient l'âge d'être veufs et de s'en trouver bien partout ; tantôt ce sont des ménages bien appareillés, en plein fonctionnement. Et, les uns autant que les autres, ils sont à lever les bras au ciel et vous expriment toutes les doléances de la terre, sur la difficulté pour avoir des jeunes gens à la campagne, sur l'impossibilité de garder un peu de temps tout son monde. Et ils prétendent qu'ils ne négligent rien pour recevoir à merveille ; et ils se croiraient presque victimes de sortilèges.

« Mais qu'est-ce qui leur manque, se demandent-ils, à ces diables d'invités que nous faisons tout, en vain, pour retenir ? Ne sont-ils pas logés, nourris, chauffés, blanchis ? »

Et je les entends, d'ici, ajouter, le soir, en se couchant avec leur femme :

— « Voyons, ma chère, nous manque-t-il quelque chose, à nous, qui restons cependant huit mois de suite à la campagne ? »

Ah ! les mufles ! les mufles ! Quels mufles !

Coco, je m'arrête à ce point de mon transport. Un peu plus, je dépasserais les bornes de la bienséance. Au revoir. A lundi. J'aurai dîné, dans le wagon-restaurant. J'irai tout droit chez toi, en débarquant. Ce sera

pour neuf heures et demie, si le train n'a pas de retard et si je trouve une bonne voiture à la gare.

Chaude poignée de main.

Coco.

XIX

Madame de Trémeur à Monsieur Le Hinglé, 112, avenue Marceau, Paris.

CHATEAU DE PONTARME
Par Chapelle-sur-Esve
INDRE-ET-LOIRE

Dimanche, minuit.

Quelquefois, mon adoré, je dois être folle pendant des heures entières, où je sens en moi une âme de bête féroce qui serait prise dans un piège. J'ai une envie furieuse de mordre ceux qui me parlent, au lieu de leur répondre ; et, en même temps, quand quelqu'un m'approche, n'importe qui, je suis tout effarée, je tremble, et ma pensée fait des bonds pour s'enfuir.

A présent, il ne m'est plus permis d'avoir de doute ni d'espoir. Je suis enceinte ; et c'est terrible. Il me semble toujours que ça doit déjà se voir. Comment se fait-il que je n'arrache pas les deux yeux de mon mari, lorsque son regard d'assassin stupide se croise avec le mien !

Oh ! mon petit, que ma peur est grande ! Et encore, si j'en pouvais être accablée ! Mais au contraire, hélas ! j'en ai l'exaspération de ne pas me l'expliquer ! Peur de quoi ? Qu'est-ce qui me fait si peur, puisque je n'ai peur d'aucune conséquence ?

Oui, Glé-Glé, c'est vrai, j'ai effroyablement peur, je suis ivre de peur. Et, cependant, parmi les éventualités que j'envisage, je te jure qu'il n'en est point une seule pour me faire frémir ni reculer : vengeance contre moi, outrages, désastres, supplices, surtout la mort, même commettre un crime, tout m'est égal, j'aime mieux tout ce qui arrivera que d'en être où j'en suis.

Alors, pourquoi cette terreur que j'ai à passer de la veille au lendemain ? Pourquoi, dis-le moi, mon bien-aimé, pourquoi est-ce que je frissonne, dès que la nuit vient, de ce qu'il y a déjà un jour en plus de fini ?

Et, tout en m'habillant pour le dîner, devant ma femme de chambre, j'éclate en grosses larmes qui me font un mal affreux ! Chéri Glé-Glé, ta petite a peur, elle a peur, ainsi qu'on a la fièvre, la vraie fièvre qui ne porte pas d'autre nom, et dont on grelotte comme sous une malédiction mystérieuse.

Mais, vite, il faut que je te demande pardon de ces plaintes de lâcheté. Un grand pardon avec ma bouche sur ta bouche ; et moi, tout entière, si serrée contre toi que tu ne puisses pas apercevoir combien je suis honteuse. Pauvre mignon, à qui j'aurai causé cet infernal souci, certainement par ma faute. Pauvre chéri, je n'ai jamais su aimer aussi bien que toi, j'étais toujours inconséquente, j'aime trop, je ne peux que trop t'aimer, jusqu'à des délires irréparables !

Ce qui me fait le plus de mal, c'est aussi de craindre que tu aies contre moi des reproches. Le plus horrible, ce serait si tu me donnais un tort d'avoir chassé cet autre de moi, avec une constance si farouche, depuis que je suis devenue à toi. Certes, si j'avais eu les basses prévoyances de certaines femmes, ni toi ni moi n'aurions aujourd'hui d'émoi même à avoir ; et rien n'existerait de ce drame atroce. Chéri chéri, je serais trop malheureuse si tu m'avouais une idée pareille. Tâche, je t'en prie, de ne pas l'avoir eue !

Et, au nom du ciel, oublie ces lamentations qui m'ont échappé et qui, sûrement, doivent dépasser la mesure de ce que j'éprouve. Tu comprends, on se laisse aller trop loin, sans savoir jusqu'où, avec le cher chéri, quand on sent le cœur lui passer au cœur ; et tu te rappelles bien ma phrase de dire que, quand je n'ai pas la possibilité de crier, ce qu'il y a de meilleur ne me semble pas tout à fait bon.

Mais surtout, sois persuadé que, dans mes pires instants de l'heure présente, j'en ai soudain qui sont délicieux, et en délices jusqu'alors inconnues. Des merveilles d'instinct s'accomplissent dans mon être, des envolements, où je ne sens plus d'autre réalité que la toute petite, petite, petite réalité que nous avons thésaurisée en moi. Mes entrailles ont des ailes et m'emportent dans des rêves radieux d'avenir si nouveau ! Je me laisse être infiniment béate ; et bientôt je deviens impatiente d'en être enfin au temps révolu qui me ferait éprouver, une à une, les immenses tortures de tout mon bonheur. Et, de calcul en calcul, je m'irrite tout à coup de ce que nous ayons tant attendu. Comptez à votre tour, vilain raisonnable, qui avez été tant de fois un si bon méchant, et répondez-moi s'il ne pourrait pas bien, au juste, avoir déjà un an, sept mois et quinze jours ? Il serait ici, en cette minute, sur mes genoux, à jaser de me regarder t'écrire, à me griffer comme un cher petit diablotin du diable. Et, à quelque distance qui me séparât de toi, je te verrais partout, je t'écouterais toujours être là en Lui ; tu vivrais sous mes baisers, dans son rire. Et, quand vous m'auriez fait quelque chagrin, Monsieur, moi, je le ferais un peu, tout doucement, pleurnicher.

Ah ! que tout pourrait être bon ! Et combien mon destin, au contraire, se dresse impitoyable, de quelque côté que je me tourne, moi murée dedans.

Mais non, chéri ! non, je ne retomberai pas dans mes faiblesses de tout à l'heure. Je saurai dorénavant me taire et me tenir, jusqu'à ce que je me sois jetée dans tes bras.

Quand on sera ensemble, on examinera si tout est perdu, ou bien quel parti prendre pour se tirer de là.

J'accepte tous les moyens d'être perdue avec toi, à commencer par le sacrifice le moins brave qui serait de nous en aller, tous deux, où le chéri dirait... Je pense à ma petite Irène, et je m'étouffe de n'en pas vouloir pleurer. Je t'aime, mon adoré, je t'aime, je t'aime ! Oh ! jure-moi que ce ne soit pas monstrueux de te donner ma vie, s'il le faut, puisque je la lui aurais donnée aussi bien à elle, pour peu qu'il la lui eût fallue.

Parmi les moyens de salut, je n'envisagerai jamais qu'il y en ait deux. Je n'en reconnais qu'un seul ; et celui-là, je suis prête à le tenter, sans mesurer combien il peut être coupable, ou dangereux par plusieurs espèces de danger.

Dans quatre jours, la fête du château aura eu lieu. Quelle part j'y aurai prise, tu peux t'en faire l'idée. Mais la rançon de ma captivité sera payée. Et aucune résistance humaine ne saurait plus m'empêcher d'être chez toi, dimanche, à trois heures. Seigneur! il y aura pour moi une première minute d'être là si sublime, que je ne serais pas étonnée et que je serais contente d'en mourir.

Hein! mon chéri trésor, tu penseras bien, dans quatre jours, à dix heures du soir, que je paraîtrai en scène, grimaçant des sourires et portant un mystère mortel au

plus profond de moi, devant la fine fleur de Touraine et d'Anjou, réunie au complet pour sentir bon, briller, s'épanouir et me supplicier. N'est ce pas, tu penseras à moi plus fort que tu n'y as jamais pensé encore? Et tu feras une ardente prière d'amour pour ta pauvre petite âme du Purgatoire, qui veut bien, si c'est pendue à ton cou, partir de là pour l'enfer.

Mon bon chéri, il faut maintenant que j'implore votre absolution d'avoir confié à Vanoche les tourments de mon angoisse. Sois indulgent pour ta martyrisée qui n'a pas pu être tout à fait stoïque. Je souffrais trop, et j'étais trop seule. Il me semblait, en m'efforçant de contenir mon secret, qu'il allait éclater à la connaissance de tous. Vanoche, croyez-moi, est discrète comme les enfants prétentieux, comme une grande enfant qui a des petites idées. La vanité l'a rendue presque grave. Je ne saurais vous traduire tout l'empressement qu'elle a mis à m'être compatissante et dévouée. Elle n'est

point de taille à consoler ni à remédier sur rien; mais elle a une bonté naïve, un zèle d'idées et de paroles papillotantes qui assoupissent un peu le mal dont elle s'occupe. Et enfin toute peine d'amour est devenue forcément une fraternelle émotion pour elle, à présent qu'elle est

MES ENTRAILLES ONT DES AILES ET M'EMPORTENT DANS DES RÊVES RADIEUX D'AVENIR SI NOUVEAU !

amoureuse, dans la mesure de ses petits moyens.

Cela, j'avais déjà cru le remarquer; et je vous en avais écrit quelque chose, avant qu'elle me l'eût avoué.

Le prince Silvère de Caréan, à qui j'avais trouvé qu'elle faisait les doux yeux, lui a tourné la tête. Et celui-ci — chez qui j'aurais plutôt flairé tout d'abord des projets sérieux sur Mlle Munstein — ne doit être décidément qu'un charmant polisson, étourneau et séducteur, comme le lui commande sa jeunesse. Il s'était probablement aperçu de l'état de Vanoche à son égard ; et, soit tactique soit timidité, il avait été très long à en rien laisser paraître. Mais depuis hier, je vous réponds — et elle m'en répond — qu'il la serre de près, de très près.

Ce qui complique tout pour Vanoche, c'est que le baron Munstein a pris aussi le parti de la pourchasser ; et il lui gâte impudemment les instants de répit dont elle aurait tant besoin pour se ressaisir et où le recueillement et la songerie lui seraient chers.

Pauvre amie !... Oui, tu m'entends bien, c'est moi qui ai l'aplomb d'en plaindre encore une autre. Au moins, à mon égard, M. de Kerbors a promptement compris ; et il ne m'a plus soumise à cet écœurement que les importunités d'homme infligent à une femme dont toute l'âme est ailleurs. Mais l'existence de Vanoche est insupportable, tandis qu'elle est persécutée par un individu comme ce Munstein, taillé des pieds à la tête pour personnifier le vice et le dégoût, dans un moment où elle a sa cervelle enthousiasmée par les grâces d'un parfait galant. Va, j'ai compati sincèrement à la détresse de Vanoche, l'autre soir, quand M. Vanault de Floche est survenu au château, pour l'heure du coucher, armé d'un congé de vingt-quatre heures et de tous ses droits conjugaux. J'en suis encore à me demander comment la pauvrette a osé reparaître le lendemain, chargée de l'évidente infamie, devant son gentil Silvère ! A moi-même, elle a eu un besoin de me mentir, au sujet de la nuit qui venait de s'accomplir ; mais elle a soudain cessé de se disculper, devant mon air mélancoliquement incrédule, elle est devenue toute rouge, et elle m'a embrassée. Quant à Munstein, pendant la matinée et l'après-midi, jusqu'au départ du mari, il était tout drôle, tout je ne sais quoi de frétillant. Cet être doit avoir d'abominables passions. Ce jour-là, je l'ai senti immonde ; et sa manière de se comporter m'a fait deviner des choses dont je n'avais pas le soupçon qu'elles pouvaient se passer dans le fond des hommes.

Avec Anna de Courlandon, je ne te cacherai pas que je suis en petit froid. Et je reconnais que mon Glé-Glé devait avoir, contre moi, un peu raison, dans le jugement sur elle. Dès le début de mon séjour ici, j'avais eu avec Anna de nombreux et interminables entretiens où, tu le supposes bien, j'avais été telle que tu m'en grondes souvent, à ne pouvoir m'empêcher de toujours parler de toi, quand je ne peux te parler toujours à toi.

Elle me provoquait, d'ailleurs, beaucoup aux confidences, non pas tant sur nous en particulier que par une rage de se faire expliquer les sensations d'amour, et sans doute de les faire pénétrer en elle, faute de mieux, par le tympan. En revanche, lorsque j'ai voulu l'amener un peu sur son compte, elle a pris aussitôt un air renfermé. Et quand, m'énervant de cette attitude, assez agacée, je me suis permis de l'embarrasser par des questions sur ce qui, manifestement, est en train de cuire à petit feu entre elle et son peintre Marfaux, je me suis trouvée en face d'une Anna très raide, toute différente de celle à qui j'avais chanté mon cœur, comme une cigale bien sotte. Alors — sans que pour cela je l'accuse d'aucun tort ni la croie capable d'aucune trahison — je me suis sentie subitement tout appauvrie de ce que je lui avais livré de moi. Dorénavant, je la laisse et je l'observe faire sa fourmi. Je n'ai point d'animosité toutefois, la regardant simplement comme une personne dont on saurait qu'elle est avare, même un peu usurière, et de qui l'on admettrait, en somme, qu'elle serait peut-être dans le vrai, bien qu'on se fît une fierté de ne pas lui ressembler.

Chéri, chéri, ne vois-tu point, dans cet interminable bavardage, comme la grande malade semble toute calmée, presque guérie, par la longue câlinerie de s'être murmurée à ton oreille, si entièrement, avec une piété si méticuleuse ?

C'est ainsi que je veux aujourd'hui terminer cette lettre, pour ainsi dire à voix basse, dans le confessionnal de l'amour, avec une foi immense et je ne sais quelle folle, quelle divine espérance !

FRANÇOISE

XX

Mademoiselle Flore Munstein
au baron Munstein,
7, quai de Billy, Paris

CHATEAU DE PONTARME
Par Chapelle-sur-Èsve
INDRE-ET-LOIRE

18 *octobre* 1892.

Mon bon père,

Les deux journées qui viennent de s'écouler auront été pour moi bien... grises, puisqu'il me faut ne jamais rien trouver de noir, sous peine de vous mécontenter.

Hier, c'était vous que vos tyranniques affaires obligeaient à une absence. Et, ce matin, Mme la douairière de Nécringel a pris le train, à son tour, me privant ainsi de la dernière ressource, que j'avais encore, pour finir ici mon temps en sympathie. Elle a voulu esquiver la grande fête d'après-demain, pour laquelle ses coquetteries de vieille marquise n'étaient point préparées ; et elle fait route vers l'Italie. Elle a eu mille amitiés à mon adresse au moment de son départ ; mais elle avait vraiment un air trop amusé des larmes de regret qu'elle me voyait aux yeux.

Est-ce donc qu'il y a quelque chose pour nous attirer, dans la moquerie à notre égard, même déplacée, des gens qui nous plaisent ? Quoi qu'il en soit, il ne m'a manqué alors que votre permission pour le supplier de m'emmener. Elle exprime envers vous des sentiments parfaits ; et vous seriez accouru nous rejoindre, sous le beau climat qui l'attend, dont il me semble, en ce moment, que j'éprouverais du bien, et où vous auriez pu vous donner les quelques semaines de repos que vous vous devriez tant.

Dépêchez-vous, cher père, de m'emmener d'ici. Ne supposez-vous donc pas combien je suis dépaysée et isolée, dans ce sinistre château ? Je voudrais en être tout de suite loin, et même n'y être jamais venue. A présent, je ne suis plus environnée que d'indifférents, pour ne pas dire davantage, et quoique je devine, autour de moi, plus d'une âme méchante.

Ce n'est pas la marquise de Nécringel, la jeune, à qui je pense, en écrivant cela. Au contraire, elle est la seule personne de l'entourage que je serais disposée à aimer un peu, pour son air si content et si faible. Et son mari me paraît charmant d'être tellement charmant envers elle. Le comte et la comtesse de Pontarmé tâchent, de leur mieux, de m'être agréables ; mais le fait d'être vieux met, dans tout, une sorte de cérémonie dont les meilleurs procédés sortent toujours un peu glacés. Quant à Mme de Courlandon, elle ne m'a engagée que du bout des lèvres à l'aller rejoindre, lorsque je ne saurais pas quoi faire, dans la retraite où M. Guy Marfaux se consacre à lui peindre son portrait.

En outre, les répétitions de la pièce imminente absorbent une quantité des hôtes pendant la majeure partie de leur temps.

On s'est bien occupé de me distraire par le lawn-tennis. Mais, comme le prince de Caréan — qui joue merveilleusement — s'était institué, à l'avance, partenaire de Mme Vanault de Floche, j'ai décliné la proposition de m'associer avec M. de Trémeur ou M. de Kerbors. Je crains même, en cela, de m'être défendue d'une manière un peu trop nerveuse, et qu'on ne m'en ait peut-être accusée de sauvagerie. Mais aussi, avec l'un ou l'autre de ces deux derniers messieurs, qui sont si maladroits, je prévoyais que je ne tarderais pas à me montrer très mauvaise joueuse. Et, puisque c'est vous, cher père, qui proclamez que c'est là le plus nuisible de tous les défauts, permettez-moi de faire remonter à vous les motifs de mon attitude, au cas où vous auriez eu l'intention de m'en gronder.

Vous imaginerez bien que si j'ai donc cherché un refuge dans la compagnie des enfants, c'est faute de meilleur plaisir, et même par excès d'ennui. Sans descendre jusqu'à la société des tout petits Nécringel qui, du reste, derrière leurs nourrices, se cachent des nouvelles connaissances, je me suis mise à montrer mon genre de broderie à Irène de Trémeur, qui est une fillette fort polie. Au fond, je n'étais pas fâchée de prouver, à telle ou telle grande personne, que l'on pouvait préférer prendre son agrément ailleurs qu'avec elles.

Aujourd'hui, après le déjeuner, j'ai refusé de monter en break; et je suis allée, avec le petit René de Courlandon, distribuer les restes des corbeilles de pain aux bêtes de la ferme. C'est à ce propos que M. le prince Silvère a jugé convenable de me féliciter de ce que j'avais le caractère si jeune. Sa pensée était certaine-

Je vous en prie, soyez le papa gâteau qui êtes seul au monde à aimer votre Flore : revenez me soustraire, par l'express, à cette existence où je me ferais rapidement très vieille, loin d'y rajeunir jusqu'à l'enfantillage, ainsi qu'on a eu le plus ou moins bon goût de me le donner à entendre.

Arrivez avec un prétexte de m'enlever sans retard, avant ces

JE SUIS ALLÉE, AVEC LE PETIT RENÉ COURLANDON, DISTRIBUER LES RESTES DES CORBEILLES DE PAIN AUX BÊTES DE LA FERME.

ment ironique; mais il me l'a exprimée, devant tout le monde, avec un air si sérieux que, au lieu d'en être tout de suite froissée, comme je l'aurais dû, j'en ai eu d'abord de la peine. Et maintenant, je lui en veux beaucoup.

fameuses réjouissances de jeudi, dont je sens qu'elles m'assommeraient à périr. Je vous certifie qu'il y va pour moi du spleen, si vous ne faites diligence.

Et ce n'est pas seulement ma santé qui est en cause; ma dignité aussi souffre de voisinages qui ne sont pas pour une jeune fille. Et, pour tout dire, si j'ai recherché la société des enfants, c'est qu'il m'a semblé que Mᵐᵉ Vanault de Floche avait, avec certaine personne, des manières dont je faisais mieux de ne pas vouloir être témoin. Et il ne m'a pas seulement semblé ; je vous répète que j'en suis sûre.

Tâchez d'être ici dès demain, mon petit père. Le roi dit : « Nous voulons. » Plus despote encore, je dis : « Nous vous en embrassons, nous, votre fille. »

FLORE.

XXI

Monsieur Le Hinglé à Madame de Trémeur, au château de Pontarmé.

(Sous enveloppe adressée à Mme Vanault de Floche.)

Paris, 19 octobre 1892.

Il faut regarder la situation, ma mignonne chérie, telle que les circonstances nous la font, et ne pas plus nous navrer par les exagérations que nous leurrer par les espérances, auxquelles la belle poésie de ton âme est également encline.

Ainsi, permets-moi de ne mettre le plus souvent qu'entre les lignes tout ce que j'aurais à t'envoyer d'effusions tendres, et de discuter l'aventure où nous sommes engagés, comme on dresse un plan d'action au moment de se résoudre, méthodiquement, militairement. Et si tu devais être heurtée par quelque chose de mes idées ou de mes expressions, c'est que je les aurais cherchées violemment dans ma tête, au lieu de les laisser me venir naturellement du cœur.

Le point de départ — et là-dessus je m'en rapporte à toi — est donc d'admettre que notre calamité est matériellement certaine. Il en est déjà arrivé maintes fois autant à de plus bêtes et à de plus malins que nous. Soyez tranquille, je ne vais pas me draper dans les airs du monsieur très sage qui a toujours tout annoncé, et qui ne sert jamais à rien. Soit ! vous mériteriez le fouet ; mais je me borne à vous aimer bien fort d'être une petite folle, une étourdie, une po-

lissonne. Et je me fais une féerie d'avoir, pour souveraine maîtresse, la plus belle légère cigale du monde, puisque cette comparaison est de vous, et quoique vous soyez en mesure d'être par trop pourvue (plus que la moyenne des fourmis sous un certain rapport), quand l'hiver sera venu.

Et maintenant dépêche-toi de m'appeler monstre, pour avoir eu le cynisme de plaisanter encore une fois. Je cache mon tort, en te baisant sur les frisons de ta nuque. C'est fini de rire. On rentre en conseil de guerre.

Nous avons donc à choisir entre la fuite et la lutte. Car se tuer, n'est-ce pas, c'est fuir ? Et même, après réflexion, il n'y a que cette espèce de reculade que je sois en état de t'offrir, et que je veuille accepter. Telle que je te connais et telle que je me sens, oui, je peux garantir qu'on se tuerait bien, sans carotte ni pose, chiquement.

L'expédition à l'étranger, ainsi que j'y avais d'abord songé, elle est, vois-tu, impraticable. Je ne saurais te promettre que, dans ce cas aussi, l'on ferait de même la figure qu'il faut. Parce qu'il nous faudrait beaucoup d'argent, et que je n'en ai pas. C'est-à-dire que je n'en ai plus tout à fait assez.

Pardonne-moi d'être amené à cet aveu. Et surtout ne va pas t'en créer de souci. Ce serait vraiment hors de propos, tant qu'on n'aura pas décidé s'il me serait nécessaire ou superflu d'avoir de quoi vivre.

Bien-aimée chérie, défends à ton cœur d'incriminer ma conduite passée. Je n'ai pas été prodigue, ni en tout cas désordonné. J'ai mené, avec l'économie la plus stricte, avec la plus vigilante parcimonie, un train qui, voilà le malheur, était au-dessus de ma position. Mille preuves m'autorisent à t'affirmer que j'ai toujours su payer meilleur marché que personne, marchandant davantage, m'adressant mieux, pour mes dépenses, dont c'est vrai que chacune dépassait mes moyens.

Ne te devais-je pas de me comporter ainsi ? Sois juste. Aurais-je pu, avec une moindre allure, non seulement te suivre dans ta riche existence, mais encore y jouer le premier rôle ? J'ai donc agi, sois-en persuadée, avec beaucoup d'attention, de modération, ne faisant que ce qu'il y avait de plus raisonnablement insensé, et, d'autre part, ne manquant aucune occasion lucrative, rusant toujours avec chacune de mes bêtises. Ce n'était pas à toi de me questionner ; ce n'était pas à moi de t'informer : tout s'est donc parfaitement passé. Et puis quoi, en somme ? J'ai mis mon capital dans

mes préoccupations personnelles. Tu saisis la nuance ? En outre, si je suis très fait, pour mon compte, à l'idée d'être mort, je ne peux pas me faire à celle que toi, ma petite, tu sois morte, ni à celle que tu me survives. Tu vois que, en définitive, il y a là une grosse difficulté.

Mais, encore une fois, je te recommande de ne pas te mettre martel en tête à mon sujet. Quand il n'y aura plus que mes petits déboires pour nous embarrasser, j'en viendrai vite à bout. J'ai de belles relations ; je ne crains pas les affaires, et, dans bien des cas, le premier mérite est d'y être brave. Enfin, quelques-uns de mes parents ont de la fortune. Ainsi, mon oncle de Vorge, si, coûte que coûte, il le fallait... Au surplus, j'ai pour le moment assez de fonds de-

J'AI MIS MON CAPITAL DANS
L'ENTREPRISE DE T'AIMER, DE FAIRE
PROSPÉRER LES JOIES DE NOS SENS.

l'entreprise de t'aimer, de faire prospérer les joies de nos sens, en étant l'amant dont tu fusses fière par-dessus tout et d'autant plus passionnée. Mes bénéfices ont été splendides ; et tu sais si je les ai touchés. Avant que j'aille plus loin, disons-nous, l'un à l'autre, merci.

A présent, avertie de la crise pécuniaire que je traverse, ne devines-tu pas quel scrupule j'apporte, en revenant à la question, la grande, la seule question dont nous ayons à être actuellement dominés ? Oui, un scrupule, je te le confesse ; mais j'y ajoute que je n'en suis capable qu'envers toi.

En accueillant si délibérément l'hypothèse pour nous du... de... — allons, bête que je suis ! — du suicide, je ne me suis pas assez méfié que cet expédient n'arrive trop opportunément à l'égard de mes affaires, ou m'agrée peut-être aussi un peu en raison de

vant moi ; et je crois aussi que je tiens la veine. Ne t'effraie pas de ce mot, dont tu as constaté souvent ce qu'il me coûtait, Je serai désormais très prudent. Moi aussi, je redoute le jeu ; et j'avais résolu d'y renoncer. Et puis, dernièrement, tu te rappelles ? j'étais allé à Châlons ; mon ami avait été charmant, mais je ne rapportais

qu'une déception de ma démarche auprès de lui. Alors, pendant deux ou trois
jours, j'ai été très nerveux ; et alors, tout
d'un coup, je me suis décidé à tenter d'une
martingale que l'on m'avait indiquée souvent. Il y a longtemps que Palancia la
suit ; et je me trouve bien de l'avoir imité.
Ne fais pas ta petite jalouse, chérie, puisque
c'est toujours en vue de nous que j'ai tenté
la chance, et que maintenant, plus que jamais, je ne manie une carte sans te dédier
son destin. Oh! oui, cela, je le jure! Jusqu'à présent, mes gains sont très soutenus ;
et ça ne sera que mon tour, si je reprends,
sans pitié, au centuple, ce qu'ils m'ont
mangé, à ces brutes qui le ruminent autour
du tapis vert !

Enfin, pour effacer la dernière inquiétude qui te resterait de ton Glé-Glé, je te
donne ma parole que je conserverai, n'importe comment, mon appartement de l'avenue Marceau, les trois domestiques et mes
petits dîners du lundi. Je pense que je
vendrai le mail ; mais je garderai la paire
de chevaux gris.

Tu t'imagines sans doute que j'ai perdu
de vue ce qui est le motif particulièrement
essentiel de cette lettre, après le grand motif essentiel de toutes nos lettres, qui est de
se dire que l'on est deux grands amants in-
vincibles ?

Non pas. Et là-dessus, écoute. Mais,
pour l'amour de Dieu, ne t'indigne de rien.

C'est précisément parce que je suis un
homme de lutte que je n'ose pas préconiser
les moyens de lutte qui nous feraient rester maîtres du terrain où nous sommes. Il
n'y a que toi, en effet, toi seule, qui serais
ainsi appelée à payer de ta personne. A
cause de cela, excuse-moi d'être bref, et probablement brutal pour dissimuler ma gêne.

Cet événement, qu'il nous est interdit
d'attendre tel quel, il dépend d'une résolution de nous, que tu l'EMPÊCHES ou que tu
le JUSTIFIES. Toi, je l'ai nettement lu, tu
n'as aucune hésitation entre ces points. Mais,
moi, je me demande laquelle des deux
perspectives me fait le plus frémir ?

Recueille-toi dès maintenant, et dis-toi,
avec tout ton esprit, que si tu diffères plus
longtemps l'une des choses, tu as définiti-

vement choisi l'autre. Dans ce dernier cas
— si incertain et si périlleux même qu'il
soit d'y réussir — je t'aiderai, de mon
mieux, à bien faire le mal.

Mais, au contraire, si tu me reviens
quitte de frayeur, tu m'entends ?... enfin...
tranquillisée... eh bien ! ma chère, tu me
feras vite ton égal en ignominie et en souffrance, quand je cognerai ton front avec
mon front, dans ma fureur de vouloir tout
savoir, et comment ? et comment ? et comment !... Oh ! pour te faire diaboliquement
parler, comme je tenaillerai donc ta langue,
avec mes dents !... Tu comprends qu'on n'aura
rien alors à se reprocher ni à s'envier. Et si
tu te décidais, au reçu de cette lettre, à
faire appel à tout ton courage, je veux que
ce soit moi-même qui te le grandisse encore ; et je te préviens que je t'étranglerai
sans doute pour ta peine, à ton retour,
avant d'avoir échangé un mot, dès que j'aurai vu ton air. Et ainsi l'on n'aura plus à se
faire aucun tourment de quoi que ce soit
au monde !

GLÉ.

*
* *

XXII

*La vicomtesse de Courlandon à la marquise
douairière de Nécringel, Hôtel Grandri-
vage, à Menton.*

CHATEAU DE PONTARME
Par Chapelle-sur-Esve
INDRE-ET-LOIRE

20/10/92.

Chère grande amie,

Vous voyez que je profite de votre indication, pour vous adresser, à votre première étape, juste avant que vous n'en re-
partiez, les mille et mille affectueux souvenirs dont je veux que vous soyez accompagnée jusqu'au terme de votre long voyage.

En dehors de cela, je n'aurais guère eu
de motif à si vite vous écrire. Car je suppose que vous savez pertinemment que la
première de *Gabrielle d'Estrées à Pontarmé*

est pour ce soir ; et vous m'en voudriez de vous décrire combien le château est déjà en rumeur, ou quels ravages mon excellent père est en train de diriger à travers les serres, ayant lui-même à la main un sécateur qui lui semblerait bien saignant de chacune de ses fleurs, s'il n'était en proie à la double exaltation d'avoir tout à l'heure à recevoir et à être représenté.

Quant aux détails qui me concernent, je n'ai aucun fait marquant à vous y signaler. Rien de nouveau, en apparence, ni, Dieu merci ! en action. Il aura donc suffi de mon petit cri stupéfait ; et M. Marfaux s'est tenu pour dit de n'avoir pas à recommencer le mouvement d'audace avec lequel il m'avait fait si indélicatement sentir que je posais « en peau », comme s'exprime Vanoche à propos du décolleté. Ainsi votre sagesse m'aura, une fois de plus, bien inspirée, en me conseillant de reprendre l'air qu'il ne se soit rien passé.

Je crains que vous m'ayez jugée moins communicative qu'à l'ordinaire, pendant votre court séjour parmi nous. C'est qu'aussi j'étais constamment dans une sorte de situation fausse vis-à-vis de moi-même ; maintenant encore, je tente en vain de m'analyser. Et puis, devant votre haute mine de grande amie clairvoyante qui entend avec tant d'acuité ce que j'ai à peine prononcé, mes incertitudes contrariaient d'autant de réticences mon besoin de me confier, comme toujours, à vous.

Aujourd'hui, et tout en déplorant la distance qui nous sépare, je m'en sens plus hardie pour vous exposer très sincèrement, mais aussi confusément que je m'y reconnais, l'impression que les manières de M. Marfaux peuvent exercer sur moi.

Rien de lui n'a trouvé le chemin de mon cœur. Je le déclare très séduisant ; et peut-être me plaît-il plus vivement, en somme, que quelqu'un que j'aimerais. Voici, je crois, une profession de foi que M. Marfaux pourrait surprendre sans en être désobligé. Mais j'ajoute que je me considère comme incapable de faire pour lui un sacrifice, qui serait un sacrifice. De plus, dans le cours de nos entretiens, je m'applique, ainsi que je m'en aperçois de temps à autre, plutôt à me faire

valoir qu'à me faire connaître. Tandis que, jadis, quand j'ai joué bon jeu à pareil jeu, je me faisais toute petite, je me le rappelle bien, par peur de susciter sur moi des idées dont j'eusse contenu la désillusion ; et j'ai eu la précaution de me révéler, de m'affirmer, de me confirmer, peut-être telle que j'étais, mais en tout cas moindre que je pouvais me supposer.

Oui, je ne serais pas fâchée d'émerveiller M. Marfaux, de l'ensorceler assez gentiment. Et cependant je ne voudrais, à aucun prix, qu'il se mêlât de m'aimer, ce qui s'appelle : aimer. D'abord parce que, moi, je ne l'aime pas ; et même je suis bien contente de cela. Ensuite parce que l'on n'est, malgré tout, jamais sûre de n'être pas entraînée à aimer un homme qui s'est mis à vous aimer pour de bon. En définitive, si cela ne risquait de vous faire un peu crier à la méchanceté, je vous présenterais mon idéal d'aujourd'hui comme devant être, à la rigueur, une victime impertinente, qui m'agacerait, m'occuperait et serait même très détestable. Car, pour la victime douloureuse, vous savez, hélas ! comme elle échange vite les rôles avec un bourreau tel que moi.

A vrai dire, en ce moment, je m'éveille, chaque matin, heureuse d'une agréable anxiété, impatiente de l'heure à partir de laquelle on nous laissera si bien seuls, M. Marfaux et moi, dans ce refuge de l'atelier, loin de tout, où il n'y a d'enfermé avec nous qu'un peu de danger pour moi, mais le meilleur danger, le seul bon danger : j'entends par là, chère amie, celui, s'il vous plaît, dont on est certaine d'échapper.

Tout en me levant, m'habillant, en me préparant, cela m'émoustille de songer que M. Marfaux s'apprête aussi là-bas, qu'il va me fixer bientôt, avec cet étrange regard de peintre en travail, qui s'appuie sur le modèle de telle sorte que, à chaque instant, toute troublée, je suis presque sur le point de m'écrier : « Quoi ? Qu'ai-je fait ? Que voulez-vous ? » Et, enfin, ces choses dont je sais déjà comment je n'y répondrai pas, sans savoir encore comment elles me seront dites ! Et, au contraire, ces silences, d'où il faudra que ce soit moi qui nous fasse sortir,

JE SENS QUE JE LUI LIVRE SUR MA PERSONNE, A MON CORPS DÉFENDANT, UNE PRISE DONT,
A VRAI DIRE, IL NE PEUT ABSOLUMENT PAS SE DOUTER.

quand ça deviendrait par trop éloquent que l'on se taise trop !

Vous allez, je le pressens, me déclarer en état de coquetterie ; et, pour un peu, vous refuseriez dorénavant votre sollicitude aux crises dont votre petite amie, devenue indigne, pourrait se prétendre tourmentée.

Si ce tort était vrai, soyez assurée que, sans respect humain, je vous le confesserais tout de suite, à vous, ma grande confidente, chère directrice de mon âme. Mais attendez encore pour délibérer sur mon cas. Il est moins simple que cela ; et il vous paraîtra même, quand j'aurai essayé de préciser davantage, plus que compliqué, malheureusement.

Donc je sais bien, moi, que je suis autre chose qu'une pure coquette vis-à-vis de M. Marfaux, parce que je sens que je lui livre sur ma personne, à mon corps défendant, une prise dont, à vrai dire, il ne peut absolument pas se douter. C'est qu'il s'opère en moi une sourde agitation, un travail de mystère, une sorte de petite insurrection de mes instincts.

En toute conscience, ces velléités, si indécises qu'elles soient, me semblent avoir une couleur d'abnégation ; je perçois que ce sont là certaines de mes forces qui seraient prêtes à me trahir, pour aider l'adversaire dans ce qu'il entreprendrait contre moi. Mais vais-je avoir l'habileté et surtout... l'impudeur de me faire acceptablement entendre de vous sur ce point ? Et sachez-moi gré, du moins, des circonlocutions.

Certainement, cela doit m'être venu à force d'avoir écouté Françoise de Trémeur faire, auprès de moi, sa sulamite. Le fait est qu'après avoir vécu, jusqu'à présent, dans la sécurité, dans le dédain paisible que ma nature était celle des femmes bien portantes et comme il faut, me voici envahie par des doutes, des impatiences nerveuses... A ce propos, n'avez-vous jamais remarqué que les points d'interrogation tels que l'on en trace le signe, ont la forme que l'on pourrait prêter à des crampes de l'âme ?... Je suis troublée, traquée dans cette bonne petite habitude intérieure de se croire, pour le moins, aussi complète, aussi parfaite que personne. Et puis, il y a un mot qui serait peut-être

le plus exact de tous pour définir mon état et que je ne saurais prononcer qu'en baissant les yeux, tant on l'a rendu banal : *curiosité.* Mettez enfin que je viens sans doute d'être vexée, en constatant, parmi les femmes présentes à Pontarmé, que mon genre était celui de la minorité ; et encore pour ne pas dire que, s'il n'en reste qu'une, je serais celle-là. Ma Vanoche s'est rangée sous le drapeau de notre amie de Trémeur, sans apporter à la cause une foi aussi exubérante, mais en y devant trouver son petit compte. Je n'ai pas osé adresser à ma sœur Valentine de question impérieuse, mais elle s'est dévoilée dans la mesure où pouvait le faire une assez jeune mariée très pieuse ; et sa manière m'a paru d'autant plus délicate qu'elle y a eu le beau sourire muet, avec hochement de tête, dont vous-même vous m'arrêtez la parole, sur ce sujet, chère grande amie taquine et tendrement respectée.

De toutes les causes, et de tant d'autres probablement qui m'échappent, il résulte que M. Marfaux, avec sa qualité d'artiste, m'apparaît parfois, en vertu de quelque rêverie folle — et sans conséquence possible, croyez-moi bien surtout, — comme l'être différent du commun, assez hors de l'ordinaire, qui pourrait susciter en moi une surprise, l'effet inconnu et tant vanté. Il se distingue tellement de tout le reste, dans ses façons de penser et de parler, que ce serait, pour ainsi dire, logique de lui attribuer je ne sais quel art surnaturel d'agir.

Je me hâte, à cet endroit, de vous rappeler combien j'ai été loin de toute défaillance, le jour où M. Marfaux s'est donné l'air — et mieux que l'air — de vouloir en venir à des fins, que je ne prévoyais pas de sa part ; et vous avez eu le premier choc de ma révolte physique, peu d'instants après qu'il m'eut posé ce fameux baiser sur l'épaule. Il s'est même produit là un phénomène bien bizarre. Pourquoi n'ai-je pas pu me sentir frôlée par ce jeune homme sans en être instantanément gelée à son égard, alors que, cependant, je ne puis associer à des moyens immatériels ces espérances dont il incarnerait censément la réalisation en ma faveur ?

Il se peut, néanmoins, que ces sensations

se relient les unes aux autres. Et ce serait parce que je me fais une idée à part de ce tempérament d'homme, que j'aurai été dé-çue en en recevant un procédé dont je n'avais pas eu besoin de lui pour connaître déjà l'application. En effet, j'imagine qu'un être de l'espèce de M. Marfaux devrait avoir des ressources géniales pour extraire de rien les délices innomées et inconcevables dont on m'a suggéré la hantise.

Ah! que ne peut-il donc faire naître chastement, par l'agrément d'être ensemble, du fond de l'air qui règne autour de nous, sans aucune vilenie, ce singulier bien que je saurais peut-être vouloir de lui — et aussi lui vouloir!

Mais, hélas! je n'ignore point qu'il n'y a qu'insanités dans ce que je vous exprime ainsi, par sincère examen de conscience. Et, au surplus, si des circonstances imprévues m'amenaient sur la pente des sentiments moins éthérés, soyez d'avance rassurée. Dans les vues plus pratiques qui pourraient me venir envers M. Marfaux, il y aura tou-jours, pour me rendre raisonnable, la pers-pective que son existence ne peut pas se fondre avec la mienne : il n'est pas de no-tre monde. Et vous savez bien qu'à mes yeux, l'amant — puisqu'il faut l'appeler par son nom — n'est qu'un second mari, qui aime et dont on est aimée. Je serais inca-pable de bonheur hors de mon foyer, sans une sorte de vie conjugale, en double, faute de mieux ; mais où l'autre époux, l'époux d'amour, ait sa large place, soit dans mon ménage, quand il durait, soit aujourd'hui dans ma famille.

Vous vous souvenez que jadis — dans des temps dont je veux à peine parler — M. de Courlandon me ramenait Saint-S. à dîner, presque chaque soir, chaque fois que nous n'avions pas à sortir. (Et, en ce cas, c'était pour le retrouver quelque part.) Et mes parents ont invité Saint-S. ici, pendant tous les étés de notre liaison. Dire que ceux-ci ne m'en reparlent jamais! Et, soyez-en bien persuadée, sans calcul de leur part, en toute innocence. Ils se sont réglés sur mon attitude. Il y a un âge où les père et mère, pour un re-tour, acceptent sans mot dire, comme bonnes, toutes les choses de la vie que leurs grands-enfants leur présentent, pétries et cuisinées.

Mais, en définitive, M. Marfaux ne peut être qu'un passant auprès de moi, parmi les miens et tous les nôtres. Son as-siduité dans mon entourage serait prise, par le monde, en très mauvaise part ; et mes relations suivies avec un artiste ne ga-gneraient rien — elles perdraient même leur seul prétexte — à n'être pas coupables.

A présent, chère directrice, vous voyez dans moi, comme j'y vois moi-même. Ce n'est pas très éclairé, n'est-ce pas? Dites-moi cependant ce qui se dégage de là pour vous, et si vous pensez que les qualités de raison et de déraison s'équilibrent convena-blement? Tenez, c'est moi-même qui vais donner, à mon désavantage, le petit coup de pouce à la balance, en résumant ainsi M. Marfaux : Il est charmant, il est char-mant, il est charmant!

Je me suis conformée à votre excellent avis en m'abstenant, sur « mon peintre », du moindre bavardage intime avec Mme de Trémeur. C'était, en effet, trop certain qu'elle se serait empressée de tout en écrire à son pierrot de Le Hinglé, qui aurait peut-être trouvé là un thème à esprit auprès de quelque Colombine, dont un Arlequin se-rait vite devenu confident. Et c'est ainsi, nous en sommes d'accord, que, par le monde, d'oreillers en oreillers, tous les secrets de-viennent celui de Polichinelle. Et personne même ne peut honnêtement s'accuser de trahison, rien que pour avoir faufilé le pau-vre petit secret d'autrui dans le mirifique secret que, entre amants, on pense avoir ensemble pour l'éternité.

Figurez-vous que M. Marfaux n'avait rien vu au manège de Vanoche, qui vous a tant diverti, à l'égard de votre jeune ami le prince Silvère. Il a allégué que c'était parce qu'il ne faisait attention qu'à moi ; mais cette réponse nous ayant soudain con-duits sur un terrain glissant, je me suis dé-robée, et je l'ai distrait par les détails de cette intrigue, à laquelle l'aimable Caréan a pris goût depuis votre départ. Vanoche m'en voudrait à mort, si elle savait com-bien nous nous amusons d'elle. Mais M. Mar-faux est l'homme que je crois le plus incapa-ble d'une indiscrétion.

Un de nos sujets de gaieté est d'attendre comment la petite se sera nouvellement coiffée. Car, depuis avant-hier, elle nous a déjà présenté trois métamorphoses de son « chien fou ». Nous avons eu le chien enragé; ensuite, une façon que M. Marfaux a baptisée chien couchant, parce qu'elle a eu l'air d'être celle que lui aurait tout de suite conseillée votre irrévérencieux petit prince. A présent, nous sommes, selon M. Marfaux, à la coiffure Jean de Nivelle. En effet, Vanoche nous fait l'effet, pour le moment, de ne plus vouloir suivre aussi vite le gentil maître que, sans doute, elle avait déjà accompagné en gambadant jusqu'au chemin qui n'a pas de pierres, mais à l'entrée duquel on regarde pourtant par deux fois.

Et puis, nous avons eu aussi un retour du baron Munstein, plus prompt qu'il ne l'avait annoncé lors de son récent départ pour Paris. Mlle Flore s'est jetée dans ses bras. C'était la première fois que je lui voyais exprimer un sentiment. Jusqu'à présent, elle ne nous avait montré que des attitudes. J'aurais voulu rendre le séjour aussi agréable que possible à cette jeune fille, en considération de la bienveillance que vous lui témoignez. Mais elle ne facilite point la tâche; et, du reste, tout le temps qu'il fait jour m'est pris par mon portrait auquel M. Marfaux aura bientôt donné le dernier coup de pinceau. Je lui ai demandé si les peintres ne s'ingéniaient pas toujours à tâcher de devenir amoureux de leur modèle, quel qu'il fût, afin qu'une frivolité au moins de galanterie ajoutât à leur talent quelque chose dans le genre de ce que le vernis ajoute à la peinture. Il m'a répondu...

Mais il me semble que voilà plusieurs fois que je vous reparle de M. Marfaux; et vous pourriez, chère grande amie, vous en faire des idées qui iraient au delà ou à côté de ce que je crois vous avoir bien fidèlement analysé.

Et voici qu'il se fait tard. Les approches de la fête grondent autour de moi, dans le soir qui va être là. Informez-moi bientôt, je vous prie, des péripéties de votre voyage. Je vous embrasse filialement.

Votre

ANNA DE COURLANDON.

XXIII

Madame Vanault de Floche à Monsieur Vanault de Floche, maréchal des logis de dragons, en service de réserve, à Mortagne (Orne).

CHATEAU DE PONTARMÉ
Par Chapelle-sur-Erve
INDRE-ET-LOIRE

21 *octobre* 1892.

Je m'empresse de vous écrire le compte rendu que vous m'avez demandé sur la soirée, lors de votre petite visite ici; et je vais le faire, je ne sais comment, sous le coup de la très grosse émotion que m'a causée cette pauvre Françoise de Trémeur. J'en ai encore la tête à l'envers, et je crois que, de ma vie, je n'ai jamais été aussi révolutionnée. Mais commençons par le commencement.

Et d'abord, je vous exprime, mon cher André, combien j'ai regretté que vous fussiez empêché d'être là, quand ça n'aurait été que le temps de jeter un regard sur cette soirée, dont rien ne pourra autrement vous donner l'idée. J'ai eu, pour la première fois, la vision de ce que devait être un gala, jadis, à la Cour. Et ce sont de bien beaux moments que l'on passe ainsi.

Vous savez les vastes dimensions de la salle seigneuriale? Eh bien! à partir de neuf heures et demie, elle était presque pleine, et de gens tous côtés les uns plus haut que les autres. Il n'y avait que du gratin. Toute la noblesse des environs, et même du lointain. On était venu, attelé en poste, de dix et douze lieues à la ronde. Le comte et la comtesse de Guébeurgué avaient même fait leurs quinze lieues; mais il était convenu qu'ils coucheraient au château, ainsi que les Montparnoy et les Saint-Thibault qui viennent seulement de repartir. Il faut vraiment que les Pontarmé soient aimés comme on ne l'est pas; et je suis de l'avis de M. Anrion, qui disait qu'il n'y avait tout de même pas à désespérer d'une société où l'on avait l'énergie de se donner tant de mal par plaisir.

Beaucoup de toilettes ravissantes; des parures du goût le plus exquis.

FRANÇOISE VIENT DE TOMBER A LA RENVERSE. ON CROIT, D'ABORD, QUE C'EST PARCE
QUE LE PIED LUI A MANQUÉ.

L'aînée des demoiselles de Ruan et la plus jeune des trois baronnes de Pherne-Echelle étaient adorables d'élégance et de succès. Je vous nomme celles-là, parce que vous les avez rencontrées à Pontarmé. Mais il y avait une profusion de femmes qui méritaient cent fois mieux le pompon, pour la naissance, la position ou le chic. Je me chargerai bientôt de vous les faire connaître, puisque j'ai maintenant une foule de belles relations que vous n'avez pas encore et qui, toutes, m'ont complimentée, comme de véritables amies, malgré le désarroi et le brouhaha qui a succédé à la représentation.

Par le petit judas pratiqué dans la toile du théâtre, j'ai vu arriver une duchesse, deux duchesses, trois duchesses! C'était splendide. Elles ont pris place, très simplement, sur les tabourets qui avaient été disposés pour chacune d'elles.

Le buffet — tout à fait superbe — était établi au rez-de-chaussée du donjon, avec lequel on communiquait par les deux galeries, l'une pour l'aller, l'autre pour le retour, qui étaient tendues de ces magnifiques tapisseries dont je ne sais plus si M. de Pontarmé a refusé ou demandé trois cent mille francs.

Quant au vestibule — contre la mosaïque duquel vous avez pris un si bon billet de parterre, — il paraît que personne n'entrait sans se récrier sur les merveilles de sa décoration. On y avait arrangé des massifs de fleurs éblouissantes, de façon que les statues des quatre Preux se détachaient au-dessus, dans les quatre coins, en ayant l'air de monter la garde; mais ces grands personnages n'auront tout de même pas été assez intimidants pour faire taire les valets de pied, dont le bruit parvenait jusqu'à la salle du spectacle.

La pièce a très bien débuté. Jean de Nécringel s'était établi chef de claque; et il avait groupé autour de lui un certain nombre de jeunes officiers, de sorte qu'aucun acteur ou actrice ne pouvait prononcer plus de cinq ou six mots sans être applaudi. Mon rôle n'était pas bien important; mais, ainsi soutenue, tout ce que j'ai dit a porté.

Le triomphe avait été destiné à Françoise de Trémeur qui, du reste, a été supérieure dans la première scène avec M. Anrion, et dans la suivante avec M. de Kerbors. Tout le monde a été d'accord pour reconnaître que, aux Français, ç'aurait pu être aussi bien, mais pas mieux. Et Françoise avait d'autant plus de mérite à se comporter si vaillamment, qu'elle était dans un état de souffrance croissante. Depuis le matin, il lui était venu de l'oppression, de l'énervement, disons de la migraine; et, quand des natures aussi exaltées veulent prendre sur elles de se forcer en quoi que ce soit, il n'en résulte rien de satisfaisant. Et justement elle s'était contrainte à demander divers renseignements, sans doute nécessaires, à son mari, avec qui vous savez combien elle est en mésintelligence, et en silence. Celui-ci, probablement ému du malaise visible de sa femme, se montrait moins ours qu'à l'ordinaire, et même plein de sollicitude et gentil à souhait. D'ailleurs, jamais Françoise ne m'a paru si belle qu'hier soir, quoiqu'elle fût pâle comme la mort. Son admirable collier de perles rendait encore plus chaude la couleur de ses épaules; et elle avait, dans sa robe de satin noir toute houppée de blanc, non pas peut-être une beauté de reine, mais l'air — qui convenait à son rôle — d'une fameuse maîtresse de roi.

Enfin, jusqu'au grand dialogue politique entre Henri IV et son ami, les péripéties s'étaient déroulées au contentement général; et c'est après cette scène, assurément un peu longue, que M. de Pontarmé avait imaginé, pour dérider, de faire exécuter à ses interprètes un pas de caractère très joli. C'était fort bien amené par une de mes répliques qui rappelait au roi son faible pour la danse; et cela s'appelle le Branle du Bouquet.

Bon! voilà que l'orchestre (de Bella-Cozza, mandé exprès de Paris, rien que ça, mon cher!) prélude avec ses instruments à corde, du haut de la tribune où on l'avait installé. C'est Henri IV qui mène le branle avec Gabrielle d'Estrées; ensuite, moi, avec Sully. Tout à coup, les trois quarts de la salle se lèvent en poussant un même cri, et la musique s'arrête net: Françoise vient de tomber à la renverse. On croit, d'abord, que c'est parce que le pied lui a manqué. Mais moi, qui étais au courant de sa mauvaise disposition, je dis, sans hésiter, à chacun :

— Elle s'est trouvée mal...

Je ne me trompais pas. Ma malheureuse amie n'offrait plus signe de vie ; et, naturellement, sur les centaines de personnes présentes, de la plus pure aristocratie, il ne pouvait y avoir de médecin. Par bonheur, j'avais sur moi mon flacon de sels, dont je me suis, du reste, à peine servie, ayant jugé plus poli de donner la préférence immédiate à celui que me faisait passer Mᵐᵉ la duchesse de Valveauroux.

Françoise a été certainement plus d'une heure à revenir de sa syncope ; et le docteur, qu'on avait couru chercher à la ville, n'est arrivé que pour constater qu'elle était à peu près remise. Elle en a, d'ailleurs, décliné les bons offices ; et elle vient de partir, tout à l'heure, pour Paris, où elle aura la consultation sérieuse qu'il lui faut. J'avais le cœur gros, en lui disant adieu. Nous nous sommes connues toutes petites filles, et c'est seulement ici, en quelques jours, que j'aurai appris à beaucoup l'aimer. C'est une grande âme, croyez-m'en ; et si jamais j'entendais mal parler d'elle, je serais là pour la défendre, de tout mon cœur.

Vous supposez que, après ce désastre, la représentation était liquidée. L'assistance s'est empressée de consoler l'infortuné comte de Pontarmé, qui s'était imposé tant de peines pour bien faire et tant de remue-ménage ! On lui a démontré que la pièce pouvait parfaitement être considérée comme finie, de la sorte, et par un rude coup de théâtre ! En somme, la plupart des jolies choses à dire étaient déjà dites ; et, pour mon compte, je n'avais plus qu'à jouer une scène, par signes, avec Valentine de Nécringel, qui était censée ne pas savoir le français, jusqu'au moment où elle allait le deviner subitement pour sauver sa protectrice.

En définitive, les spectateurs ont paru prendre assez volontiers leur parti de ce que la séance était terminée ; et la bonne humeur s'est généralement répandue, dès qu'il a été établi qu'il ne s'agissait, pour Françoise de Trémeur, que d'un évanouissement. Ce qu'il y a de tout à fait agréable et bien élevé chez les gens du monde, c'est qu'ils ont toujours l'air aussi content de partir que d'arriver. Les voix s'entre-croisaient pour dire : « Comme ça, nous serons rentrés chez nous à minuit... » ou bien pour discuter le plus ou moins de temps que les uns ou les autres allaient avoir de route. Il y avait de la sincère félicitation dans l'air ; on sentait que chacun se félicitait d'en être à féliciter finalement les maîtres de maison.

Pour moi, je me féliciterais sans réserve du délicieux séjour que je fais ici, si le baron Munstein n'avait pas, à mon égard, des outrecuidances, qu'il étalerait moins, je suppose, vis-à-vis d'une femme dont le mari ne serait pas absent. Vous comprenez bien, en outre, que, à tous les points de vue, c'est aussi votre absence qui gâte mon plaisir. Et je ne veux pas vous irriter inutilement, en insistant sur les manières de ce goujat, pendant que votre service militaire doit encore vous retenir au loin pour plus d'une semaine encore.

Rapportez-vous-en à moi pour le traiter comme un chien qu'il est. Je lui ai infligé l'affront, à table, de demander tout haut qu'on lui apportât un tabouret, afin qu'il sût où tenir ses pieds. Je dois lui rendre cette justice qu'il accepte mes avanies imperturbablement. Ce matin, j'ai pour ainsi dire presque fait honte à M. de Caréan, devant Munstein, d'avoir accompagné ce dernier, qui l'y avait, d'ailleurs, provoqué, dans une promenade à pied, jusqu'à La Haie-en-Indre. Il serait, en effet, regrettable de laisser corrompre, par une aussi sale fréquentation, un garçon de distinction parfaite avec les femmes, comme le prince Silvère. S'il est encore là, à votre retour, vous pourrez très bien avoir l'air de savoir combien je me loue de sa tenue si correcte, de race ; et je vous prierai d'être particulièrement gracieux pour lui. Je n'ai aussi que du bien à vous déclarer de M. de Kerbors, que l'on pourra recevoir, cet hiver, et, somme toute, de M. Anrion, pour qui, toutefois, aucune amabilité ne presse, puisque nous ne nous lancerons pas encore à donner la comédie.

Je ne vois rien de plus à vous apprendre, cher ami ; et je termine en vous adressant mille pensées affectueuses.

                                    VANOCHE.

*
* *

XXIV

Le prince Silvère de Caréan au prince de Caréan-Priolo, à Sorrente (Italie).

CHATEAU DE PONTARME
  Par Chapelle-sur-Esve
  INDRE-ET-LOIRE

                           22 octobre 1892.

Mon cher père,

J'ai le plaisir de vous informer que je pense avoir pleinement réussi, ainsi que l'avait prévu votre haute intelligence et d'après ce qui ressort d'une seconde entrevue, vraisemblablement décisive, que je viens d'avoir avec le baron Munstein.

Hier et aujourd'hui, nous avons longuement causé ensemble, avant le déjeuner, tout en marchant dans la campagne. Il faisait une belle gelée blanche, sur laquelle on avait naturellement le pas vif ; et on en conservait juste assez de souffle pour ne prononcer que des paroles essentielles, après des temps de réflexion qui ne pouvaient pas avoir l'air voulu, et où cela devait, à l'un et à l'autre, ne sembler que cordial de se laisser réciproquement respirer.

L'attaque, pour le premier jour, est partie du baron, qui a commencé par me déclarer qu'il voudrait avoir mon âge. Je crus devoir marquer un étonnement de ce qu'il enviât quelque chose au monde. Il me répondit — et je ne reproduis une partie oiseuse de sa conversation qu'à titre de document sur M. Munstein. — qu'il souhaiterait d'être jeune afin d'être aimé pour lui-même. Il se plaignit qu'un homme, dans sa position d'énorme fortune, ne pût s'y reconnaître, entre tant de sentiments intéressés et ceux qu'on lui témoignerait peut-être sincèrement. Je ne sautai pas sur cette occasion, vous m'en croirez sans peine, pour

l'assurer que j'étais prêt à aimer sa fille d'un amour désintéressé. Je le laissai aller ; et il m'exposa que, en quête de sensations vraies, il s'était arrangé pour jouir de l'animosité, ou même de la haine, qu'il pouvait inspirer aux objets de ses galanteries.

— « Ce qui ne passe pas en vieillissant, me déclara-t-il, c'est le désir de voir des femmes en état de bacchantes, et de les y mettre. J'ai renoncé à leur donner de la joie ; mais j'excelle à provoquer leur fureur. C'est équivalent de sentir une jolie créature au comble du bonheur ou au comble du malheur, pourvu qu'on la sente comblée. Le concours d'une rage à qui l'on s'impose vaut celui d'une volupté et ne se simulerait pas aussi bien. Seulement, c'est moins normal de parvenir à en tenir une, de choix. »

Et comme je m'étais dispensé de l'interrompre, il ajouta :

— « Ce qu'il y a de sûr, c'est que, si j'étais à votre place, je ferais la noce avec toutes les femmes ; et je me garderais surtout de me marier. »

Là-dessus, je compris qu'il avait ainsi adopté un terrain de défense, d'où il pourrait me bien voir venir ; mais, en même temps, il m'offrait généreusement le moyen le plus favorable de me porter contre lui. Alors, je me prononçai, sans emballement, mais avec fermeté, en faveur dudit mariage.

Il m'objecta aussitôt que je lui aurais plutôt fait l'effet d'avoir du goût pour les aventures improvisées et les bonnes fortunes. Je discernai, dans le regard dont il appuya sa phrase, une lueur d'hostilité ; et c'était clair qu'il faisait allusion à certaine tentative, que vous m'aviez suggérée, mon cher père, et où le hasard m'a placé, avec Munstein, en rivalité, bien insouciante de ma part. A la façon dont je me mis, sur ce point, à rire, il devina combien j'étais un garçon sérieux dans tout le reste. Il témoigna immédiatement de la bonne humeur, pour avoir sans doute perçu, soit que je ne le contrecarrerais point dans son entreprise, soit quel dépit je pourrais faire naître, à son gré, — toujours du côté dont il s'agissait.

Il se lança en théories sur ce qu'il n'y avait que deux forces, au sommet de la société, pour se partager tous les agréments sociaux: les hautes naissances et les grandes fortunes. Il me congratula, mon cher père, de porter un nom tel que le vôtre, à une époque où il n'y a plus de rois pour épouser des bergères; mais où les plus riches héritières de la finance sont réservées, disait-il, à des princes qui, à l'instar du beau Pâris, se présentent en pauvres bergers. Et il soutint que le mariage était un moyen du ciel pour fondre ensemble le prestige du titre et celui de l'argent.

—«Cela doit être, conclut-il,

l'air par trop bon jeune homme, à mon tour, par lequel j'aurais été suspect, en lui faisant remarquer que le premier devoir, envers soi-même, du conjoint pauvre était de se fonder sur l'harmonie et l'affection, pour entrer en ménage; faute de

avant tout, association d'intérêts; je considère que ça ne peut pas être autre chose. N'est-ce pas votre avis? »

Le piège était grossier. Je me sentis, en quelque sorte, moralement tâté par les yeux que Munstein dirigeait sur moi, avec un air pourtant bonhomme. Je répondis donc que le principe, selon moi, indispensable du mariage, était qu'il fût une union, sinon d'amour, du moins d'exceptionnelle tendresse.

Le baron fit la moue. C'était à lui, maintenant, de trouver que ma profession de foi était cousue de fil blanc. Je me défis vite de

LA JOURNÉE S'ÉCOULA PRESQUE ENTIÈRE A CE QU'ELLE ME PARLAT BEAUCOUP D'ELLE.

quoi il se mettait, dès le début, sous la menace de la séparation de corps, qui s'accorde de plus en plus facilement et qui entraîne la funeste séparation de biens.

Cet argument eut sur Munstein un effet considérable. C'est un individu très pratique, que les protestations les plus chaleureuses laisseraient froid, mais dont l'intelligence est vivement frappée, au bon endroit, par les raisonnements pratiques. Sa satisfaction fut manifeste d'apercevoir sous une face peut-être nouvelle la question de sa fille, dont il est fort préoccupé (sans qu'il y ait probablement jamais consacré la demi-heure nécessaire pour en faire le tour). Il s'avisa de ce qu'il faudrait que le mari de Mlle Munstein fût bête pour ne pas s'ingé-nier à tenir sous le charme une femme aussi bénéficielle. Il me gratifia, cette fois, d'un coup d'œil obligeant, devant lequel je bais-sai les paupières avec modestie, puis-qu'il me semblait que nous étions en train de tomber d'accord que je n'étais pas cette bête-là.

Le baron entama alors l'éloge de sa fille, en me répétant qu'il l'adorait, de manière à se donner des apparences naïves, aux ins-tants où il aurait pu trop paraître m'en faire l'article. Je n'adhérai à ses démonstrations qu'avec beaucoup de réserve. Il me scruta. Je lui exprimai discrètement mon regret de n'avoir pu acquérir sur Mlle Flore que des idées très superficielles, en raison de son peu de bienveillance à mon égard. Ce qui obligea Munstein à prétendre que je plaisais infini-ment à sa fille ; mais que c'était moi, au contraire, qui avais mérité d'elle un reproche analogue.

En repartie, je fis l'historique de ma con-duite envers cette jeune personne, avec une inexactitude assez outrée pour contraindre le baron à m'accuser sur le grief des galante-ries à grand spectacle, auxquelles je vous dois, mon cher père, l'inspiration d'avoir recouru, par ailleurs. Mais mon adversaire évita — il se retint évidemment — de recti-fier mes dires ; et je ne lui attribuai en cela qu'une respectueuse volonté de ne point faire intervenir sa fille dans un sujet assez risqué, et sur lequel je ne doutai donc plus, d'après ce tact du père, qu'elle s'était con-fiée à lui, humanisée et décidément humi-liée.

Telles furent les bases que nous po-sâmes dans la séance de notre première ma-tinée.

Pour l'après-midi suivant, je m'étais pro-mis de servir à la jeune fille une certaine quantité d'attentions. Mais la mesure que je m'étais primitivement fixée n'aurait pas suffi. Il faut croire que son père lui avait

rapporté, de la promenade, des nouvelles engageantes ; car, dès le début de mes petites avances, elle y répondit avec une générosité, une vivacité, un besoin de se faire appré-cier, qui me commandèrent, en retour, de là bonne grâce, et puis de la meilleure grâce.

La journée s'écoula presque entière à ce qu'elle me parlât beaucoup d'elle. Elle m'a révélé ainsi l'étendue de ses notions sur les gens, les objets, les pays et les opéras. Je n'ignore plus aucun des livres ni des ani-maux qu'elle aime. Elle connaît énormément de langues étrangères ; et elle s'exprime, sur n'importe quelle matière, avec l'aisance d'une personne qui sait pouvoir énoncer aussi bien sa même opinion en italien, en anglais, en allemand, etc. Et voilà, du reste, la seule compétence, sur toutes choses, que j'ai à constater chez elle, jusqu'à plus am-ple informé. Enfin, elle s'était manifestée du mieux qu'elle avait pu, s'isolant, se mon-trant dans une atmosphère à elle, sans que la vie de relations régnât encore entre nous.

Pour ma part, je m'étais abstenu du moin-dre étalage, non par pure discrétion, mais par un dessein, vraisemblablement plus va-niteux, en tout cas mieux entendu, de m'en-velopper de mystère. Ne m'avez-vous point enseigné, cher père, que c'est la mode la plus seyante, et que je vous paraissais avoir la taille qu'il faut pour la convenablement porter ? Et je calculais donc mentalement le profit que je me préparais, pour l'instant où l'on se serait bientôt retiré, chacun de son côté. J'ai eu à me louer, en effet, du temps que Mlle Munstein passa dans sa chambre, à se recueillir sans doute. Tandis qu'elle y faisait une toilette tout uniment réelle et dont la poésie n'était que d'avoir l'air déjà un peu fiancé, il est probable que j'aurai, moi, maintes fois traversé sa petite cervelle, en apparition romantique, dans ce manteau couleur « comme il vous plaira », qui a de si jolis reflets changeants.

Ce qui est certain, c'est que les éléments de la soirée devinrent infiniment plus liants. Je n'affirme pas qu'il arrivera un jour où Mlle Flore et moi nous ne ferons plus tota-lement qu'un, selon le précepte idéal ; mais je puis vous attester que, à partir d'hier au soir au lieu de ne faire encore rien du tout, nous avons commencé à faire deux. En place du « je » que mon interlocutrice avait naguère eu constamment aux lèvres, ne l'entrecoupant, par moments, que d'un « vous » à mon adresse, il est survenu entre elle et moi, sur mon initiative, à vrai dire, un pronom plus utilisable, plus progressif, plus intime. On s'est mis à prononcer « nous », à tous les points du discours... Et que *nous* avions des goûts pareils sur les sujets les plus divers !... Et que *nous* n'étions qu'à cinq ans de distance l'un de l'autre ! Et *nous* par-ci, et *nous* par-là !

Une circonstance qui nous a même obligés à nous rapprocher davantage, c'est que j'ai été fort tiraillé, en sens inverse, par la tierce personne que vous aviez bien voulu m'inviter à faire intervenir dans ma cause.

Le peu que j'avais de cette dernière, je me suis hâté de l'immoler en sacrifice à Mlle Flore, avant qu'il ne me fût infailliblement repris.

Mon second débat avec Munstein s'est réglé aujourd'hui. Cette fois-ci, c'est moi qui l'ai cherché. Je n'avais pas à espérer que le père ou la fille pussent être en disposition plus parfaite. Et je n'étais point partisan de temporiser, tandis que je l'avais sous la main, envers un personnage aussi sollicité journellement que l'est le baron, par tant de télégrammes.

Je lui ai d'abord demandé une sorte d'autorisation officieuse d'être empressé auprès de sa fille. Ce qu'il a agréé, dans les termes d'encouragement les plus précis, en me laissant entendre qu'il se savait d'accord avec la principale intéressée. Je lui ai alors dit mon intention de vous saisir sans retard de cette grande question, où mon avenir allait être en cause, et qui importait tant à votre sollicitude.

A ce propos, je n'ai pu faire preuve que de la plus inattaquable franchise, en exposant à Munstein la vérité absolue sur ma situation. Ce moyen me réussit. Le baron ne fit aucune difficulté pour me déclarer le sort qu'il se proposait de constituer à sa fille. J'ai vu que je l'avais mis à l'aise, en le mettant sur le compte de l'argent, où il se sent chez lui.

A vous, mon cher père, je m'épargnerai de relater un entretien qui a roulé sur des combinaisons matérielles pour lesquelles vous m'avez tant de fois exprimé votre dédain. Je me bornerai donc à vous apprendre que la décision de Munstein a été telle que je puis vous en promettre d'exaucer tous vos désirs, du moins dans la teneur arrêtée par vous-même, à laquelle je vous donne ma parole de ne plus vouloir aucune espèce de modification.

Je vous prie, par retour du courrier, d'avoir la bonté de m'adresser, pour le baron Munstein, la demande de la main de sa fille. Votre lettre ne devant pas être ici avant quatre jours environ, j'estime que son arrivée coïncidera avec le moment définitivement opportun.

Ne craignez point, même au cas où vous condescendriez à l'interroger, que Munstein ne vous importune par aucun détail sur les chiffres qui m'ont été consentis. C'est moi-même qui lui ai fait la recommandation d'avoir à épargner votre particulière délicatesse ; et il n'y manquera — sous aucun prétexte. Vous n'aurez donc pas à être ennuyé par les termes d'aucune stipulation pécuniaire avant les instants, rapides, où l'on ne vous sollicitera que de vouloir bien apposer votre signature au bas du contrat.

Je termine, mon cher père, en vous expliquant, à titre d'hommage, que ce n'est point une légèreté de jeune homme qui me guide dans ce que vous pourriez prendre — à tort — pour une envie hâtive de me marier. Si je me propose de devancer de quelques mois (de bien peu de semaines) l'époque à laquelle votre consentement me serait tout à fait superflu, voyez-y exclusivement une profonde déférence envers votre puissance paternelle, à qui je réserve ainsi, dans son dernier acte, de pouvoir encore se poser sur moi, de telle sorte que j'en sente le poids, comme une fort chère bénédiction.

Je suis, dans un respectueux attachement, votre fils.

SILVÈRE.

XXV

Monsieur Cyprien Marfaux à Monsieur Guy Marfaux, au château de Pontarmé.

Paris, 22 octobre 1892.

Mon bien cher Guy,

Je réponds en retard à la volumineuse lettre où tu t'es ingénié à me combattre par tant d'arguments. C'est qu'aussi, depuis quelque temps, je ne suis guère en verve de faire, avec toi, des assauts à la plume plus ou moins mouchetée. J'ai cessé d'être anti-mondain aussi bien qu'anti-concierge ou anti-bicycliste. Je ne suis plus particulière-ment anti-rien, à force, sans doute, d'être devenu anti-tout. Et je me sens faussé dans ce grand ressort de confiance en moi, qui me poussait à te chercher des querelles.

Certes, je n'ai pas pris le chemin de trouver que tu as raison. Mais j'en suis arrivé à repasser devant des tas de points, où j'avais évidemment eu tort.

Mes premières déceptions me sont venues des Jinker, qui nous ont infligé, à Léontine et à moi, un procédé que nous étions bien loin d'attendre. Tu sais dans quelle intimité, eux et nous, on avait toujours fait popote ensemble. Tu sais aussi que, quand Mélanie s'est payé sa fugue de six semaines avec son idiot de ténor, c'est moi qui me suis donné l'embêtement d'aller la rattraper, pendant que Léontine raffermissait le moral de Jin-ker. Ce sont là autant de choses qu'ils ont été bien indélicats d'oublier, presque aussi-tôt que leur mariage fut effectué.

Ne voilà-t-il pas que M. et Mme Charles Jinker se sont ingérés de nous faire d'abord comprendre — oh! très en douceur, surtout par des sous-entendus — que notre situation était fâcheuse, et vraiment bien irrégulière. Puis ils se sont enhardis : ça leur était très pénible à exprimer, disaient-ils ; et néan-moins, dans leur position, encore précaire, de ménage officiel tout fraîchement instauré, ils ne pouvaient, sous peine d'y compro-mettre le bénéfice de leur détermination, rester auprès de nous sur le pied où l'on s'était tenu jusque là...

Tu te représentes, mon cher, dans quel état cette histoire a jeté Léontine ! La pau-vre petite a eu le sang retourné. Pense qu'il y a déjà sept ans qu'elle et Mélanie s'étaient connues, à être, en même temps, sous-pre-mières chez le couturier. Et quand, avec Charles, nous nous sommes mis tous les quatre ensemble, on a fait, en somme, comme quand deux frères épousent deux sœurs.

Eh bien, la semaine dernière, il y a eu, chez Leurs Excellences M. et Mme Charles, un grand dîner auquel nous n'avons pas été conviés, afin que notre indignité n'y choquât point deux autres couples, nouveaux venus, et ceux-là aussi extrêmement légitimes, puisque à une date récente, ils se sont non moins retirés du collage, après progéniture faite.

C'est Garriard qui nous a raconté cela. Il avait, lui, accepté d'assister à cette fête ; ce qui, déjà, n'était pas très bien de sa part envers nous, et a commencé de me désobli-ger. En effet, on s'imagine toujours être plus ami avec chacun de ses amis, que ceux-ci ne sauraient l'être entre eux.

Je te répète que Léontine avait été une véritable sœur pour cette grue qui la lâche aujourd'hui. C'était elle qui se chargeait de flanquer le père et la mère de Mélanie à la porte, quand ils venaient turlupiner leur fille. Et Léontine ajoutait encore dernière-ment:

— « Il n'y a pas de mensonge que je ne me sois donné le mal d'inventer et de faire avaler à Charles, dans les premiers temps qu'il a connu Mélanie, et qu'elle n'était pas encore sortie d'une certaine passe, que l'on ne peut pas appeler bonne, chez Mme la mère Trumelle. »

Aussi, en méditant sur l'attitude des Jin-ker, je crois parfois que je rêve. Quoi ! tout ce puritanisme instantané, parce qu'ils ont passé devant l'officier de l'état civil ! Mais, nous aussi, nous pourrions l'être, mariés, immédiatement ; et comme, nous autres, nous pousserions jusqu'à l'église, ce serait à notre tour de ne plus vouloir fréquenter, vertuchoux ! des gens qui sont, d'après la formule consacrée, en concubinage légal. Au surplus, les Jinker auraient encore contribué à dégoûter Léontine du mariage, si cette fantaisiste ne s'en était point déjà moquée.

— « Merci, dit-elle, nous avons l'exemple que ça rend une femme trop rosse, et un homme trop serin. »

De cette aventure, mon cher Guy, il m'est apparu que l'esprit de caste n'est point une fonction spéciale aux cerveaux de cette « élite » mon-

daine, parmi laquelle je te vitupérais bien cordialement d'aller prendre une posture inférieure à ton rang absolu.

Je constate avec stupeur qu'une pareille disposition, cette tendance à la hauteur, est ridiculement universelle. Je l'ai retrouvée dans le milieu que je prenais pour être le plus sans façon, de la meilleure franquette, souverainement zigue : mon milieu !

Oui, Charles et Mélanie se sont regardés, du jour au lendemain, comme différents de ce qu'ils étaient la veille, pour avoir accompli à la mairie une petite démarche dont le caractère, par-dessus tout, est d'être un peu comique. Leur vieil ami Cyprien, leur vieille amie Léontine ont cessé d'être leurs pairs.

Nous ne sommes plus que de la boue auprès de leur limon.

Bref, le fameux snobisme à propos duquel tes contradictions m'ont fait tant de fois enfourcher mon dada de bataille, on le rencontre dans tous les quartiers ; il faudrait le poursuivre à tous les étages, jusque sous les toits. Les Jinker sont désormais snobs de leur mariage ; ils le traitent en promotion qui les aurait fait avancer dans la société, en grade de la vie. Il ne leur manque plus que d'en prendre le titre sur leurs cartes. Et je vois bien que s'il y avait une manière de marquer cet honneur sur leur linge ou sur leur ruolz, ils s'en marqueraient, à l'instar de tes gentilshommes qu'ils blaguent tant, une sorte de couronne !... Ah ! là là là là ! Misère partout !

Le déboire qui m'est survenu de ce côté-là n'a pas, hélas ! été le seul. Je t'avouerai, mon cher Guy, que je suis aussi très déçu sur le compte de Garriard.

D'abord, il a évité de se prononcer im-

ET SOUDAIN, CHANGEANT DE TON, CE FUT LUI QUI SE FIT MON ACCUSATEUR.

médiatement entre les Jinker et nous. Je t'ai déjà exposé que je n'aurais pas cru qu'il pût avoir même rien qu'une hésitation. Sa conduite n'a donc pas été celle d'un vrai ami. Du moins, d'un vrai ami à moi. Ni, d'ailleurs, d'un vrai ami aux autres, puisque ceux-ci, paraît-il, l'ont incriminé de ne les avoir pas franchement, et tout de suite, approuvés. Mais, dorénavant, ils vont pouvoir s'accorder tous les trois, et peut-être d'une manière plus étroite que Jinker ne s'en doutera. Tu comprends, mon garçon, ce que sous-entendre veut dire. Et ceci, du reste, est une idée privée de Léontine qui, j'en conviens, est pas mal peste aussi, quand elle s'y met.

Ça lui a pris, tout d'un coup, de ne plus pouvoir sentir Garriard ; et elle a commencé à lui faire une tête, qui ne rendait pas nos parties très folâtres. J'ai essayé de tirer d'elle au moins une petite bribe de justification. Elle n'a pu m'en fournir aucune, parce que, parbleu ! elle n'en a pas. Les femmes sont comme ça, mon vieux ! En tout cas, celles de caractère simple, ainsi que ma payse. Je veux bien admettre, d'après ce que tu en prétends, que tes types à toi, de femmes du monde, ont un mécanisme mieux ouvragé. Possible qu'elles marchent, dans le sens voulu, d'après ces belles manières qu'elles ont pour se monter et se remonter ; et Dieu les bénisse si la perfection de leurs petits rouages fait marquer au cadran compliqué de leur figure, quand c'est ou non jour de dimanche, et sous quelle lune elles sont ! Mais une nature dans le genre de Léontine ne se gêne jamais de sonner midi à quatorze heures. Elle a Garriard dans le nez, parce qu'elle a Garriard dans le nez. Et maintenant, que je me débrouille !

Je me suis évertué à réagir contre cette indisposition de sentiments. Elle n'a pas tardé à s'agacer de mes soins, à me reprocher que je fusse bien bête de tant tenir à un semblable ami, « qui disait partout du mal de moi ».

Assurément, je partage l'opinion que les femmes, si l'on n'y mettait bon ordre, brouilleraient chacun avec la terre entière. Mais tu sais, autant que moi, combien c'est

irrésistible de vouloir se faire enseigner les termes — et surtout textuels — d'un débinage contre soi que l'on vient de vous signaler vaguement. On ne se tient pas d'apprendre si c'est à telle ou telle malveillance que l'on aura prêté. Et les quelques idées auxquelles l'imagination s'arrête alors, par anticipation, on s'y résigne déjà, sans trop de malaise, en vertu du propre choix qui vous les a inconsciemment suggérées. Mais ce que l'on a trouvé ainsi, pendant que le révélateur se faisait encore prier, n'a aucun rapport avec la vérité qui va être connue. Ça n'est jamais ça. C'est toujours autre chose de pire, d'exaspérant, d'imbécile, d'impardonnable, d'inqualifiable. Au fait, si, par miracle, le patient en ces matières pouvait, pour une fois, prévoir juste, sans doute qu'il recevrait aussi mal la confirmation formelle du jugement sur lui, dont il pensait avoir pris tout complaisamment son parti.

En définitive, Garriard, entre autres gracieusetés analogues, avait dit, paraissait-il, à Mélanie, — auprès de qui j'aurais dédaigné toute démarche d'éclaircissement, — que, toi et moi (car tu étais aussi du paquet, mon cher garçon), nous avions débuté avec des dispositions assez artistes, mais que nous avions vite tourné aussi fâcheusement l'un que l'autre. Avec cette différence toutefois que moi, en essayant de faire de la psychologie au lieu du bonasse roman d'aventures qui était dans mes cordes, je voulais... chanter plus haut que le... gosier ; tandis que toi, mon bibi, par envie de métier lucratif et servile, tu... chantais plus bas... toujours que le gosier.

La partie du propos qui te concernait ne me bouleversa pas outre mesure. Du reste, il me l'avait tenue à moi-même, et je te l'avais alertement transmise. Mais je fus abasourdi de la critique à mon égard, si différente des louanges que le même homme m'adressait, quelques soirs auparavant, où je lui avais lu les dernières pages de mon manuscrit. Je le vois encore, une pipe de mon râtelier aux dents, un petit verre de ma vieille eau-de-vie au poing, dodelinant de la tête, favorablement, et son gosier, à lui, tout à l'aise, tandis qu'il s'étalait sur mon unique fauteuil que la tapisserie de Mélanie a agrémenté de deux cœurs entrelacés.

De tout cela, je voulus me rendre l'esprit net auprès de Garriard, et, carrément, j'allai m'en expliquer avec lui. Il nia d'abord, et même tout à fait bien. Il ne parlait que de couper la gorge au malotru qui, censément, m'avait mystifié de la sorte. Pour l'apaiser et lui démontrer combien ses menaces étaient sans portée, je lui nommai Léontine.

Alors il eut un air pincé ; il s'exprima sans gentillesse à l'égard de la petite. Et soudain, changeant de ton, ce fut lui qui se fit mon accusateur.

— « Toi, récrimina-t-il, tu prétends que, si tu ne t'en mêles pas, je n'arriverai jamais à mettre mon deuxième acte sur pied, et que c'est toi qui m'aurais fourni la meilleure situation du premier. D'après toi, on ne saurait pas bien au juste ce que j'ai été faire, au mois d'avril, à Cherbourg ; et je serais tout de même un peu fatigant à ne pouvoir guère parler que de mes affaires. Tu insinues — en riant, mais enfin tu l'insinues — que tu ne me connais pas de maîtresse ; et cela t'inspire plusieurs espèces de suppositions, qui ne sont pas plus chouettes les unes que les autres... »

Et, pendant une demi-heure, il déballa tous les bavardages sur lui, qu'il m'imputait, et ci, et ça, et patati et patata, et encore ceci, et encore cela !

Sa récapitulation, je dois te le confesser, me parut, au fur et à mesure, parfaitement exacte. C'est prodigieux, mon bon, ce qu'on arrive, en quelque temps, à avoir dit, sans seulement s'en être aperçu au passage, sur l'ami envers qui l'on est le plus persuadé de n'avoir que les meilleurs sentiments. Je me défendis, en atténuant un peu mes termes ainsi relatés, mais surtout en soutenant que je ne m'étais si librement exprimé que dans les conditions d'intimité les plus discrètes, rien qu'en tête à tête avec Léontine. Et il me semblait bien que mon allégation était vraie, quoique j'aie dû me tromper, puisque ce n'est pas elle qui aurait été, n'est-ce pas, lui rapporter ces choses ?

Après avoir longuement retourné le sujet sur l'une et l'autre des deux faces qui, tour à tour, regardaient chacun de nous, le moment vint de se promettre que l'on ne s'en voulait plus. On se jura même que l'on ne s'en était jamais voulu, à force d'évoquer les souvenirs les plus démonstratifs d'affection mutuelle et de redemander — c'était à la brasserie — des processions de bocks et de rebocks, tant l'attendrissement nous altérait.

Enfin, on échangea une poignée de mains qui était une protestation fervente, une manifestation d'éternel dévouement. On se sentait les doigts être tout solennels. Et je sentis aussi que notre amitié avait fini là, qu'elle ne se remettrait jamais de l'opération.

Tiens, tu te rappelles ce beau palmier qu'il y avait, à la maison, sur le buffet de la salle à manger ? Les grandes feuilles en étaient devenues un peu piquées, un peu malades. J'ai cru devoir les couper, au ras du tronc, d'après l'idée de Léontine que ça redonnerait de la verdeur à la plante. Depuis lors, il ne lui est repoussé qu'une espèce de tige, qui a les dimensions, à peu près, de la sale petite plume d'oie avec laquelle je t'écris ces lignes. Eh bien ! mon vieux, la chose que j'ai eue, ce jour-là, vis-à-vis de ce palmier, je l'appellerai maintenant une explication d'amis. Et, d'autre part, je penserai, à l'avenir, que j'aurais sans doute mieux fait de laisser les palmes de mon amitié avec Garriard, toutes mouchetées qu'elles fussent, durer encore ce qu'elles auraient pu.

Tu conçois donc, mon bien cher Guy, par ce récit de ce qui vient de se passer dans mon existence, que je suis en pleine mélancolie. Et, sans admirer certaines de tes théories plus que cela ne convient à leur cynisme, je t'envie un peu de savoir ne point faire de fond sur ton prochain. Néanmoins, tout en rendant hommage à ta clairvoyance et à ta sincérité, je sais bien que tu n'es pas un sceptique parfait, puisque tu comptes certainement sur moi pour n'importe quelle occurrence — et tu as fichtre raison — et puisque moi aussi, je sens pouvoir me reposer du reste des choses sur ta sûre affection.

Seulement, vois-tu, dans le duel quotidien de la vie, je suis un droitier, comme la plupart des tireurs débonnaires ; toi, tu dois être gaucher. Ainsi, pour la défense ou l'attaque, tu as une particularité de moyens qui déconcerte naturellement l'adversaire ; les chances d'être toujours le plus fort en sont, presque toutes, mises de ton côté. Mais, te fiant à ton avantage de tactique, tu pourrais bien avoir oublié que le cœur est à gauche, que les gauchers présentent le cœur et que ce serait ton cœur lui-même, avant tout menacé, dont tu t'évertuerais à couvrir l'inconscience. Peut-être ! Je dis : peut-être !

Pour ton retour, que je souhaite prochain, je ne t'annonce plus chez moi de réunions nombreuses, ni joviales. Mais, toute maussade qu'elle est en ce moment, Léontine du moins me reste ; et nous boirons à sa fidélité, sur la ruine de mes dernières illusions et de ma naïveté passée.

Ton

Cyprien Marfaux.

XXVI

Madame de Trémeur à Madame Vanault de Floche, au château de Pontarmé.

Paris. — Dimanche.

Ma chérie,

Je m'empresse, selon ton affectueuse prière, de te renseigner sur mon sort ; et c'est aussi pour te remercier, bien tendrement, de ce que tu as été de si gentil, de si attentif envers moi, jusqu'à ma sortie de cet infernal château.

Tu devines que ces dernières quarante-huit heures, depuis que nous nous sommes quittées, ont été remplies à éclater ; et la journée d'hier a été rude, moralement et physiquement.

Mais, dès vendredi soir, par bonheur, j'avais été chercher bien plus de courage que je n'en aurais eu besoin, à la source que tu sais. Le H. m'attendait chez lui à neuf heures. Oui, il y était ! Il y était ! Et grâce à toi, ma bonne Vanoche ! La brave petite dépêche que tu t'étais chargée, aussitôt après mon départ, d'expédier pour moi, était parvenue en temps béni. Du reste, pendant le trajet, je l'avais vue passer dans le ciel, je te jure, sur les fils télégraphiques, plus vite follement que le train qui m'emportait. Oh ! merci, ma chérie !

Le jour même de notre arrivée, après un dîner au restaurant qui m'avait paru interminable, mon mari m'a donc ramenée jusqu'à notre porte. J'ai fait semblant de sonner, tandis qu'il repartait pour aller, m'avait-il dit, sans doute au cirque, et peut-être de là au club. Sans même ajouter à cela certaine de mes suppositions personnelles, je me voyais enfin quelque temps devant moi.

Alors, en quelques secondes, presque courant, et le cœur battant à me casser la poitrine, j'étais arrivée à l'entresol de l'avenue Marceau. J'y suis restée seulement jusqu'à onze heures ; mais on avait vécu plusieurs siècles. C'est qu'aussi jamais on n'avait eu, comme ça, — tu comprends ? — la bride sur le cou. J'ai retenu, de ces moments-là, que si je pouvais choisir une métempsycose, je demanderais à être cheval emporté.

Quand il a fallu se quitter, on s'était mis d'accord pour la tentative que je projetais. Le H. a voulu me reconduire, et j'ai trouvé cela héroïque, puisqu'il n'aurait plus eu besoin de faire un mouvement jusqu'au lendemain matin.

Une fois rentrée, je lui ai, de ma fenêtre, adressé un signal convenu pour l'informer que mon escapade n'avait pas eu d'inconvénient. Ma femme de chambre était seule dans l'appartement. Croirais-tu qu'il a encore eu la rage d'aller passer une partie de la nuit au baccara ? J'ai été un peu furieuse qu'il eût ce diable au corps, et, pourtant, que je l'aime d'être en pareil acier ! Et puis, cela nous a permis, du moins, d'acquérir la certitude que mon mari n'était pas au club aux heures où il a prétendu y avoir été. Je m'en doutais ; et j'approuve vivement.

Petite Vanoche, tu veux donc que je te conte, par le menu, mes affres pour la journée qui a suivi cette divine soirée. Oh ! oui, divine ! Beaucoup d'autres épithètes seraient plus expressives ou préciseraient mieux ; mais aucune ne serait, en somme, aussi complète. Et il m'a fallu l'arrière-goût d'un tel paradis, pour me soutenir dans la géhenne du lendemain.

Tu te rappelles que, parmi les intentions si confuses dont je t'entretenais, le plan auquel j'étais le plus souvent réduite à revenir était de me jeter aux pieds de ce vieux médecin, en qui j'essayais de me donner espoir, à force de te décrire sa belle figure, ses yeux restés d'un bleu tout jeune, et sa blanche barbe, touffue et ronde comme les images des meilleurs Bon Dieu ?

J'avais beau me répéter que ce vénérable personnage devait être, en cette circonstance, d'autant plus inabordable pour ma misérable nécessité, qu'il était je ne sais quoi de très élevé dans les Légions d'honneur, les académies, les hôpitaux ; je me répétais aussi qu'il était charitable, qu'il avait été ami intime de mon pauvre père, qu'il m'avait soignée toute petite, et que perpétuellement encore il me témoignait d'un extrême dévouement.

Et même — et cela, je devrais avoir encore plus honte d'y avoir songé que de l'avouer — je croyais, j'étais à peu près sûre qu'il avait été pas mal amoureux de moi, qu'il n'avait pas aujourd'hui tout à fait cessé de m'aimer ; mais alors, mieux, rien qu'avec son large cœur, en vieux devenu bien sage, absolument comme il faut.

Enfin, enfin, je me disais par-dessus tout, que j'avais ardemment besoin de compter sur lui, et que, quand ça aurait été un million de fois plus insensé, je ne voyais rien de mieux, rien de plus possible, rien d'autre, même, que de me vouer à cette chance !

Hier donc, j'allai la tenter.

J'avais résolu de ne formuler, d'abord, aucune demande et de paraître le faire arbitre de la situation. Je l'ai prié de m'écouter avec bonté, comme une lamentable malheureuse, dont il voyait tant de larmes emplir les yeux, d'humiliation et d'angoisse.

Après avoir entendu les motifs de mon terrible embarras et m'avoir interrompue par quelques questions de détail... technique, il me traita presque gaiement, avec un air de petite malice qui m'était très douloureux, et qui s'inspirait peut-être de certains souvenirs où moi, jadis, j'avais dû être malicieuse à ses dépens.

— « Ma foi, me répondit-il, le seul conseil que je peux vous donner, c'est de vous arranger pour obtenir un paraphe de votre mari. »

Je bondis. Ça, jamais ! Et au ton de ce jamais, il comprit qu'il n'y avait plus qu'à parler grave.

— « En ce cas, mon enfant, reprit-il, il faut prendre vos dispositions pour pouvoir secrètement accoucher, avant neuf mois d'ici. »

Je le regardai avec stupeur. Alors il me demanda, avec une figure qui, je t'en réponds, n'était plus commode, s'il y avait donc un troisième moyen, auquel j'eusse pensé.

Hélas ! c'était prête à lui en parler que j'étais venue. Chère Vanoche, aie pitié de moi : je le lui dis.

Ah ! quel drame de voir un visage dont on ne connaissait que la gracieuseté et la bienveillance, devenir soudain un visage que l'on ne connaît plus. Je venais de tellement livrer mon âme à ce quelqu'un, qu'il devait ne plus m'en apparaître que comme le plus indispensable et le plus grand des amis. Mais voilà que j'avais un effrayant étranger en face de moi !

Dans cette surprise et dans mon désordre, je ne sais plus guère quelles supplications me vinrent aux lèvres. Je l'adjurai naturellement de me sauver. Je dus lui expliquer à nouveau qu'il y allait de ma vie, et lui prouver, par mon exaltation, qu'il y allait, sans doute aussi, d'une autre chère vie associée à la mienne, et à laquelle je tenais bien plus encore. Je lui rappelai que c'était lui, lui-même, qui déjà m'avait, tout enfant, retirée de la mort, et qu'il s'était plusieurs fois dévoué, jusqu'à s'en rendre malade, quand j'avais couru des périls bien moindres. Et il n'est pas possible que je n'aie pas eu les accents où l'on fait sentir que le seul crime au monde serait de ne pas exaucer un être dans un état si surhumain de désespoir et de prière qu'une grâce plénière doit l'en couvrir.

Le vieil homme eut un moment de dureté féroce. Il répliqua par tout ce que l'égoïsme peut suggérer de pire, en phrases de dignité professionnelle, de blâme et d'abandonnement. Il me malmena, comme font les juges, quand, condamnant une créature à être perdue, ils lui adressent cette espèce de paroles, plus horribles que toutes, en ce qu'elles ont, dans un pareil instant, l'horreur de sembler justes et d'être peut-être méritées !

Je pleurai, je pleurai éperdument. Il aurait pu ne jamais s'arrêter, car, depuis que le monde est monde, tous les magistrats sans doute, et tous les médecins, tous les académiciens, tous les titulaires des Légions d'honneur ont travaillé à ajouter quelques idées en plus au genre d'idées qu'il développait. Moi, je ne me serais jamais arrêtée de pleurer, avec des larmes qui ne raisonnaient pas, qui ne contestaient rien, qui n'étaient que toute la pauvre petite souffrance humaine, agenouillée — agenouillée, Vanoche, tombée à genoux ! — devant les grands principes de la société.

Le docteur arriva cependant à un temps de silence, dans lequel je retrouvai l'énergie. Je me levai pour partir.

— « Où allez-vous ?... Qu'allez-vous faire ? » dit-il avec sa vieille mine, toujours sévère, mais un peu brutalement inquiète aussi.

Je ne répondis pas. Je n'aurais pas su répondre ; j'étais redevenue immobile, et autant d'esprit que de corps. Il me redemanda :

— « Au moins, vous ne projetez aucune bêtise ? »

Je fis signe que si, vivement.

— « Voyons, reprit-il avec de l'agitation, promettez-moi que vous ne songez pas à vous tuer... »

« Pourquoi ? Croyez-vous donc que ce soit par mon mari que je veuille être tuée ? »

A ce moment, je pensai au revolver dont Le H. avait joué, la veille, à me poser le rond sur la tempe ; et je fermai les yeux, de tout l'amour que ça me faisait.

— « En tout cas, rien ne presserait. »

— « C'est toujours pressé de ne plus être à la torture. »

— « Et votre fille ? »

— « Eh bien ? »

En effet, il chercha, sans la trouver, quelque raison d'honneur sans doute, ou même tout simplement pratique, à m'opposer. Il murmura :

— « Vous êtes un monstre !... »

— « Il n'y a que des monstres, quand il s'agit de se montrer. Vous aussi, vous reconnaîtrez plus tard que, aujourd'hui, vous en avez été un. »

Cette fois, je gagnai la porte. Un combat, qui certainement se livrait en lui, parut finir. Il eut des gestes de découragement qui devaient à peu près signifier : « Allez, allez donc, allez vous tuer, j'en suis navré, je n'y puis rien... »

Avant de franchir son seuil, je lui dis encore :

« Cette... chose, que vous refusez, vous, d'effectuer pour mon salut, je ne vous prie plus que de me fixer sur elle, par un mot : réussit-elle, ou non, le plus souvent ? »

J'étais faible, faible ; et il dut alors y avoir quelque chose pour le toucher, extraordinairement, dans ma voix défaillante.

Il vint tout de suite à moi, et me saisit par les poignets, en grondant :

— « Je vous défends de tenter contre vous-même le plus imprudent, le plus stupide de tous les crimes. Ignorez-vous donc à quelle sorte de misérables vous auriez affaire ? »

Je ne songeais plus qu'à me dégager de lui.

— « Ah çà ! continua-t-il, une femme comme vous ne peut pas entrer dans une caverne de bandits. C'est ainsi que vous seriez véritablement perdue ! D'abord, je ne sais quel coquin, ou quelle abjecte coquine, va vous mutiler, vous estropier ! Et puis, demain, c'est le chantage, les affronts, les menaces, et, je vous préviens, peut-être les gendarmes ! »

— « Adieu ! j'ai besoin d'être très brave ;

JE PLEURAI, JE PLEURAI ÉPERDUMENT.

je ne peux pas vous laisser davantage me faire peur. »

Mais il ne voulait plus me lâcher. Sa transformation était étonnante. Et à présent que toutes ces scènes apparaissent dans ma mémoire, il me semble que ce qui déplaçait ainsi la conscience de ce vieux savant, sans doute, si inspiré de son art, ce devait être l'idée d'une besogne effroyable, commise sur moi par des mains barbares.

Enfin, secoué probablement par l'écho des sanglots que j'avais eus, surexcité par les choses qui venaient d'être dites et par les choses en suspens, tout d'un coup il étreignit ma tête et me baisa le visage, à plusieurs reprises, en criant :

— « Je ne veux pas, je ne veux pas ! »

Nous étions tous deux hors de nous. Je ne me reconnaissais pas dans cette tourmente. Je n'étais plus une femme ; j'étais une patiente, qui avait laissé toutes les pudeurs de son sexe, en bas, dans le fiacre. D'ailleurs, cette action n'avait que sa brusquerie pour ressembler à un attentat ; car rien, en elle, ne s'écarta de ce qui pouvait être pris comme une explosion de sentiments simplement paternels. Ainsi donc, je n'eus même pas de révolte. Je ne me sentis qu'un grand froid au cœur, au soupçon que l'œuvre tant souhaitée en fût à la minute de s'accomplir, et dans une épouvante subite de ce qui allait peut-être m'être fait d'inconnu.

Mais je n'eus à passer par aucune des formalités tragiques que je m'étais toujours représentées pour de semblables circonstances.

Le docteur avait recouvré une apparence calme, pour me faire lentement une étrange leçon. Il m'indiqua ce dont j'avais à faire l'emplette chez quelque herboriste sage-femme, en me fournissant les prétextes qui pourraient me mettre à couvert, si je rencontrais, par hasard, des difficultés que son scepticisme ne prévoyait pas ; et, après m'avoir donné tous les renseignements nécessaires, il me prévint qu'il ne me garantissait nullement le succès.

Puis il rédigea une prescription de soins divers, que je pouvais montrer à mon mari et qui complétait, sans en avoir l'air, la première partie de l'entreprise.

Tandis qu'il écrivait, moi aussi je rentrais en moi-même. Je percevais que je venais d'être physiquement rudoyée, maniée par un emportement indéfinissable ; et mes joues rougissaient maintenant au souvenir de ces lèvres, redevenues si pincées et si pensives, sans s'être expliquées.

Et, de tout cela, il résulta que nous nous quittâmes presque indifféremment, comme si nous eussions alors vécu en arrière, pensant à autre chose qu'à ce qui s'achevait d'immense, tandis que lui me tendait son ordonnance, et que, moi, je la recevais avec une sorte de distraction... Lui ai-je seulement dit merci ?

Enfin, ma chérie, je glisse sur les épisodes vulgaires pour t'apprendre que, depuis cette nuit, je suis délivrée de toute menace, affranchie de toute crainte. Il ne me reste qu'un vaste endolorissement qui me semble rayonner autour de la chaise longue d'où je t'ai griffonné tout ceci.

A toi de m'apprendre, à ton tour, un par un, chaque tressaillement mutin de ton cher cœur, dans son état tout neuf de petit insurgé rose. Je te rappelle qu'il faut prendre Le H. (son numéro est 112) pour intermédiaire de ta correspondance avec moi. Il me la remettra en cachette. Quoique j'aie la liberté de mes lettres, j'appréhenderais toujours de bredouiller, si mon mari m'en voyait recevoir une dont je ne pourrais lui raconter le contenu. De plus, je suis à la veille de partir pour Salies, dont le traitement me sera plus salutaire que jamais. Par conséquent, si ta réponse devait survenir après que je serai en route, je préfère qu'elle tombe entre les mains du dépositaire tant aimé, plutôt qu'en toutes autres.

Au revoir, chère Vanoche charmante. N'aie plus de tourment pour ton amie, désormais à l'abri de toute peine, et qui te souhaite d'être bénie de l'amour comme elle se sent en être bénie. Je t'embrasse sur ton joli col de cygne.

FRANÇOISE.

P.-S. — Surtout brûle cette lettre, tout de suite. Écris-moi le plus tôt possible pour me jurer que tu l'auras immédiatement brûlée.

XXVII

*La vicomtesse de Courlandon à Monsieur
Guy Marfaux.*

Vous serez fort étonné de trouver cette
lettre sur votre table. Mais vous voudrez
bien juger convenable que je l'y aie moi-
même portée, quelques minutes avant celle
où vous regagnerez votre chambre.

Vous êtes libre, certainement, de vous retirer en hâte d'une hospitalité dans laquelle
vous êtes sympathique à tout le monde. Mais,
pour ma modeste part, je serais affligée que
votre but fût ainsi de pouvoir emporter de
Pontarmé un mauvais souvenir de moi.

D'abord, est-ce donc tout à fait définitif
que vous soyez décidé à vous en aller demain? Quand vous avez annoncé cela, au
déjeuner, je vous ai aussitôt regardé, et vous
avez fait exprès, vous, d'éviter mon regard.
Du reste, je ne me flatte pas que vos réso-
lutions eussent été influencées par l'expression, forcément discrète, du désir que je
vous aurais montré de vous conserver encore
un peu ici. Oh! vous ne me devez rien : c'est très
exact ; et quoique vous vous soyez épargné de
me le dire, il vous aura paru mieux de me le
prouver, par l'empressement avec lequel
vous vous êtes susceptibilisé. Je ne croyais
pas, néanmoins, m'être comportée, dans notre incident fâcheux, autrement que ne l'eût
fait, à ma place, n'importe quelle personne
digne de se sentir, sinon votre meilleure
amie, du moins une bien bonne amie.

Si vous vouliez, ne fût-ce que pendant
une seconde, être un peu équitable, ce serait
à vous-même que vous reprocheriez les causes de votre déception, à laquelle vous
eussiez dû vous attendre fatalement.

Quelle opinion auriez-vous eue de ma
conduite, si j'avais été, seulement d'un degré, moins violente? Car j'avoue avoir été
vive, puisque, de nous deux, c'était moi qui,
dans la circonstance, représentais la raison.
Toutefois, vous m'aviez donné votre parole
que vous ne me feriez jamais, au grand jamais, repentir de la concession invraisem-
blable, mais formellement limitée, à laquelle vous m'aviez entraînée. Et c'est
presque au même instant que vous m'en

avez fait repentir! N'est-il donc pas très
coupable de manquer à un engagement
d'honneur, quand il a été pris par un homme
d'apparence sérieuse, posément, avant quoi
que ce soit, vis-à-vis d'une femme qui n'en
est pas à ignorer les différences entre ce
qui est encore à peu près bien et ce qui serait complètement mal?

Pourquoi ne vous êtes-vous pas contenté de
ce que je vous avais permis, alors que j'avais
dû tirer bien fort sur les prétendus droits
de l'amitié, pour les faire s'étendre jusqu'à
votre gré? Je ne veux pas me vanter de
l'effort sur moi-même, qu'il avait fallu,
avant de consentir à votre trop affectueuse
envie. J'aime vous dire que j'étais même satisfaite d'avoir momentanément triomphé de
mon caractère, pour vous faire, par une immense contrainte, le petit plaisir auquel vous
étiez si touchant de tant tenir. Et n'avais-je
pas été déjà plus que patiente, à propos du
temps qu'il vous a plu de prolonger une action que j'avais d'abord appelée un enfantillage, et dont vous avez fini par faire une
licence? Vous avez pu vous apercevoir que je
ne vous en avais pas encore impardonnable-
ment voulu, quand vous avez abusé de mon
honnête négligence pour dépasser certaine
borne, par une outrance de telle nature que
j'en étais empêchée de me récrier tout haut,
et même de presque rien articuler.

Mais, bientôt après cela, alors que vous
aviez contracté le devoir de n'être plus que
sage et reconnaissant, vos allures, au contraire, m'ont fait beaucoup de chagrin. Je
ne pense pas en avoir eu de plus pénible
dans mon existence, dont je vous ai pourtant
confié plus d'une tristesse! Vous avez eu un
vertige, mon ami. Je vous assure que vous
étiez méconnaissable ; et cela pourrait être
pour vous un semblant d'excuse. Car vous ne
représentiez plus rien de ce noble artiste
dont vous m'aviez naguère appris à tant estimer en vous les délicatesses, et qui s'est acquis, chez les gens du monde, une réputation
de manières si exceptionnellement distin-
guées. Dieu merci! j'ai pu — mais il n'était
que temps — vous préserver d'avoir commis
la plus présomptueuse des manifestations,
peut-être la pire, puisque celle-là m'aurait
interdit, à l'avenir, de vous jamais considé-

rer sans recommencer à rougir depuis le blanc des yeux. Et ne m'auriez-vous pas, vous-même, gardé une rancune rentrée, d'avoir ainsi ostensiblement brûlé en vain vos vaisseaux ?

D'ailleurs, en tout ceci, je préfère me persuader que vous n'avez pas apporté dans chacun de vos actes la quantité de réflexion suffisante. Et, si je veux même vous déclarer irresponsable de m'avoir toute meurtrie, c'est en considération du probable remords

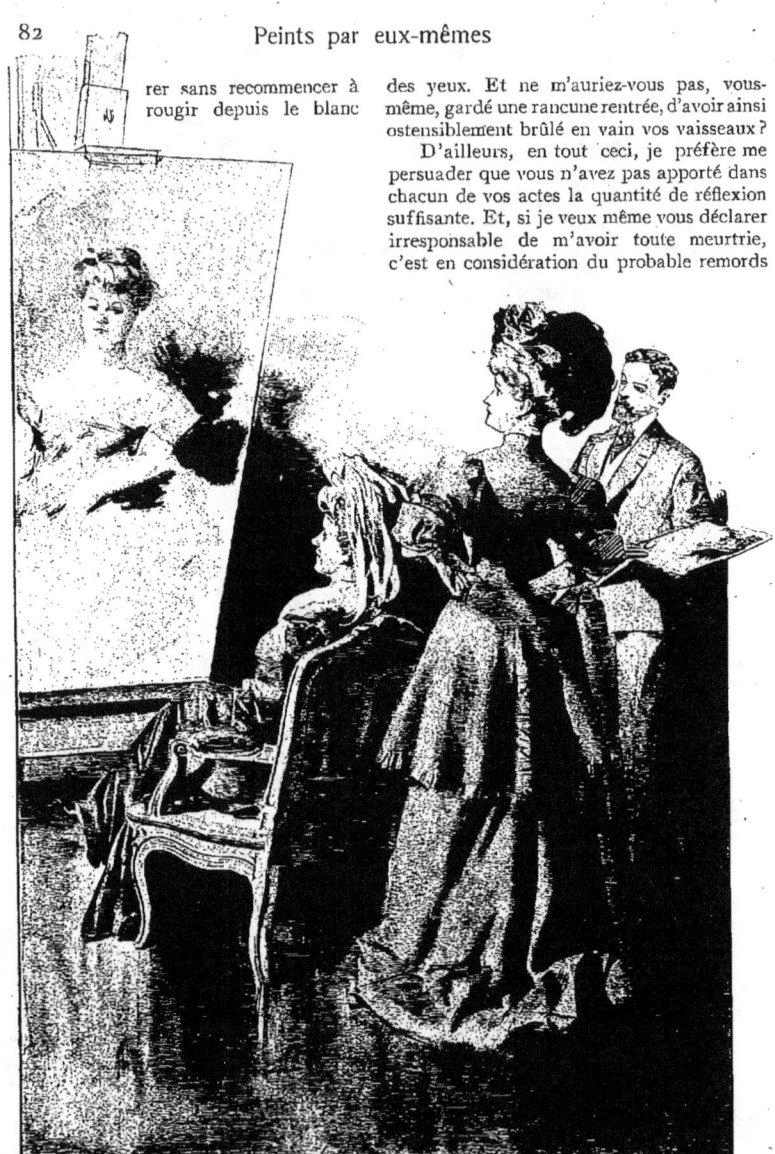

C'EST POURQUOI J'AI HASARDÉ SUR MON PORTRAIT QUELQUES CRITIQUES — ASSURÉMENT INEPTES.

par lequel vous m'aurez, à la fin, laissée cependant être la plus forte. Mais j'ai de tels
bleus sur les bras, que — en alléguant un
prétexte de fatigue pour ne point poser
aujourd'hui devant vous — j'obéissais à une
décence de ne pas vous les montrer, plus encore qu'à la peur d'avoir, de nouveau, à
affronter votre intime présence. En outre, la
découverte de pareilles marques (que j'ai tant
de mal à dissimuler à ma femme de chambre) aurait motivé infailliblement un scandale, si quelqu'un était venu tantôt nous vi-
siter, dans ce pauvre atelier maintenant
déserté, où j'ai vécu des heures si douces
quand il n'était, selon mon rêve, que le sanc-
tuaire de votre travail.

Je'étais bien émue, ce matin, lorsque,
pour me rendre à ce lieu accoutumé de nos
aimables retraites, j'avais eu la prudence de
me faire accompagner par Vanoche ! Mon
mobile était de vous y prévenir que j'étais
trop indisposée pour vous donner aucune
séance ; mais j'appréhendais surtout que la
nuit passée ne vous eût porté le vilain conseil du départ. C'est pourquoi j'ai hasardé
sur mon portrait quelques critiques — assurément ineptes —qui ont eu l'effet de vous
piquer au vif, et dans lesquelles ma seule intention était d'exciter votre complaisance et
de pouvoir vous retenir un peu, en vous at-
tachant à une série de petites retouches.
C'est presque perfide de n'avoir pas deviné
le sens de mes observations, puisque vous
savez toute l'admiration que je professe
pour votre si beau talent. Je tentais de re-
tarder notre séparation, jusqu'à ce que nous
soyons guéris d'un cruel souvenir, l'un et
l'autre, si tant est que, vous aussi, vous
souffriez de moi. Il est vrai que je vous ai
trouvé, à la dérobée, un air de gêne douloureuse qui m'a fait oublier, pour un temps,
mon propre souci. Et dès ce moment-là,
je m'étais promis de vous écrire, ainsi que
je m'en acquitte à présent, pour vous exprimer combien je vous plaignais de ce que
vous m'avez fait.

Après que vous aurez lu ceci, je vous
demande, du fond de ma petite situation
d'offensée, de vous endormir avec le ferme
propos que vous démentirez, demain, la soi-
disant obligation qui vous forcerait de re-

tourner, sans délai, à Paris. Prenez, au
moins, le loisir nécessaire pour expier vos
torts envers une amie qui vous a témoigné
une grande partie des sentiments que vous
méritez, et dont vous avez —— quand même
la faute ne serait pas uniquement vôtre —
troublé le calme et le repos.

Sans que je prévoie encore comment
nous pourrons dorénavant nous tirer de la
difficulté qui vient d'intervenir dans l'ancien agrément de nos relations, je veux imà-
giner que vous me faciliterez ma tâche de
pacificatrice.

Vous ne savez pas vous-même à quel
point vous pouvez être exquis, lorsque vous
n'êtes pas méchant. Car il faut qu'un
homme ait parfois le plus noir raffinement
de méchanceté pour ne pas vouloir être seulement un petit peu content, à moins d'avoir
obtenu ce qu'il y a de moins possible, je
dirai même ce qu'il y aurait de plus impossible, auprès de la femme qui, peut-
être, souhaite le mieux de le voir heureux.

ANNA.

*
* *

XXVIII

*Madame Vanault de Floche à Madame de
Trémeur.**

(Sous enveloppe adressée à Monsieur Le Hinglé,
112, avenue Marceau, Paris.)

CHATEAU DE PONTARME
Par Chapelle-sur-Esve
INDRE-ET-LOIRE

24 *octobre* 1892.

Ma chérie,

Ta bonne lettre m'a trouvée, pour des
motifs que j'ai hâte de t'expliquer, en train
de broyer le plus vilain noir dans lequel on
puisse être jusqu'aux coudes. Je te remercie, de tout cœur, pour la part de consolation qui, du moins, m'est venue de toi, à
te savoir tirée de péril ; car mon esprit

* Avant de parvenir à destination, le contenu
de ce pli devait subir une interception et diverses
vicissitudes qui vont être exposées.

avait, je t'assure, fièrement besoin d'une diversion de cette importance.

Je bous de t'apprendre que le prince Silvère de Caréan s'est conduit envers moi d'une façon tellement incompatible avec la qualité de sa naissance, que j'en suis tantôt à me demander si je rêve, tantôt à plaindre ce jeune homme d'avoir probablement un fort grain de folie. Et il me faudrait faire si brusquement litière de mes intuitions à son sujet, de mes notions sur les personnes de son rang, que je préfère qualifier d'étrange (en tant que venant de sa part) ce qui peut-être semblerait tout simplement ignoble à des natures plus superficielles que la mienne.

Mais j'ai des choses si indéfinissables à te raconter, et mes impressions sont dans un tel désordre, que je ne vois point par quel bout véritablement commencer.

D'abord, le fait est celui-ci : le prince Silvère m'a, en quelque sorte, mise de côté, plantée là, ma chère ! Tâche de comprendre cela, si tu peux ? Il me traite, à mon avis, comme une femme dont on a assez, bien que je ne lui aie accordé rien de positif, ni que j'aie, d'ailleurs, eu l'occasion de lui refuser quoi que ce soit de proprement dit.

Les bras t'en tombent, n'est-ce pas ? à toi qui as été témoin de ce qu'il était amoureux, il y a quelques jours, et entreprenant, et même gâté par moi au delà de ce qui se devrait, ordinairement ? Aussi, je m'en remets à ton expérience pour apprécier le seul motif que j'aurai pu fournir à ce changement de manières, et dont je ne me suis avisée qu'à force de me casser la tête en recherches.

L'après-midi de tes adieux, voici ce que j'avais très sincèrement déclaré au prince, dans l'orangerie :

— « Voulez-vous que je vous dise toute ma pensée? Tenez, ce serait mon idéal d'être votre femme! Si j'en voyais la perspective, je battrais tout de suite des mains, et je sauterais en l'air. Mais j'ai un excellent mari, à qui je suis fort dévouée, qui est un homme très bien posé et dont le père (entre parenthèses) a rendu les services les plus estimés à la Maison de France. Alors, vous concevez ce que ma situation a de dif-ficile, de cruel!... Je ne sais pas au juste ce que vous pouvez pour m'aider à la supporter ; mais j'ai le sentiment que vous pouvez beaucoup. Il faut, je vous en prie, toujours vous appliquer à être de plus en plus gentil à mon égard... »

Lui aurais-je ainsi parlé en termes trop loyaux ? En aura-t-il conclu qu'il risquait de s'engager dans une aventure sans but? Là-dessus, je me perds en conjectures. Mais pouvais-je lui tenir un langage de meilleur ton, et dont un galant homme eût dû se sentir plus en sympathie ? En tout cas, ç'aurait été à lui de ne pas laisser cette conversation en rester là. J'aurais vu ensuite ce qu'il m'eût inspiré de lui répondre.

Tu sais, ma chère Françoise, que, sauf les belles exceptions du fol amour, comme en est le tien, je n'admets guère qu'une femme du vrai monde faillisse aux obligations de sagesse, sur lesquelles repose sa respectabilité. Et si j'ai laissé le prince Silvère aller jusqu'à me compromettre beaucoup, c'est qu'un garçon qui a ce degré-là de race et de style, ne compromet pas à la façon du premier venu.

L'espèce de tort que son genre de cour peut faire auprès de certaines gens a ceci de particulier qu'on en est avantagée auprès d'un grand nombre d'autres gens qui ont le sens des traditions et distinguent le savoir-vivre sous toutes les formes où il se manifeste. C'est pour cela que j'aurais cru manquer de tact et de mondanité, si je m'étais montrée rigide — moi qui surtout n'ai rien de bourgeois — ou seulement inattentive aux séductions hors de pair que M. de Caréan multipliait à mon service. Et j'ai donc fait entrer à peu près autant de raison que d'entraînement dans les privautés que je lui permettais au début. Ensuite, il est certain que je me suis emballée, à être en manège avec ce jeune détraqué, qui me jurait que je lui faisais perdre l'appétit et le sommeil. J'ignore jusqu'à quel point c'était vrai ; et je reconnais volontiers que, en effet, il m'a paru avoir un peu maigri. Mais c'est qu'aussi de pareils caractères ne sont jamais tranquilles, pas plus qu'ils ne vous laissent en repos. Tu ne t'imagines pas toutes les fantaisies, et même les idées poétiques et de jolie passion qui poussent dans ces petites têtes d'Italiens !

Ainsi, pendant que tu étais encore là, il m'avait suppliée, presque à genoux, de lui accorder, en gage de sentiments, les jarretières que tu as eu la gracieuseté de me faire, et dont nous avions causé, en plaisantant, devant lui. Naturellement, je n'y ai pas consenti, parce que c'était un souvenir de toi. Mais, pour donner le change à son caprice, mes bas de soie gris-fer, tout neufs, que tu avais trouvés trop fins, eh bien ! j'ai eu la faiblesse de le laisser me les prendre (oh ! de la main à la main), en les lui passant par un entre-bâillement de ma porte. Mais encore avait-il fallu que, pour lui plaire, je les eusse portés pendant quelques heures ! Et justement c'était pour me faire lui montrer, le plus possible, que je les avais sur moi, qu'il m'adressait tous ces signes dont tu étais si intriguée,

petit bout de secret à moi toute seule, à me laisser fondre sous la langue

Je t'avoue, ma chère Françoise, que dans l'instant où j'ai senti

tu te rappelles ?... et sur lesquels tu m'interrogeais par tant de clignements d'yeux, le soir où l'on était assis en rond, à entendre M. Anrion dire des vers qui n'étaient pas trop mal. Je ne sais pas pourquoi je ne t'ai pas, cette fois-là, initiée immédiatement au mot de l'énigme, puisque nous étions déjà, de ta part et de la mienne, en si entière confidence. Cette réticence aura été sans cause, pour rien, par une gourmandise d'avoir un

VOULEZ-VOUS QUE JE VOUS DISE TOUTE MA PENSÉE ?

mes doigts un peu frémir au contact de ceux du prince Silvère, qui était demeuré invisible et tout silencieux dans l'ombre du couloir pour recevoir mon cadeau de complaisance, je me suis dit que je venais de commencer à donner une partie de moi-même et à détailler ma personne.

Je ne me suis pas dissimulé que mettre ce jeune homme en possession de mes bas était une manière bien expressive de l'introduire fort loin dans mes bonnes grâces. Mais je projetais, avec assez de résolution, de ne point laisser aucune de ses hardiesses aller, de sitôt, plus avant. Et puis, je le devinais si enchanté, si reconnaissant! Le fait est que le lendemain de cette entrevue fut la fois où il fit preuve de l'amabilité la plus flatteuse pour moi et la plus étourdissante. En quoi aurais-je démérité, depuis lors? ou démenti les cordialités dont je l'ai quotidiennement comblé, et que tu me trouverais sans doute bien effrontée de t'énumérer et de te décrire froidement?

C'est de très bonne foi, ma chérie, que je te questionne toi-même là-dessus. Considérerais-tu que j'ai été maladroite dans ma déclaration de principe à M. de Caréan, dont je t'ai rapporté les expressions textuelles? Il y avait deux jours que je préparais ces phrases, qui me semblaient si honorables! Et j'aurais donc été bien sotte, alors, d'en être tout à fait contente de moi? Etait-ce vraiment là de quoi le rebuter? Et aurais-je trop eu l'air de lui dire qu'il ne pouvait rien m'être, du moment qu'il n'était pas mon mari?

Pourtant, ce n'était qu'une façon de parler; et le prince a été bien rigoureux pour moi de ne point voir dans mes paroles tout ce qu'elles signifiaient, même à mon insu, de contraire peut-être à leurs apparences. J'ignore, d'ailleurs, moi-même, jusqu'où m'aurait pu mener une intrigue plus prolongée; mais je n'admets pas que ce soit lui qui ait pris sous son bonnet de décider que ça ne le mènerait à rien. D'autant que, lorsqu'il a changé d'attitude envers moi, j'ai mis, à le détromper et à le faire revenir de son découragement, l'insistance la plus correcte.

Je ne pouvais pas cependant l'initier à tout le petit trafic d'idées qui s'arrangeait dans ma cervelle. J'avais déjà calculé que s'il devait jamais y avoir entre nous quelque chose, qui ne fût pas bien, ça ne pourrait pas toujours être avant le Jour de l'An; puisque, d'ici peu, quand les vingt-huit jours d'André seront terminés, nous allons être absorbés, mon mari et moi, par le voyage à Coppet, dont nous sommes autorisés, pour présenter enfin nos hommages au duc d'Angoulême. D'autre part, je savais que le prince Silvère a, pour le mois de décembre, une invitation de patinage très select sur des lacs de grands châteaux en Ecosse. C'est te dire, chère amie, qu'il m'était même presque impossible de prévoir rien d'absolument mal, pour une époque avant celle où recommencera la vraie saison de Paris.

Tu te représentes donc quel délicieux roman d'amour j'avais ainsi combiné, avec des lettres, des espaces, sans aucune sorte de brusquerie choquante. Et, au surplus, je me plaisais, la plupart du temps, à penser que mes charmants rapports avec le prince pourraient parfaitement consister en une grande intimité mondaine, où j'aurais eu, certes, plus de goût pour les circonstances qui m'auraient permis de m'y montrer, que pour celles qui m'auraient obligée à m'y cacher.

Toutes ces songeries se sont dissipées; et, somme toute, je m'en déclarerais très contente, si j'étais débarrassée du scrupule que c'est peut-être ma réserve, ou même quelque gaucherie de ma part, qui a réduit ce malheureux garçon à prendre une résolution de dépit. Ici, je touche à un sujet que je m'étais d'abord promis de ne pas t'écrire, tant il m'est particulièrement pénible. Non pas pour moi, grand Dieu! mais pour le triste héros de l'histoire .. Aussi t'apprendrai-je brièvement qu'il s'est, du jour au lendemain, tout entier consacré à Mlle Flore Munstein. Endoctriné par le père, accaparé par la fille, et — je n'ose me l'avouer — sans doute déçu par moi, il semble en train de marcher droit à une mésalliance bien lamentable. Pauvre prince!... J'aurais rêvé un tout autre avenir pour lui; et je le plains très franchement.

Cela ne me siérait pas, ni ne m'amuserait, de me livrer à aucune critique sur Mlle Munstein. Je me borne à la tenir tout bonnement pour une grande drôlesse, qui s'est aussitôt appropriée, envers le prince de Caréan, des façons dont je m'étonne que les Pontarmé ne la redressent pas, dans une résidence où ils ont des devoirs, ne serait-ce qu'en l'honneur de leurs deux filles. Sur ce point, j'ai, du reste, fait les observations convenables, très en douceur, à Valentine de Nécringel et à son mari, et aussi à Anna de Courlandon, à M. Marfaux, et à M. de Kerbors dont ni toi ni moi n'avions apprécié à sa valeur l'érudition en toutes questions de monde, et qui m'est devenu d'une précieuse ressource. Pour éveiller au moins l'attention de la comtesse de Pontarmé, je lui ai demandé si elle ne croyait pas que cette jeune fille était un peu une malade ; mais la chère dame manque de données sur ce que j'entendais par là. Il n'y a pourtant qu'à examiner avec quels yeux la Flore regarde celui en qui probablement elle voit déjà son futur. Moi, j'appelle ça de l'hystérie ; et je m'étais, un instant, proposé de mettre le prince en garde contre cela.

Mais, finalement, j'ai trouvé plus chic encore de me désintéresser de toutes ces saletés. Une première fois, j'avais pensé en être quitte pour une explication que j'avais obtenue de Silvère, mais qui ne m'a point satisfaite. Je me devais à moi-même d'en exiger une seconde, que je me suis appliquée à rendre, pour mon compte, aussi claire, aussi formelle que possible ; et, pardessus le marché, je l'ai averti que j'étais prête à m'expliquer à nouveau, autant de fois qu'il le désirerait, car ma conscience ne craignait aucune explication. Et cela, je le lui ai, hier, prouvé, en le priant de venir encore me parler, dans la galerie des Bustes, où il faisait un froid de loup. Par conséquent, je puis dire que j'aurai mis, au moins, toute la dignité de mon côté.

Quant aux nerfs que m'ont peut-être un peu donnés ces péripéties, j'ai été presque ravie d'avoir le baron Munstein à ma portée pour les passer sur lui. Il avait sans doute eu l'aberration d'imaginer que je ne sais quel moment était venu pour lui, et que je lui devenais plus abordable, du fait que mon précédent garde du corps avait cessé d'être en permanence auprès de moi. Ie l'ai vertement corrigé de son erreur ; et j'en suis encore à me demander en quoi un pareil être peut être fait, pour avoir ainsi supporté tout ce qu'il a eu à entendre de ma part ? La présomption et la grossièreté de certaines de ses tentatives méritaient que je lui fisse, de mon mieux, comprendre ce qu'il constituait de hideux, de répulsif et d'exécrable à mon goût. Et il lui aura été impossible de ne pas prendre pour lui mon observation sur les espèces de gens qui m'étaient physiquement si antipathiques, que je ne pourrais pas tolérer leur approche comme domestiques, ni même comme fournisseurs.

Aucune de mes insolences n'a refroidi cette pâte d'homme particulier. Au contraire, c'est moi qui finissais par m'exaspérer de mes paroles, à l'en voir de plus en plus rire, dans une grimace où se pâmait sa figure, avec un avancement de bouche qui me dégoûtait les yeux. Aussi, c'est la colère qui m'a poussée à lui lâcher, contre sa fille, quelques mots, que je ne regrette pas, mais dont il s'est pincé les lèvres, d'une façon à laquelle je ne me serais plus fiée.

Il a affecté alors de prendre son parti, à l'égard de mon dédain ; et il m'a dit, avec assez d'impertinence, que les petites personnes de mon genre ne faisaient jamais leur mijaurée par constance conjugale. Il a prétendu beaucoup connaître le type de femmes auquel j'appartiendrais, et avoir toujours constaté que la fidélité à un amant était l'unique raison de celles d'entre elles qui lui avaient opposé des manières.

Tu devines, ma chère Françoise, que, sur ce ton de lui à moi, j'ai rompu l'entretien. Mais il a encore eu le temps de me faire la menace de découvrir le secret qu'il m'attribue, et que, bien heureusement, je ne possède pas. Sans cela je redouterais fort de me sentir en butte aux persécutions de cet individu, qui a une mine comme on n'en aperçoit que dans les cauchemars, et à l'actif duquel tu te souviens qu'un renseignement de mon mari mettait des actes d'audace et d'inhumanité inqualifiables.

En dehors des événements qui me concernent, et dont te voici maintenant informée, je ne vois rien de guère intéressant à t'écrire. Et ce qui m'importe le plus, c'est de te renouveler l'expression de la tendre sollicitude dont ma pensée t'a accompagnée jusqu'au dénouement de ta peine. Tâche bien surtout de ne plus jamais nous causer, à la légère, de peur aussi atroce !

Au revoir. Tu peux me répondre encore jusqu'à la fin du mois à Pontarmé, où tu juges si tes marques d'affection sont ce que je puis désormais attendre de meilleur, avec le retour, en somme, d'André, qui me retrouvera à peu près pareille.

Je t'embrasse beaucoup et je continue à te plaindre encore un petit peu, parce qu'il me semble que d'aussi grandes émotions doivent être suivies d'un certain temps de convalescence morale.

VANOCHE.

P.-S. — Ci-joint ta dernière lettre, que je préfère te renvoyer, pour qu'il ne te reste aucun soupçon, après cette inquiétude bien compréhensible dont tes recommandations m'ont marquée. Comme cela, tu pourras rire, à mes dépens, sans qu'il t'en revienne aucune arrière-pensée, chaque fois qu'il te plaira de redire à ta Vanotte qu'elle a une tête de linoche. Tu vas même pouvoir constater que j'avais déjà commencé à flamber le document, avant de me raviser. J'ai dû vite souffler sur la corne que j'en avais faite, et qui en sent encore un peu le roussi, tel que, hélas ! ma chérie, elle le mérite.

* *

XXIX

La marquise douairière de Nécringel à la vicomtesse de Courlandon, au château de Pontarmé.

Sorrente. — Lundi.

Hélas ! non, chère petite, non, non : l'artiste le plus ingénieux et le plus raffiné du monde ne possède, à l'heure du berger, que le moyen du muletier. Depuis Adam et Eve, les célébrations de l'amour sont restées fixées d'une manière plus immuable que les rites religieux, ou du moins il n'y a pas à en noter les trop futiles variantes. Dois-je donc vous rappeler les leçons que, au couvent, l'on vous a enseignées dès l'enfance ? Serait-ce à moi de vous faire encore remarquer que l'aventure de nos premiers parents — malgré l'art avec lequel on l'a couverte sous des feuilles de symbole — comporte, dans la légende elle-même, une exécution matérielle et une suite de gestes très physiques, si anodine qu'on en ait rendu la description ? Et ce fut bel et bien de l'action manuelle et de la participation corporelle, que ce fait de cueillir une pomme, de la goûter, et même, la sentant bonne, de la faire aussitôt goûter, avec une hâte charmante et par un sentiment de communauté qui, dans la suite, ne devait pas toujours prévaloir sur l'égoïsme de l'un des deux hôtes futurs de chaque paradis terrestre.

Je serais certes ravie de pouvoir abonder dans le sens de vos rêves d'hermine ; et vous m'avez touchée par vos anxiétés de jolie sensitive. Je ne demande pas mieux que de voir en M. Marfaux — puisqu'il faut appeler cet idéal par son nom propre — un moderne envoyé de Là-Haut. Mais je ne conçois pas comment il vous initierait à la musique des anges, sans le secours de la harpe classiquement céleste, et sans que vous vous prêtiez à ce qu'il déchiffre, un peu à l'aise, la belle partition inconnue que vous êtes pour lui.

Je m'aperçois que je vais être entraînée à vous débiter mille folies, qui confineront peut-être à la sagesse, à force d'être poussées à leur extrême. Et c'est passablement drôle, sans doute, que je m'autorise de mon âge pour vous prêcher, d'un ton que je prévois devoir être bien profane. Mais, petite amie que vous m'êtes, et vieille amie que je vous suis, nous en sommes sur un sujet qui nous rapproche en agitant dans mon âme toute une jeunesse de pensées.

Et puis, dans ce lieu d'où je vous écris, c'est la demeure bien-aimée de ma vie ; et

C'EST DEVANT MES FENÊTRES ET DANS UN AIR OU
JE VOIS, POUR AINSI DIRE, VIBRER LES PARFUMS
DES ORANGERS...

j'espère tant d'y obtenir, une année ou l'autre, au cours d'un passage, la bonne fortune de n'avoir pas à mourir ailleurs, que je me sens ici, plus que nulle part, affranchie des mesquines considérations, et quelque peu hautaine vis-à-vis de ces préjugés qu'on ne pense pas avoir à emporter dans une existence encore meilleure.

C'est devant mes fenêtres grandes ouvertes, et dans un air où je vois, pour ainsi dire, vibrer les parfums des orangers, que je relis votre étourdissante lettre. Et la lumière de ce pays enchanteur, qui ne semble tomber si blanche que d'avoir été passée au bleu si bienveillant de ce ciel, illumine les âmes, ainsi que pour une prise de voile dans le culte de la nature.

En toute conscience, chère enfant, je professerai que dans le fait, pour une femme, de se donner, elle n'en doit peser que la gravité... intrinsèque et les détails immédiats, sans s'occuper des conséquences de toute sorte que l'on a certainement, par-dessus tout, en vue, quand on voit, dans ce petit événement, l'énorme événement qu'il constitue aux yeux de la société.

Je n'ai, en effet, jamais pu constater sans surprise quels soucis de retenue craintive, de prudence allant jusqu'à l'abstention, l'on avait spécialement affectés à maintenir la propriété de la femme, à elle-même, ou à son légitime acquéreur. Si l'appréhension des résultats avait été opposée d'une façon aussi prépondérante aux autres instincts de l'activité humaine, je me demande comment il y aurait quelqu'un pour voyager, placer son argent, plaider, se marier même? Car la suite de ces diverses entreprises porte une éventualité de naufrages, de désastres, de tous les désespoirs et des plus amers chagrins.

Je prétends donc n'avoir à envisager que les caractères de l'acte... (je n'ose dire : tout nu)... Enfin, il s'agit strictement de l'incident pendant la durée duquel les femmes permettent aux choses d'aller aussi loin que possible.

Encore une fois, je fais ici abstraction des intérêts sociaux, des principes de morale — dont je ne médis pas, entendez-le

bien — mais que je ne cite que pour mémoire dans une théorie qui ferait jeter les plus hauts cris, sans doute, à celles qui se libèrent le mieux de leurs chers préjugés, en pratique.

Eh bien! ma bonne petite, après toutes ces précautions oratoires, je vous avouerai bien bas encore et en confidence dans votre si fine oreille, que je ne regarde pas l'accomplissement de l'amour comme rien de pire qu'un péché assez mignon. Et je ne reconnais l'existence, à l'encontre, que d'un seul obstacle naturel, plus ou moins long à tourner, quoique parfois infranchissable : la pudeur féminine.

Cela, oui! Je souhaite, chez les femmes à qui je veux pouvoir, en cette circonstance, conserver toute mon estime, qu'elles soient de qualité assez sensible pour payer, en quelque sorte, une espèce de droit d'exemption, qui consiste à se sentir arracher, une à une, toutes les livres de chair vive qu'elles se laissent prendre sur le corps.

Bref, chère enfant, je résumerai ma vieille bonne femme d'idée en vous avertissant que j'ai, en moi, une réserve d'absolutions prêtes pour les défaillances de toute femme qui fournira cette triple excuse de perdre pied : premièrement, se croire sincèrement aimée ; secondement, éprouver soi-même un vrai penchant d'amour. Troisièmement, il faut qu'elle appréhende de beaucoup souffrir à l'instant de sa chute, et que, effectivement, elle n'en ressente d'abord qu'une peine éperdue.

Munie de ces trois raisons, parmi lesquelles une essence d'expiation se mêle à la faute pour la purifier, la femme me paraît ne pas pouvoir faire autrement que de se donner, ni même pouvoir rien faire de mieux, de meilleur, de plus noblement humble, de plus modestement grand ; j'allais ajouter : rien de plus chrétien.

Alors, gentille amie, si vous rapportez ce que je vous exprime là, en thèse générale, à la position particulière pour laquelle vous m'avez presque appelée à votre secours, il ne vous est pas difficile de déduire l'opinion que je dois avoir de ce qui vous intéresse.

La première et la troisième des conditions auxquelles j'ai attaché l'immunité suffisante, sont assurément remplies, en ce qui vous concerne. Je n'ai besoin d'aucun effort pour me convaincre que M. Marfaux est épris, avec une ardeur frénétique, de la charmeresse que vous ne pouviez manquer d'être devant chacun de ses sens. Et vous êtes de celles dont je pressens qu'on ne vient pas à bout sans en connaître la plus superbe fureur, ni ces pauvres sanglots dont on vante l'effet pour attendrir les tigres, bien qu'ils ne manquent pas à l'ordinaire d'accroître la férocité des amants.

Mais votre cas présente une telle lacune, que je vous déclarerais damnable si vous passiez outre. Ah çà, vous n'aimez pas du tout M. Marfaux? C'est vous-même, voyons, qui avez eu la franchise de me le certifier !

Au moment où vous m'avez écrit cette lettre, que j'ai là, sous les yeux, vous étiez un peu dans tous vos petits états ; le métronome de votre âme était au degré médiocre, d'après lequel les oscillations ne vont que de l'enjouement au dépit, ou d'un plaisir restreint à un regret bien court. Mais, chère enfant, combien cela est loin des vastes élans qu'affectionne l'amour et de ces désordres sublimes dont rien ne bat plus la mesure !

Certainement que vos explications n'étaient point très nettes ; et cependant je lis en vous de la même façon que dans ces petits contes entortillés du xviiie siècle, où la sensation était tout, tandis que le sentiment n'était rien. Et telle que je vous pénètre, il me semble que vous seriez assez près d'être à la veille, avec une espèce de désertion envers votre propre sexe, de commettre une légèreté de jeune homme et de faire acte de garçon dans l'acte qui consisterait, par excellence, à vous montrer femme.

Et ce qui m'inquiète le plus à vous savoir une si lancinante curiosité de compléter votre « science du bien et du mal », c'est d'être persuadée que vous êtes peut-être proche de faire les frais complets d'une expérience toujours solennelle en ce genre, sans y avoir réuni des chances de réussite suffisamment favorables.

Une pareille tentative met en jeu des ressources trop sacrées, le trésor même de la femme, pour que je ne m'alarme pas de penser que vous en chercheriez le bénéfice, à l'aveuglette, à tâtons.

Loin de moi, chère petite, la mauvaise présomption d'insinuer que je peux vous supposer incorrigiblement réfractaire à l'heureuse application d'une des principales lois dont se réclame la créature. D'ailleurs, je ne suppose plus jamais cela de personne : j'ai appris, dans cet ordre de choses, trop de cures merveilleuses, dont les praticiens sauveurs gardent souvent l'anonyme ; j'ai trop vu, trop entendu, trop deviné que tant d'aspirantes, longtemps disgraciées, ou même tant de résignées et d'indifférentes avaient été soudain touchées par ce qui est la grâce en ce sujet ! Je tiens pour avéré que toutes les femmes, ainsi qu'elles ont le don de porter des fruits, ont également celui d'en avoir auparavant fleuri. Et quand ce phénomène-ci ne se produit pas, on doit en imputer le tort à des procédés de culture forcée ou hâtive, dont on ne saurait trop flétrir les exploiteurs dénaturés.

Vous, la belle des belles et la parfaitement adorable, je me fais une affectueuse et joyeuse attente de vous regarder comme une orchidée des plus rares, dont la lenteur à s'épanouir n'en prépare qu'un plus somptueux éclat de floraison. Mais vous vous tromperiez en croyant que vous avez trouvé tout ce qu'il vous fallait dans la personne d'un artiste, dont les soins, je le veux bien, conviendraient spécialement pour la délicate éclosion de votre tempérament. Car à vous aussi il incombe d'avoir obtenu que votre propre sol s'échauffe tout entier de la plus vraie tendresse ; et votre grand moment, selon moi, ne sera pas venu tant que votre cœur se gonflant d'amour infini n'en laissera pas déborder une sève généreuse.

Peut-être songerez-vous à vous prévaloir, contre mes affirmations, de certains souvenirs décevants ? Et, bien entendu, je ne fais pas allusion ici à l'expérience conjugale, dont votre mari a représenté pour vous l'inanité, puisque vous ne l'avez jamais aimé, et puisqu'il était, d'autre part, tout le contraire d'un artiste.

Certes, dans l'exemple auquel ma réflexion nous reporte, je ne méconnais point l'apport sans réserve que vous y aviez fait de votre cœur. Je confesse aussi ne connaître M. de Saint-S. que par vous, et ne le connaître ainsi que fort peu. Toutefois, ce que vous m'en avez fait apparaître était plutôt d'un très galant homme que d'un homme très galant. Je rends hommage à l'auréole de chère amoureuse que vous portiez certainement à ses yeux. Pourtant j'imagine que, lorsqu'il vous pressait de déférer à ses ardeurs, cette nécessité de lui complaire sans plaisir et votre tendresse ainsi vaine faisaient de vous, non pas l'affolante complice, mais une assistante, de fraternelle douceur. Et, si je ne m'abuse, c'était en cela presque vous interrompre d'être sa maîtresse, pour devenir à son usage une sorte de sœur, pendant les instants matériels de lui appartenir. Si bien que, pour lui autant que pour vous, c'était fatal de bientôt vous refroidir, l'un à l'égard de l'autre, jusqu'à mieux aimer finalement le reste des satisfactions amoureuses que ces exercices tristement incestueux.

A ce propos même, laissez-moi vous dire, en passant, que l'objection que j'ai toujours présentée aux prétendues délices de l'inceste, ce sont les éléments d'intimité hérédaire qui le composent, ces sentiments de bonne harmonie éducative, d'instinctive solidarité, qui doivent en faire le plus taciturne, le plus moutonnier et le plus mélancolique de tous les actes de famille. Mais, juste ciel ! quels sont donc les amants, véritablement dignes de ce nom, qui ne se soient pas plutôt sentis être deux ennemis, dans la minute même où leur passion réciproque en vient aux mains, avec une violence d'autant plus brave que l'un est sûr d'être le plus fort, et que le bonheur de l'autre est de se savoir la plus faible ?

De toutes ces observations, petite amie, je veux seulement conclure que la perfection aurait été si M. de Saint-S., en son temps, avait eu quelque chose de ces allures assez fringantes qui, j'en conviens, caractérisent M. Marfaux, et s'il vous avait présenté cet air de polissonnerie pensive, d'où j'augure volontiers que ce dernier cumulerait alors les mérites d'être un très galant homme

très galant. Ou bien il vous faudrait vous allumer opportunément, pour M. Marfaux, d'un beau grand amour, comme celui que vous aviez mis à la disposition de Saint-S., sans que ce maladroit ait su vous en faire tout à fait flamber par les flammes dont on voit mille couleurs.

Vous voyez que, en définitive, je suis très sincèrement décourageante. Ne m'en veuillez pas de jouer les trouble-fêtes, surtout si l'expression de ma sollicitude vous survenait intempestivement. En effet, j'ai lu quelque part un précepte d'art militaire que, depuis lors, je ne puis m'empêcher d'appliquer aux femmes : « Toute place investie, qui n'est pas secourue du dehors, est réduite à capituler dans un délai plus ou moins long. » Et quand même vous m'entendriez avant qu'il fût trop tard, je ne saurais me flatter que la diversion contre les idées qui m'ont paru vous assiéger, fût suffisante en mon sermon bien hétérodoxe, mais bien affectueux.

Votre vieille amie,

SCELLY-NÉCRINGEL.

XXX

Madame de Trémeur à Madame Vanault de Floche, au château de Pontarmé.

Paris. — Mardi.

Qu'est-ce que cela signifie, Vanoche ? La lettre que je reçois de toi ne se compose que d'une feuille absolument blanche, et qui, au lieu de sentir ton Chypre ordinaire, a vaguement une vilaine odeur de tabac.

L'enveloppe intérieure porte bien, cependant, de ton écriture : « *Prière de remettre à Madame de T.* » Et sur l'enveloppe extérieure, régulièrement timbrée de Chapelle-sur-Esve, c'est aussi de ta main qu'est l'adresse de Le H., à qui cette mystification pour moi est arrivée ce matin, d'une façon, d'ailleurs, très exacte et très intacte.

Répare ta bévue, je te prie, par retour du courrier et informe-moi si les pages écrites que tu auras, j'imagine, étourdiment remises dans ton buvard, au lieu de me les expédier, ne contenaient rien de compromettant. J'ai hâte, en outre, d'être assurée que ma précédente lettre t'est bien parvenue, et que tu t'es empressée de la détruire.

Je t'envoie beaucoup d'amitié et pas mal d'inquiétude, petite linotte !

FRANÇOISE.

*
* *

XXXI

Monsieur Guy Marfaux à Monsieur Cyprien Marfaux, homme de lettres, 9 bis, avenue de la Grande-Armée, Paris.

CHATEAU DE PONTARME
Par Chapelle-sur-Erve
INDRE-ET-LOIRE
—
25 *octobre* 1892.

Mon bien cher Cyprien,

J'ai été trop cordialement affecté par ton récit de tes déceptions intimes, pour que je trouve la moindre compensation dans ce que mes méfiances contre certains de tes amis habituels ont été justifiées. D'ailleurs, il ne me siérait nullement de faire le malin vis-à-vis de toi ; car tes préventions au sujet du mauvais placement que la société mondaine pouvait offrir à mon cœur, ont pris aussi leur petite valeur de prophétie. Et c'est ainsi que, contrairement à la leçon moralisante de la fable, même entre deux frères, chacun reste toujours seul, et doublement infirme, à se débrouiller dans son chemin : aveugle pour ses propres affaires, et paralytique pour celles de l'autre.

Oui, mon bon grand, je souffre d'un gros crève-cœur d'amour ; et, quoique je sois à la veille d'aller me jeter dans tes bras, ma pensée, en quête de soulagement, me pousse tout de suite à me plaindre à toi.

Tu constatais dernièrement que ta Léontine était très mystérieuse. Et moi, je te réponds qu'il n'y a pas de femme qui, tout

d'un coup, ne soit très mystérieuse également. Mais j'ajoute, en vertu des observations récentes dont mon séjour à la campagne m'a fourni les moyens, que les chiens aussi sont profondément mystérieux, et puis encore les chats, les poules, les paysans, les moutons, les ânes et les lapins. Et j'en conclus que ce sont les actes les plus naturels, et peut-être même les plus inférieurs, les plus bassement instinctifs, — du moment que nous ne pouvons en obtenir l'explication verbale, — qui nous semblent tout commodément être définis par ce fameux mot de mystère, dont nous avons tort de faire l'application à la conduite féminine, avec un esprit d'humilité si galante et de vague admiration.

Assurément, je ne veux insulter en rien ni accuser de quoi que ce soit, la personne avec qui le destin m'a mis aux prises. Et toi, ne va pas t'ingénier à tâcher d'ajuster un nom sous le masque qu'il me faut nécessairement lui laisser à tes yeux. Du reste, je dois te prévenir qu'il ne s'agit d'aucune des femmes dont je t'aurai peut-être fait mention dans l'une ou l'autre de mes lettres précédentes.

Je ne te décrirai pas comment je suis devenu amoureux. Les détails de cette sorte sont insignifiants et incertains même pour soi, jusqu'au jour de s'apercevoir que tout ce que l'on est, par pensée, par parole et par action, est devenu captif d'une idée fixe. Qu'il me suffise de te dire que la monomanie de passion à laquelle j'arrivai, me fit comprendre, pour la première fois, ce que ça doit être de se trouver en prison. J'ai ressenti l'état aigu d'être privé de communication avec l'ensemble des événements qui se passent extérieurement. Tout ce que je voyais faire autour de moi, tout ce que j'entendais rapporter ou projeter, ne me semblait pas me concerner, hormis ce qui pouvait avoir trait aux applications de ma peine, dans les questions pour ainsi dire de son règlement intérieur. J'étais reclus et muré dans l'âme, tant que ce n'était pas les heures du rendez-vous, où je me rendais quatre à quatre, non point libéré, toujours détenu, hélas ! Mais c'était le préau de la prison, dans lequel on descend respirer enfin, vivre beaucoup et vite, parler un peu furtivement.

Tu me fais bien l'honneur de supposer que la femme en cause est jolie. Ah! très belle même! Et d'une grande aristocratie, sans la moindre morgue. Elle m'avait promptement ouvert son amitié, en y mettant beaucoup de grâce et de bienveillance pour ses appréciations de ma valeur d'artiste.

Quand je suis entré dans la voie des déclarations, elle a d'abord été simultanément évasive et conciliante. Mais lorsque, ensuite, elle s'est effarée un peu, ce fut dans des manières dignement aimables de femme sérieuse qui se serait due, par assiduité, à ses fonctions de plaire.

Plus tard, dès qu'elle me vit très troublé, plus qu'ému, et que son amusement primitif s'en fut soudain dissipé, elle se montra d'une délicate sensibilité, et bientôt après, vraiment bonne. Une fois les larmes me montèrent aux yeux; et, cette fois-là, elle fut encore meilleure.

Enfin, je t'épargnerai, mon bon, une quantité de détails inutiles, qui ne seraient donc qu'un luxe de mauvais goût. Toujours est-il que, à force d'être bonne et accidentellement meilleure, l'amie en arriva à ne plus pouvoir se dissimuler qu'il lui fallait désormais, ou bien me faire horriblement de mal, ou bien devenir tout à fait excellente!

Il y eut quelques scènes où — je me l'avoue — je ne fus pas complètement ganté de velours. Elle s'en fâcha fort. Alors, devenant idiot et enragé, le seul parti possible ne me parut plus que de décider mon départ, mon évasion. Elle en protesta davantage encore. Et pour me déterminer à demeurer auprès d'elle, il y eut entre nous une séance de stipulations si chaudes que, rien que d'y repenser, j'en suis littéralement plus jeune de vingt-quatre heures, et que je m'y sens encore. Et si je ne l'ai pas alors possédée, je puis dire qu'elle, du moins, ne se possédait plus.

Ah! l'engagement était bien formel, bien solennel! Pas plus elle que moi ne pouvions risquer de nous méprendre sur les serments qui m'échappaient d'enthousiasme, ni sur le sens de la promesse que je lui avais arrachée! Et on en avait assez bégayé, l'un et l'autre, pour que son « oui » elle me l'eût juré plutôt trois fois qu'une. Oui, oui, oui! demain! c'était demain!

Pourquoi ai-je différé? Est-ce, à cet instant-là, de l'avoir trop aimée, ou pas assez? Comment retrouver les raisons de ce que l'on a commis en pleine déraison? Je me rappelle seulement que j'eus, à l'improviste, je ne sais quel besoin imbécile de lui faire la surprise et la tendresse de lui céder un peu; et ce fut à la minute même dont je pourrais lui répéter en face que j'ai été maître absolu d'elle. Ses supplications, ses appels s'étaient mis soudain à sonner faux par le grincement de tous ses nerfs, et il y avait dans ses prunelles une grande déroute où tout s'enfuyait, tandis que de petits diables montaient à leur surface. Mais voici que deux grosses larmes y firent aussi leur apparition. Et, ainsi que ses lèvres avaient — un jour auquel je me reportais tout à l'heure — étanché mon chagrin, je bus alors, dans un baiser, ces larmes brûlantes, dont mon cœur fondit aussitôt. Et cela fit, sans doute, que de ce coup-là je l'aimai trop. Oui, décidément, ce fut bien l'excès de l'amour qui vint à bout de moi! Et, dès lors, je m'appliquai moi-même à ne plus rien faire que de sage, afin d'en pouvoir rester généreux... jusqu'au lendemain.

Ce demain-là, c'était donc hier. J'ignore quelle sorte de nuit elle passa, dans l'attente si précise de savoir quoi lui réservait l'après-midi tout prochain, et où, et quand, et comment. Pour moi, je vécus cette veille, bien anxieux, ne parvenant à faire qu'un songe confus de ce qui allait arriver, tant je redevenais naïf sous l'immensité de mon désir. Je ressentais une absurde timidité de n'être pas né homme du monde, et ces inquiétudes d'une gaucherie possible, que j'avais déjà senties, une fois, au moment de faire mes premiers débuts dans un salon. Et, malgré les impudences réitérées que je sortais d'avoir avec ma promise, j'éprouvais des palpitations craintives, comparables à celles d'un jeune fiancé qui aurait encore eu son pompon de vertu.

JE BUS ALORS, DANS UN BAISER, CES LARMES BRULANTES, DONT MON CŒUR FONDIT AUSSITOT.

Ah! nom d'un nom! l'innocence que m'avait refaite le département d'Indre-et-Loire ne courait pourtant pas grand risque!

En même temps que le jour de gloire était arrivé, Madame recevait une dépêche l'informant que son mari avait été atteint d'une pleurésie très maligne, au cours d'un déplacement en Provence, et qu'il fallait lui amener leur petit garçon.

Ce mari, elle en a l'existence radicalement séparée, par antipathie naturelle, par une foule de griefs, par un tas d'histoires dont, à mots couverts, elle m'a fait connaître au moins la gravité qu'elle-même leur attribue. Je devais donc prévoir que si cette nouvelle lui commandait quelque attitude de convenance officielle, elle ne pouvait pas, Dieu merci! en avoir l'âme en peine.

Mais cependant j'étais dans des dispositions trop impressionnables pour ne pas être tout de suite la proie des plus vives appréhensions. Ce n'était pas à moi, tu le comprends de reste, de hasarder une observation, une interrogation... enfin de lui poser la question qui, bouleversante en moi, me secouait depuis la nuque jusqu'à la plante des pieds. Et, au milieu de l'agitation que l'arrivée de ce télégramme avait provoquée par tout le château, j'en étais réduit à attendre de cette femme chérie le mot de souvenir, la parole d'espérance qui fût pour moi, ou le simple regard assez sincèrement donné pour que je pusse aussitôt m'y tailler ma toute petite part...

Mon cher, il n'y avait plus devant moi qu'une touriste affairée, ne parlant que de malle, de sac de voyage et d'indicateur, et se préparant à conduire elle-même son enfant, là-bas, près de ce mari qu'elle s'était juré de ne jamais revoir. il semblait qu'elle ne serait jamais assez tôt au chevet du malade, qui s'est alité chez un ami Saint-Chose ou Saint-Machin, dont on m'a rabattu les oreilles, et qui, m'a-t-on dit, avant de s'être marié, occupait ordinairement la chambre que l'on m'a fait l'honneur ici de m'octroyer. Et ce renseignement, qu'on me jeta à ronger, fut toute la participation qui m'a été accordée dans les événements de ce jour.

C'était fini, tout bonnement. Fini, nous deux.

Néanmoins, je n'ai pu me retenir d'aller relancer dans un moment propice, celle qui avait laissé se former entre elle et moi des choses si fortes, et maintenant si incohérentes. Je suffoquais. Je ne trouvais pas d'expression, comptant plutôt sur elle pour savoir un peu bien me parler. Et probablement très gênée aussi, elle ne me donna aucune aide.

— « Mais moi, dites?... moi, je vous aime! » fis-je pitoyablement, désespérément.

Elle eut — c'est vrai — un air très remué, très embarrassé.

— « Pardonnez-moi, répondit-elle... Pardon! »

Rien de plus. Des gens de service survinrent. Elle se remit à leur donner des instructions pour ses préparatifs. Et puis elle s'appliqua, je suppose, à m'éviter jusqu'à l'heure de son départ. Et elle est partie, le soir même, sans que je pusse encore croire que c'était réel, en me disant adieu, autant qu'aux autres, mais nullement davantage.

Certes, je me serais fait un devoir d'admettre bien des explications. J'étais prêt à m'effacer. Mais, au moins, un signe pour le passé? Un sous-entendu pour l'avenir?... Non, rien! Elle s'est envolée, toute transformée, me laissant, moi, tout pareil, terriblement abasourdi, et incapable encore d'avoir pris aussi ma fuite.

C'est toujours un peu godiche de se dire, d'une femme, qu'elle vous aimait... pourtant!... lorsqu'elle vient, tout juste, de vous prouver le contraire. Mais alors, que signifiaient ces instants, que je n'ai pas rêvés?... que j'ai touchés, tâtés, tenus! Mystère, n'est-ce pas? Soit! Mystère animal, mystère de chatte, de grue et de chamelle!

Moi, je la hais, de tout mon cœur, à présent. Et je me demande qu'est-ce qui m'en calmera? Ah! quand je l'ai maniée à ma discrétion, que ne m'en suis-je donc payé la passion que j'avais d'elle! Cela ne l'aurait sans doute pas empêchée de me tirer sa révérence après le dessert, mais moins cavalièrement, j'imagine, et portant sa tête plus basse !

J'ai un besoin de pleurer qui m'étrangle. Je rumine de faire une suite d'orgies crapuleuses, ou bien de me marier avec une brave petite fille, très honnête, très loyale et qui ne serait mystérieuse qu'à la façon d'une agnelette blanche ou d'une colombe. Je me dispose surtout à revenir à Paris, demain ; et ce sera assez tôt pour que j'aille te demander à dîner.

D'ici là, j'aurai achevé de rafistoler un coin de robe, que j'ai été assez serin pour avoir cru devoir le gratter, sur mon portrait de Mme la vicomtesse de Courlandon, qui, elle, est une femme exquise, et, quoique du même monde, toute différente de celle avec qui je viens de te conter ma rupture.

Ton

Guy

*

XXXII

Madame Vanault de Floche à Madame de Trémeur.

(Sous enveloppe adressée à Monsieur Le Hinglé, 112, avenue Marceau, Paris.)

CHATEAU DE PONTARME
Par Chapelle-sur-Esve
INDRE-ET-LOIRE
—

26 octobre 1892.

Cette fois, c'est une chose atroce, une chose... sans nom, que j'ai à t'apprendre ! Oui, ma chère Françoise, le drame le plus épouvantable que l'on puisse rêver !

Le baron Munstein s'est emparé de la lettre que j'avais mise pour toi dans le courrier de lundi dernier, et qui contient des aveux capables de me faire mettre à la porte de tous les salons de Paris ! Sans compter ce que la colère de mon mari pourrait en tirer contre moi d'irréparable...

Et ce qu'il y a de non moins affreux, ma chérie, c'est que, du même coup, ce misérable Munstein s'est aussi trouvé en possession de la lettre où tu me racontais les incidents de ta consultation chez le médecin. Je te la renvoyais, jointe à ma réponse, pensant agir pour le mieux à l'égard d'une confidence si grave. Oh ! pardon de ce surcroît de malheur que je nous ai amené, par une bonne pensée pourtant, et pour ta plus complète quiétude.

En t'exposant ma situation dans toute son horreur, comme tu vas la voir, je te conjure de te dévouer, avec le meilleur de ton intelligence et de ton énergie, à me conseiller, à me diriger. Moi, je suis brisée, anéantie de l'explication qu'il m'a fallu affronter tout à l'heure.

J'ai donc eu, ce matin, le petit mot dans lequel tu m'informais de l'escamotage fantastique qu'avait subi la double correspondance (bien essentiellement privée) que je t'avais à la fois écrite et retournée, dès avant-hier. Aussitôt, j'en ai eu la tête à l'envers. Mais quoi faire ? Et que dire ? Et à qui demander assistance ? Anna, qui aurait peut-être pu être une ressource, est justement partie, hier, pour se rendre auprès de son mari qui est, paraît-il, au plus mal, ce dont je n'ai pas le loisir de m'apitoyer pour l'instant. Sapristi, non !

Je ne sais comment j'ai été tout de suite mordue de l'idée que, dans tout ce tour de passe-passe, il y avait du Munstein. Mais, d'ailleurs, du moment qu'il me fallait soupçonner quelque chose et quelqu'un, mes soupçons ne pouvaient s'en prendre qu'à ce monstre. D'autant plus que, récemment, il avait déjà proféré de méchantes intentions contre moi, ainsi que je t'en faisais part dans ces pages malencontreuses que tu n'as point reçues.

Mais en même temps que le besoin de l'accuser prenait corps en moi, je m'efforçais d'échapper à cette hantise, parce que c'était trop effrayant d'admettre qu'un individu de cet acabit pût avoir sur mon honneur une prise pareille. J'allais aussi jusqu'à me répéter : — « Eh bien ! quoi ? Quand même cela serait entre ses mains ? Qu'est-ce qu'il en ferait ? qu'est-ce qu'il pourrait en faire ? » Mais j'avais beau raisonner, c'était intolérable de se sentir dans un tel doute. D'ailleurs, nous ne devions pas tarder à être fixés sur le compte l'un de l'autre. Je n'étais pas de force à contenir mon tourment ; et lui ne demandait qu'à triompher de son infamie.

Au déjeuner, le monstre n'avait encore eu trop l'air de rien ; mais je lui avais cependant trouvé un petit air de quelque chose. En échange, il avait dû m'observer sournoisement ; car, en sortant de table, — et quoique nous eussions évité, depuis plusieurs jours, de causer ensemble, — il fit le mielleux pour s'enquérir de ma santé, sous le prétexte que j'avais manqué tout à fait d'appétit.

Je ne pus m'empêcher de ne voir, dans cette attention, que le rapport significatif qu'elle devait avoir avec mes craintes. Et, très agitée, je laissai échapper qu'il m'était survenu un ennui. Il affecta, d'abord, de montrer de la discrétion. Mais son effronterie ordinaire reparut bientôt dans la façon qu'il eut pour me faire entendre que tous les ennuis s'arrangeaient en ce monde, et comment les amis, par exemple, n'avaient été inventés que pour pourvoir à cela.

— « Malheureusement, ajouta-t-il, vous m'avez toujours traité en ennemi... Et vous avez eu bien tort ! »

J'essayai de protester. Mais il m'arrêta d'un ton si cassant, que cela ne pouvait être motivé par ce que je venais de murmurer. N'était-ce donc pas évident qu'il répondait ainsi à certaines autres phrases contenues dans ma lettre de l'avant-veille, qui alors était entre ses mains, et où je t'avais exprimé, en effet, contre lui, et un peu contre sa fille, des choses assurément très blessantes ?

N'y tenant plus, je lui dis en le regardant de mon mieux, car mes paupières battaient trop fort pour que j'eusse l'air bien fier :

— « Je suis très contrariée qu'une de mes amies n'ait point reçu des renseignements confidentiels que je lui ai adressés, et dont, à cause d'elle, je ne voudrais pas penser qu'ils sont égarés où à traîner n'importe où... »

— « Vous allez sans doute trop loin dans le scrupule ! répliqua-t-il. Votre amie

ne saurait guère être responsable de ce que vous lui avez écrit. Pas plus que vous n'auriez à rendre compte de ce que, de son côté, il lui aurait peut-être plu de vous écrire. Chacun ne peut être irrémédiablement compromis que par des imprudences de sa propre écriture. »

Si tu avais vu, chère amie, avec quelle mine de moquerie infernale il me tint ce langage, tu aurais compris pourquoi mes alarmes se sont immédiatement changées en écrasante certitude.

Je balbutiai quelques mots. Je voulus tenter de le contredire pour l'en interroger un peu. Mais un étouffement me coupait la parole. Et, du reste, ce fut le monstre qui rompit l'entretien, en me quitant, sans même la moindre excuse.

Je le suivis stupidement des yeux. Mes jambes tressaillaient d'une impatience de courir derrière lui, afin de parler encore, d'en savoir plus, de savoir tout ! Et, après cela, pendant le reste de la journée, je n'eus qu'un but : être à nouveau, être tout le temps avec cet être qui m'a toujours inspiré tant de mortel dégoût, et qui venait de commencer à m'inspirer... un respect de terreur folle.

On alla, dans l'après-midi, en trois voitures, faire une visite aux Ruan. Et je m'arrangeai pour monter dans la sienne, où il y avait pourtant sa fille, que je hais autant que lui, et le prince Silvère, qui est un mauvais drôle, selon ce que je te racontais dans la lettre volée, sans que j'aie aujourd'hui l'esprit à te redire pourquoi.

Imagines-tu qu'il existe un état de rage comparable à celui d'en être à faire l'aimable envers quelqu'un, dont on voudrait arracher les yeux ? Surtout quand on sent, à chaque effort obligatoire, la honte qu'on lui paraît, à lui-même, en faire trop ! J'en étais, dans la poitrine, comme empoisonnée. C'était par raillerie que Munstein faisait aussi son aimable, avec ses dents de requin, et sa grosse langue de bœuf qu'il se promenait affreusement sur les lèvres ; tandis que je devais faire, au prince de Caréan, l'effet d'une coquette bien peu difficile, hélas ! dans le choix auquel elle se rabattait.

Perpétuellement, je me creusais la tête, sans tout à fait réussir, pour me rappeler les termes exacts de ce que j'avais bien pu aventurer dans cette damnée lettre? En tout cas, je ne me remémorais que trop avec quelle absence de retenue et de précautions, dans quel esprit déplorablement léger, je t'avais narré mon histoire.

Soucieux de l'étiquette et formaliste comme est mon mari, j'étais certaine que si la preuve de mes manquements aux convenances, signée de moi, venait à lui être ignoblement fournie, il prendrait ça très mal, plus que très mal! Et je prévoyais bien que surtout le respect humain lui interdirait de jamais me pardonner, du moment qu'un tiers

dice et un outrage personnel que j'aurais faits au prince et à la famille royale, dont il est un représentant. Et il serait capable d'ordonner à André de former une demande en séparation, à moins qu'il ne me fasse imposer une pénitence dans un

À L'EXPRESSION DE SA BOUCHE POUR FORMULER CE COMPLIMENT, LA TERREUR DONT J'ÉTAIS PLEINE DEVINT BIEN PLUS AIGUE.

aurait eu apparemment connaissance de la crise conjugale à laquelle j'étais désormais exposée. André était sûrement homme à préférer un éclat, plutôt que de passer l'éponge sur des faits dont nous étions impuissants à nous garantir l'un à l'autre le secret. En outre, je devais m'attendre a ce qu'il eût la manie de parler de tout cela à son père; et, dès lors, j'étais perdue! Mon beau-père est glacial, et je le redoute mille fois plus que mon mari. Je sais que, à tort, ou à raison, s'il est avisé d'un écart de conduite de ma part, il considérera cela comme un préju-

couvent, suivie de renonciation au monde. De toute façon, c'étaient les perspectives d'une vie qui ne serait plus tenable. Et, à forger ainsi tant de suppositions, mon pauvre cœur devenait si lourd que j'étais près de défaillir à chaque cahot de la route, qui le faisait sauter et cogner en moi comme une masse.

Ce fut en rentrant de la promenade, au moment du thé, que j'affrontai, avec Munstein, une scène effroyable de tête-à-tête, à demi-voix, dans le salon des Glaces, pendant que le reste de la société, en bavardant et en s'amusant, passait au billard. Oh! ma chère, aucune des transes où tu étais, l'autre semaine, ne peut te donner l'idée de celles qui m'ont alors ravagée! Au moins, toi, tu avais quelque délai pour te ressaisir; tu ne t'entretenais de ton tourment qu'avec toi-même, ou bien avec moi, à qui il était ainsi donné de te faire écouter doucement, dans la retraite de ta chambre ou de la mienne, des paroles peut-être un peu consolantes, en tout cas bien tendres. Mais moi, je me suis trouvée subitement harcelée, dans ma détresse, par les griffades, les déchirures, toutes les choses au fer rouge, qu'un bourreau jugea bon de me faire. Et j'étais réduite à me surveiller, à me contenir, presque à me taire, de façon à ce que le reflet de mes gestes ou le son de ma voix ne transmissent rien de suspect par les deux baies de communication au delà desquelles on entendait la compagnie plaisanter.

Les projets de Munstein avaient probablement achevé de mûrir au cours de la journée; et, en outre, il lui fut aisé de lire dans mes yeux que je devenais toquée, et que j'avais besoin, à tout prix, d'avoir une conversation avec lui. En lui présentant le sucrier, il me fallut bien de l'énergie, tant mes dents se serraient contre lui, pour lui glisser ces mots:

— « J'ai compris que vous saviez ce que j'ai. »

— « Ah bah! fit-il, vous m'étonnez!... Et comment voulez-vous que l'on devine ce que contient la caboche d'une de ces jolies femmes qui, tantôt, viennent, leur petite main pleine de sucre, vers leurs plus humbles admirateurs, dont, tantôt, elles ne voudraient même pas pour domestiques?... »

Ceci, ma chère, ce ne pouvait être qu'une allusion textuelle à une phrase que je t'avais écrite sur lui, dans la lettre qui t'était destinée.

— « Vous voyez, repris-je, en étranglant ma colère, vous voyez que ce n'est plus la peine de mentir, puisque vous venez, exprès ou non, de vous trahir? »

Ce ne fut pas nécessaire de le presser davantage. Il eut la paresse, le dédain, le toupet de ne plus nier. Et, pendant quelques minutes, l'indignation l'emporta en moi sur la prudence. Devant le cynisme de son aveu, je le qualifiai, autant qu'il le méritait, d'avoir commis le crime d'un de ces laquais comme on n'aimerait pas effectivement en avoir à son service. Je lui dis que je ne savais pas, ma parole! ce qui me retenait de le faire chasser, ainsi qu'un voleur, en le dénonçant immédiatement, tout haut. Hélas, si! je le savais bien, ce qui me retenait, et lui aussi ne le savait que trop; car il me répliqua, avec une autorité qui me figea le sang, que j'allais l'obliger à m'accuser d'être une simple folle, dont il conseillerait de mander en hâte le mari.

— « Mais, ajouta-t-il, si vous êtes résolue à mener les choses jusqu'au bout, je suis prêt à vous suivre. Et, en ce cas, tant pis pour vous... et tant pis aussi pour votre amie. »

Tu peux m'en croire, ma chère Françoise, je mourais d'angoisse à mon propre sujet; mais c'est encore pour toi, je te jure, que j'ai peut-être le plus violemment frissonné.

Je me dominai. Et, afin de détourner l'entretien de cette tournure trop dangereuse, je feignis de ne plus éprouver momentanément qu'une curiosité de savoir comment le monstre avait pu être — je n'osai plus dire : assez misérable — mais assez... adroit, pour effectuer son... tour. Il me renseigna, avec le ton le plus satisfait. Il avait pu lire, paraît-il, sur l'enveloppe que j'avais jetée devant ses yeux dans la boîte du vestibule, le nom de Le H., auquel il aura donc été bien malencontreux de recourir entre nous. (Et si j'emploie encore aujourd'hui le même procédé, je te garantis, du moins, que j'aurai été, en personne, déposer la présente lettre au bureau de Chapelle.)

Le monstre, qui s'était décerné la mission de me découvrir un prétendu amant, ne put me voir ce correspondant inattendu, sans flairer tout de suite une manigance qui lui donnât beau jeu. il décida que je ne pouvais avoir à écrire à Le H. — qu'il connaît beaucoup ; mais que, à ce que j'ai constaté, il n'aime guère — rien dont je dusse être en état de me vanter, à l'occasion, ni de faire une réclamation. Il m'a toutefois déclaré que, même avant de s'être édifié par la lecture des papiers si odieusement volés, il savait « comme tout le monde » ta liaison.

— « Et alors, lui ai-je dit, encore plus outrée que jamais, vous avez pu supposer que moi, amie au point où je le suis de Françoise, j'aurais été capable?... »

— « Raison de plus ! » fit-il tranquillement.

Voilà à quelle espèce d'individu j'ai affaire, ma pauvre chérie.

Je tenais de toi que l'enveloppe, dont je me rappelle bien que je l'avais close, et que tu avais eue à ouvrir, t'était parvenue sans aucune détérioration. Il m'en indiqua la raison (c'est-à-dire de quel moyen classique il avait usé), en posant, dans une simple pantomime, la paume de son ignoble main velue sur la vapeur qui s'élevait de sa tasse de thé fumante.

Mais il fit plus de frais pour m'expliquer l'invention qu'il avait eue d'expédier quand même les enveloppes, en ayant substitué une insignifiante feuille de papier au lieu et place de ce qu'il y avait dérobé. Il m'avança un siège que j'acceptai machinalement, tandis qu'il s'installait auprès de moi, avec une mine devenue doucereuse et de plus en plus perfide.

— « Vous ne saisissez pas? insinua-t-il... Il me semble pourtant avoir agi ainsi par raffinement. Sans ce soin que j'ai pris, comment eussiez-vous été mise en éveil? En tout cas, point de sitôt, je présume. Votre amie vous aurait boudée, pour ce qu'elle aurait traité de négligence à lui répondre. A votre tour, son silence vous eût surprise et piquée. Et un assez long temps de réserve

réciproque aurait pu s'établir entre vous. Alors, à quelle époque, et par quel moyen, aurai-je pu revêtir à vos yeux cet intérêt, que je pense avoir aujourd'hui, et dont j'étais si vivement désireux? Vous n'auriez pas voulu que l'initiative de vous mettre en garde vînt de moi ! Me parer moi-même des titres nouveaux que j'avais à votre considération? Fi! c'eût été d'une bien grossière ostentation! Mais le charmant, le délicat, c'était, sans paraître seulement m'en mêler, d'être cause que vos petites idées de femme fussent si gentiment sens dessus dessous dans cette jolie tête que vous me montriez. Mon modeste truc avait pour but de vous faire donc mettre probablement toute en l'air, par retour du courrier. Reconnaissez que j'avais bien combiné, puisque c'est de votre propre mouvement que vous voici, dès à présent, toute rapprochée de moi, et que vous ne vous lassez point de m'interroger, de tous vos beaux yeux qui, rapportez-vous-en à moi, sont plus beaux que jamais, de s'être tant agrandis à m'écouter. »

A l'expression de sa bouche pour formuler ce compliment, la terreur dont j'étais pleine devint bien plus aiguë, plus précise.

— « Et avec tout cela, demandai-je, où en arrivez-vous? »

— « Mais, n'est-ce pas déjà un résultat très brillant que, après une sorte de si vilaine brouille entre nous, vous consentiez maintenant à vous comporter auprès de moi comme avec celui de vos amis, que je ne me permettrai pas de prétendre le meilleur, mais le plus près d'être votre intime? »

Je fis l'impossible pour avoir l'air encore d'admettre qu'il n'y avait là qu'une plaisanterie, et qu'elle tirait à sa fin. Oh! mon amie chérie, quel effort hors nature il me fallait m'imposer pour tâcher de paraître, en même temps, un petit peu crâne, un petit peu indulgente ! J'essayai de minauder ; mais je sentais ma figure toute tiraillée, au rebours, par des fils de fer de grimaces.

— « Alors, hasardai-je, puisque votre plan était de nous réconcilier, et que vous constatez y avoir à peu près réussi, vous n'avez plus, pour couronner votre succès, qu'à me restituer ce qui est à moi, et ce dont néanmoins je vous remercierai de tout cœur ?... »

Sur cette phrase, où j'avais dû pourtant le mendier avec la plus touchante misère, il ne reprit plus son ton galantin. Mais, soudain, je retrouvai, en face de moi, l'immonde brutal avec qui j'avais été précédemment obligée de cesser tout rapport. Ah ! l'infâme goujat ! Il haussa les épaules. Et comme j'insistais, comme je me cramponnais à un lambeau d'espérance, il me déclara brusquement une chose... Ma chérie, la devines-tu, cette chose, qui était sa condition inflexible et définitive ? Moi, je n'ai pas d'abord pu en croire mes oreilles ! Jusqu'aux avant-derniers moments, je n'avais pas le moins du monde songé seulement à cela. Le pire auquel je m'étais attendue de sa part, c'était peut-être une délation par représailles, ou plutôt des diffamations, de féroces taquineries, je ne savais quoi, enfin ! Mais que le monstre voulût s'imposer, comme par force, à une femme dont il connaissait, mieux que jamais, l'horreur pour lui et les sentiments de dégoût qu'il en avait lus, fraîchement signés d'elle !... Non, juste ciel ! jamais il ne me serait venu à l'idée qu'il y eût un homme sur terre à qui cela était possible, moralement... et surtout agréable, autrement.

Quand il prononça cette abomination, j'eus un cri que l'on aurait infailliblement entendu du billard, s'ils n'y avaient pas été, tous, à bavarder d'une façon si bruyante. Ce détrousseur de secrets de femmes est aussi quelque chose comme un satyre. Il m'a juré, en riant d'un air terrible, qu'il ne me rendrait la tranquillité que lorsque je lui aurais servi de jouet ; et il s'avança si près de moi, avec une telle insolence, pour proférer ce serment-là, que je m'en sentis déjà un peu, pour ainsi dire, la souillon qu'il prétendait faire de moi.

Je lui crachai tout mon mépris, tout mon refus au visage :

— « Et faites ce qu'il vous plaira !... Dénoncez-moi à votre guise. Livrez ce que vous voudrez, ce que vous avez volé, à mon mari. J'aime mieux subir quoi que... que vous ! »

— « Comme vous y allez vite ! reprit-il... Vous vous illusionnez. Je prendrai mon temps. J'aurais supposé que vous, peut-être, vous seriez démangée de rentrer en possession de vos papiers. Mais, moi, rien ne me presse. Je patienterai, j'aviserai... »

Ah ! le monstre ! Quelle science il avait de ce qu'il fallait me dire, pour agir sur mes idées, comme avec des pinces, avec des vrilles !... Ainsi, trembler sans trêve ! S'endormir ou s'éveiller dans le frémissement perpétuel que l'on dépend d'un caprice du diable ! Car je t'assure que c'est le diable en personne.

Il me semble que la plus lâche peut être très brave pour un instant, ou même pendant plusieurs instants définitifs. Mais toujours être brave, je m'en déclare incapable. Je ne veux pas de cet avenir d'agonies, que mon bourreau m'a fait entrevoir d'un coup d'œil.

Toi qui as une vaillance d'amazone, tu aurais certainement eu le projet de le tuer. Moi, je me mis à n'avoir plus qu'un espoir, qu'une pensée fixe : celle qu'il allait peut-être mourir de lui-même là, tout d'un coup, par le miracle qui m'était indispensable. Et déjà, dans ma tête, l'affaire s'arrangeait à merveille. Les mots, qui me venaient en désordre à l'esprit, formaient des phrases que je me croyais sur le point d'avoir à faire, pour expliquer comment cette mort subite se serait produite, quand tout le monde allait accourir, de la pièce voisine, au bruit de la chute que j'attendais. Enfin, ma chérie, tu vois qu'il y a eu un moment où je devenais positivement folle. Et je n'ai plus eu la force que de faire signe au monstre de s'éloigner bien vite ; car sa vue, un instant encore, me faisait défaillir.

A présent, ma bonne Françoise, tu sais de quelle catastrophe il faut que je me tire promptement, — et tu connais aussi combien ton intérêt est lié au mien !

Tâche d'avoir, au plus vite, une trouvaille géniale. Raffermis-moi la cervelle et le cœur. Dis-moi si le mieux ne serait pas, en somme, de prévenir moi-même les conséquences que je redoute tant, en prenant les devants par une confession loyale à André. Enfin, réponds-moi, de toute ta grande âme, en m'indiquant ce que tu ferais à ma place.

Ton amie en démence,

V.

*
* *

XXXIII

Le prince de Caréan-Priolo au baron Munstein, au château de Pontarmé.

(Par les bons soins du prince Silvère de Caréan.)

Sorrente, 27 octobre 1892.

Monsieur,

Retenu au loin par mon âge et le soin de ma santé, je regrette de ne pouvoir aujourd'hui accomplir en personne, auprès de vous, une démarche qui m'incombe, et dont il me faut donc m'acquitter par écrit.

Au nom du prince Silvère de Caréan, j'ai l'honneur de vous demander la main de Mlle Flore Munstein.

Il y a quelque temps que je savais, par la meilleure des amies, avec qui vous êtes en relation, Mme de Nécringel, en quel respect on doit tenir les mérites de Mademoiselle votre fille ; et, depuis lors, c'est de mon fils que j'ai appris comment un jeune homme de son âge était infailliblement destiné au plus vif des sentiments, dans la fréquentation d'une jeune personne aussi accomplie.

Je me retiendrai de vous exprimer l'éloge de mon cher Silvère. Du reste, j'aime à penser que le mieux que je pourrais vous en dire, est encore au-dessous de ce qu'il aura su faire concevoir de lui-même au grand connaisseur, si réputé que vous êtes, de toute valeur en ce monde.

Permettez-moi cependant de vous signaler, à son actif, qu'il possède chacune des qualités dont l'histoire nationale fait volontiers l'attribution à ceux de notre race, sans qu'il m'ait jamais donné, en revers de médaille, aucun signe du principal défaut

que l'on nous a le plus communément reproché. J'entends par là cette imprévoyance, cette prodigalité d'humeur, cette *furia* pour tout, survivant parfois à la maturité que, pendant de longues années, j'ai moi-même pratiquée non sans inconvénient, et dont j'aurai sans doute été le dernier représentant, dans un ordre de lignée appelé à expirer au jour de ma mort. Et j'estime que le sang des Caréan achèverait, s'il y avait lieu, de corriger la nature de cette imperfection héréditaire, dans une nouvelle descendance, qui daterait de l'alliance que je suis maintenant prié —et charmé — de vous offrir avec votre famille.

Mlle Flore Munstein, depuis sa naissance, aura été trop comblée évidemment par toutes les magnificences de la fortune, pour que je ne m'applique pas à vouloir plutôt regarder comme un allégement à sa satiété, le point que son union avec mon fils n'aurait pas l'effet de les accroître.

Pour ma part, il ne m'appartiendrait que de pourvoir à ces genres d'agrément dans l'existence, dont on a raison de dire qu'ils sont sans prix. Et Silvère (s'il a eu l'attention de compter sur moi aussi exactement que je compte sur lui) vous aura, je présume, exposé déjà tel ou tel de ces biens moraux, et éminemment individuels, qu'il me serait si doux de glisser, en quelque sorte, dans une corbeille de mariage. Je me berce, par exemple, du beau plaisir que j'aurais à présenter dans les diverses Maisons Royales d'Europe — près desquelles j'ai qualité pour la faire recevoir à bras ouverts — la chère jeune fille qui, ayant écouté son cœur en faveur de mon enfant, m'accorderait aussi, par cette circonstance, de pouvoir la présenter comme ma bru choisie entre toutes.

Mais je me garderai de poursuivre sur de pareils sujets, en cette lettre qui s'est uniquement proposé de vous entretenir des vœux auxquels mon fils attache le bonheur de sa vie. Avec toute l'affection que j'ai pour lui et toute la haute considération que j'ai pour vous, je les recommande, Monsieur, à la décision de votre sollicitude paternelle.

Caréan-Priolo.

JE ME BERCE DU BEAU PLAISIR QUE J'AURAIS A PRÉSENTER DANS LES DIVERSES MAISONS
ROYALES LA CHÈRE FILLE.

XXXIV

Madame de Trémeur à Madame Vanault de Floche, au château de Pontarmé.

Paris. — Jeudi.

Quelle foudroyante nouvelle, ma pauvre amie ! Tu as raison : cette calamité est encore plus intolérable que les alternatives, pourtant si dures, par lesquelles je viens d'avoir à passer. Il faut sortir de là, sans délai, coûte que coûte. Et je te prie de croire que j'ai recommencé à ne plus littéralement vivre. Mon Dieu ! dans quel état d'insanité étais-je donc, quand, par un excès d'affection qui ne pouvait nous être bon à rien, ni pour toi, ni pour moi, je t'ai écrit ce funeste compte rendu, toute cette histoire de perdition.

Je m'empresse de te déclarer, ma chère, que c'est ton droit le plus sacré d'être intraitable dans une question qui, si intimement, ne doit dépendre que de toi-même ; et je m'incline devant l'attitude que tes fiertés de femme me paraissent t'avoir fait adopter. Mais comme c'est aussi ta réputation, ton honneur mondain, que je vois être en jeu, tu comprendras que je ne veux pas me prononcer à la légère. Et quand la belle position que tu achevais presque d'avoir acquise dans la meilleure société se trouve peut-être à la veille de crouler, il est naturel que j'y regarde à deux fois avant d'approuver sans réserve tes nobles intentions de résistance.

D'avance, je te demande pardon pour le cas où il m'arriverait d'exprimer quelque sentiment qui te choque ou te peine, dans cette situation de sensibilité extrême à laquelle tu dois être en proie. Répète-toi bien, bonne petite, que, grâce à ton déplorable procédé, moi non plus je ne suis pas sur un lit de roses. Mais, du moins, mes idées ont chance d'être un peu plus nettes que les tiennes, puisque j'ai l'avantage de délibérer, loin de toute pression, avec un calme relatif, dont chaque chose peut être un peu plus sainement remise à sa valeur. Et, avec ta folle tête qui me fait l'effet d'être déjà aux trois quarts déménagée, nous n'avons

sans doute de salut que si tu m'écoutes en toute confiance.

D'après les impressions que j'ai rapportées du baron, et surtout tel que tu me l'as montré dans ces événements où tu expérimentais son caractère, je mettrais ma main au feu que rien ne lui fera modifier son ultimatum. Néanmoins, je n'en conçois que mieux aussi comment cela te rend invinciblement farouche, et je m'explique que tu préfères encourir, de sa part, non seulement ces insupportables tracasseries dont tu viens d'avoir un avant-goût, mais encore tous les maléfices que nous sommes aujourd'hui incapables de prévoir déjà, n'ayant ni l'une ni l'autre un esprit autant inventif que celui de ce monsieur.

Sois persuadée, pauvre chérie, que je m'abstiendrais de peser un pour et un contre en tout cela, si je te savais dans l'âme une grande passion, un vrai amour, pour une personne quelconque ! Je me sentirais alors coupable, odieuse et insensée de te recommander, non point certes l'accommodement, mais l'hésitation, la réflexion...

Or, nous n'avons malheureusement pas à compter avec cet élément qui déterminerait ta conduite, sans discussion possible. Ton mari, je ne l'ignore pas, n'est pour toi qu'un ami cordial. Il y a beau temps que tu n'as plus envers lui le tic-tac au cœur, ni les bouffées intérieures qui, récemment, te faisaient briller les yeux et le teint, en l'honneur du prince Silvère, après quelques jours à peine de connaissance, et juste avant de m'écrire que tu tenais, désormais, ce dernier pour un détestable garnement. L'unique forme de bonheur que tu es donc en mesure d'assurer à ton mari, c'est le repos de son foyer, sa sécurité conjugale. En l'absence du sentiment qu'il ne t'inspire pas, ton devoir ne peut plus être que de lui éviter les gros chagrins, les colères douloureuses, et tout ce qui pourrait probablement le contraindre à désorganiser son existence. Par conséquent, son intérêt semble identique au tien, c'est-à-dire qu'il profiterait autant que toi d'un sacrifice, quel qu'il fût, que tu t'imposerais à toi-même pour reconquérir ta propre tranquillité.

J'ai beaucoup de honte, chère amie, à

te paraître envisager ton intérêt, et à t'en prononcer le mot, dans un sujet que domine pour toi une révolte de tout ton être et où le plus légitime et le plus ardent accès de pudeur te fait tressaillir depuis l'épiderme jusqu'au fond de ta pensée. Comment me serais-je pourtant permis d'éluder cette considération, alors que tu as adressé à mon discernement un appel si éploré ?

Ne te dois-je pas un examen complet de tout ce que tu pourrais t'attirer d'irréparable, si tu ne t'en rapportais qu'au premier mouvement de ton instinct ? Ensuite, tu n'en prendras que plus bravement ton parti, en connaissance de cause et je saurai m'y soumettre ; puisque, moi aussi, tu m'as fourrée dans tes démêlés avec le baron, par une maladresse dont je me suis interdit de t'exprimer un reproche, m'imaginant bien, ma pauvre amie, que tu dois, par surcroît, en être assez désolée. Mais pourtant si tu avais, suivant ma prière, brûlé ma lettre si exceptionnellement confidentielle, j'aurais en ce moment l'esprit à moitié plus libre pour me concerter avec toi.

A défaut d'explications formelles de ta part, je ne me fais pas une opinion tout à fait précise de la transaction inouïe qu'on a le front de te proposer. Et, sûrement, je n'aurais pas de trop hauts cris pour te conjurer de la repousser, s'il s'agissait de te laisser réduire en un esclavage dont la durée serait aussi longue que le bon plaisir du tyran. Toutefois, autant que je m'éclaire des circonstances, il m'apparaît plutôt que tu es en butte à une lubie sans suite, à la fantaisie d'un instant.

Mais je n'ose, dans le doute, te parler avec l'autorité que me suggérerait peut-être ma sollicitude pour toi, si j'étais fixée sur ce qui t'est strictement demandé, et surtout sur les garanties que tu t'adjugerais, de ne pas t'immoler en pure perte ? Car, en supposant (sans s'y arrêter) la solution extrême, tu saurais, j'espère, ne te déclarer vaincue qu'afin d'en stipuler les honneurs de la guerre. Et tu serais assez vigilante, dans l'accomplissement des conventions, pour saisir le moment fugitif où le vainqueur, si barbare soit-il, cesse, en quelque sorte,

d'être le plus fort, tant il y a de faiblesse à être pressé de jouir de la victoire.

Mais, encore une fois, il n'appartient qu'à toi seule de connaître les termes exacts de ce qui est en suspens, et de décider si c'est dans le sens de l'utile, ou dans celui du pur héroïsme, qu'il te faut, en tout cas, t'armer de ton courage. Moi, je me bornerai à te déclarer encore, avec toute ma conscience, que je ne crois pas que, devant Dieu lui-même, il pourrait y avoir une faute à s'infliger la plus rigoureuse, la plus expiatoire des mortifications.

Ah ! pauvre amie, tu n'aurais pas été la première à supporter de pareilles contraintes. N'en était-ce pas une pire que subit la comtesse Karitz, avec qui tu as dû te rencontrer en visite chez moi, et qui est absolument une grande dame de la société viennoise ? Comment ne t'ai-je pas conté que, au cours d'un voyage, elle avait été victime d'une bande de brigands ? Ce qui — et elle, c'est au su de tous — ne l'empêche pas d'occuper un rang parfait, dans une Cour qui est la plus aristocratique d'Europe.

Quoiqu'il soit trop grave pour moi, en cet instant suprême, de t'adresser l'avis positif ou négatif qui agirait peut-être sur toi d'une façon dont je ne veux pas être responsable, je me fais cependant un dernier scrupule de te prévenir que ton idée de tout avouer à ton mari serait le comble de la folie, un véritable moyen de Gribouille ! Il ne t'en saurait aucun gré, et nous sommes d'accord qu'il y aurait toutes les probabilités du monde pour qu'il te fît comparaître devant ton beau-père, dont tu n'as pas tort de tant te méfier. Il a, en effet, la renommée bien établie d'être à cheval sur les principes, et raide et froid comme une armure dans laquelle il se donnerait toujours des airs d'être campé.

Ai-je besoin de t'affirmer que je hais, avec autant d'intensité que toi, l'auteur... de toute cette chose ? Mais, trop incertaine de ce que tes réflexions te mèneraient peut-être à lui accorder, ou non, dans un avenir plus ou moins prochain, je me retiens de l'avilir davantage par des qualifications, dont nous n'aurions qu'un soulagement momentané, et qui bientôt — à l'heure possible de l'épreuve ! — pourraient te revenir en excès d'écœurement, hélas ! superflu. D'ailleurs, d'un bout à l'autre de cette lettre je me suis appliquée à me dominer, à maîtriser mes élans, à oublier de mon mieux que tu m'as entraînée, moi-même, dans le traquenard qui n'était destiné qu'à toi. J'ai systématiquemnet évité tout ce qui aurait pu ressembler à une tentative pour t'influencer ou pour t'inviter à me tirer de là, moi qui n'avais rien à y voir, qui n'ai aucun motif d'y être !

Que va-t-il advenir ? L'accalmie dans mes bouleversements n'aura guère duré. Et cependant il va falloir que j'exécute demain mon projet, annoncé, de partir pour Salies, comme si de rien n'était. Tu peux apprécier avec quelle impatience je vais attendre là-bas (à l'hôtel des Etrangers) que tu m'informes, *sans retard*, de ce que j'ai tant besoin de savoir.

C'est bien anxieuse à nouveau, bien émue, que je t'embrasse.

FRANÇOISE.

* *
*

XXXV

Monsieur Vanault de Floche à Madame Vanault de Floche, au château de Pontarmé.

Mortagne, 28 *octobre* 1892.

Ma chère amie,

Vous ne pouvez pas vous faire une idée du plaisir que j'éprouve à être enfin si près de ma libération. Je vous annonce que, après-demain, vers l'heure du déjeuner, vous aurez cessé d'être veuve ; et j'espère être le bienvenu, en venant vous enlever de Pontarmé, dont vous commencez sans doute à avoir assez.

Ainsi que je vous l'avais fait prévoir, je n'ai pas jugé bon de frayer avec aucun camarade de plus dans le train-train de mon service. Et mes relations à l'égard du vicomte de Sharpignies en sont restées au point que je vous avais indiqué : très courtoises pour lui quand il était convenable, et suffisamment réservées dès que je le voyais prêt à avoir ses impertinences.

Je dois toutefois lui rendre cette justice qu'il est admirablement au fait de tout ce qui se passe d'intéressant dans le high-life. Et j'ai eu le regret de l'entendre me rapporter ce qu'on dit, paraît-il, publiquement sur la nature des rapports qui unissent M. Le Hinglé à Mme de T., au moment où je lui contais que vous étiez fort liée avec celle-ci.

Je ne vous accuse nullement d'avoir eu, jusqu'ici, des données tout à fait certaines sur la fausse position de votre amie Françoise. J'ai d'ailleurs, moi-même, beaucoup de sympathie pour son mari ; et je ne prétends pas, non plus, que les appréciations cavalières de mon interlocuteur aient eu, à mes yeux, l'importance d'une révélation absolument neuve. A la vérité, entre vous et moi, aucune explication n'avait encore eu lieu sur ce point, parce que j'établis en principe qu'il y a une quantité de choses dont un mari et une femme qui se respectent n'ont pas à causer ensemble.

Mais, devant la notoriété de cette intrigue, je me vois obligé de vous demander, très instamment, de ne plus vous donner les apparences de solidariser votre vie avec la vie de Mme de T.

Je vous prie de ne pas voir dans cet avis un acte d'autorité (qui, vis-à-vis de votre bon sens, serait inutile), mais bien le souci le plus légitime d'observer toujours, au regard du monde, une attitude inattaquable.

Votre connaissance avec Mme de T. date, en somme, du couvent, où les amitiés s'imposent par le hasard et par l'inexpérience. Et c'est logique, selon moi, qu'il y ait encore moins de ménagements à garder envers les plus vieilles amies d'enfance, qu'envers celles dont on a opéré le choix dans la suite, en parfaite intelligence, et en considération de ce qu'elles ont de bien posé.

Surtout, ma chère amie, ne m'attribuez point, d'après la ligne de conduite que je vous trace ainsi, la moindre petitesse de caractère, ni même un rigorisme de mœurs qui serait gênant.

Il y aura toujours un certain nombre de femmes auxquelles, en raison de leur prestige, du rang qu'elles tiennent et de leur haute manière de faire, je serai le premier à vous conseiller de passer autant d'amants qu'elles en voudront. J'irai même plus loin, en vous déclarant que, en rè-

ce qui touche, de près ou de loin, au scandale.

Je dois ajouter néanmoins qu'il y a scan-

J'AI EU LE REGRET DE L'ENTENDRE RAPPORTER CE QU'ON DIT, PARAIT-IL, PUBLIQUEMENT.

gle générale, je n'ai rien à redire contre nulle femme de la société, pourvu que personne toutefois ne se mêle d'y redire. La seule chose que je suis résolu à ne jamais tolérer, à aucun prix, sous aucun prétexte, c'est

dale et scandale, et j'en connais une espèce que la bonne compagnie me saurait certainement gré d'avoir fait sur les joues de ce baron Munstein. J'ai reçu, avec l'irritation que vous imaginez, vos plaintes contre les manques d'éducation dont il vous avait froissée en mon absence. Qu'il se dépêche

de jouir de son reste. Vous l'avez, d'ailleurs, et je vous en félicite, remis vertement à sa place pour chaque incartade.
Mais je vais arriver, à mon tour, bien décidé à traiter par-dessous la jambe sa personne, ses millions, toute sa graisse truffée
d'or. Et même si vous deviez en être inter-
loquée, ou si cela vous tiraillait un peu les
nerfs, vous voudrez bien m'excuser, n'est-ce
pas, chère amie, de ne consulter que ma
propre inspiration, quand je prendrai mon
moment de faire que cet individu se sente
enfin en face d'un homme n'ayant rien à
attendre ni à craindre de lui. Il est bien
vraisemblable qu'il n'aura qu'à filer doux.

Je vous envoie un affectueux baiser.

ANDRÉ V. DE FLOCHE.

*
* *

XXXVI

*La vicomtesse de Courlandon à la marquise
douairière de Nécringel, à Sorrente
(Italie).*

VILLA DES IFS LUNES
Par Draguignan

29 *octobre* 1892.

Chère grande amie,

Vous n'allez pas en croire vos yeux?
C'est bien moi pourtant qui en suis à vous
dater, bien authentiquement de la plus im-
prévue des résidences, cette réponse à votre
tendre lettre dont je n'ai été suivie qu'aujourd'hui même ici. Et ne commencez
point, je vous prie, par me soupçonner
d'être au cours d'une fugue qui, avouez-le,
vous affligerait, sans doute, plutôt qu'elle
ne vous étonnerait outre mesure.

Je ne prétends pas, d'ailleurs, n'avoir
point fait un coup de tête; mais je vous
annonce que c'est, du moins, avec l'appro-
bation que mon bon père et ma bonne mère
— un peu aveuglément à vrai dire — ont
mis le meilleur empressement du monde à
m'en donner.

Or, il y a cinq jours, j'ai donc reçu une
dépêche, signée de Saint-S., dans laquelle
il remplissait le devoir de m'apprendre que
M. de Courlandon était tombé malade chez
lui, dans un état ayant ensuite assez empiré
pour rendre urgente la venue de mon fils
auprès de son père.

Vous devinez en quel tumulte j'eus aussitôt la cervelle. Devineriez-vous aussi la
chose que je vis avant tout? Saint-S. sachant combien je n'étais pas plus capable
de me séparer de mon petit René que de
mon ombre, ne devais-je pas en conclure
que réclamer la visite de l'enfant, c'était
aussi réclamer la mienne? Ainsi cet ami si
oublieux, et que je pensais si oublié, avait
brusquement obéi à une nécessité de nous
revoir! Il avait pu accepter cette perspective, et c'était lui-même qui m'offrait de
l'envisager, à mon tour!

Vous qui avez eu tant à me prodiguer
votre chère sollicitude, vous n'ignorez pas
que j'aurais préféré mourir à rien tenter au
monde pour retenir celui qui s'était, un
jour, décidé à me faire le mal de s'en aller
de ma vie. Et j'aurais encore tout aimé
mieux que de me rappeler jamais à lui.

Mais il faut croire que la restauration
de certains sentiments a, pour s'accomplir
dans le cœur, sa manière aussi de droit
divin, en vertu duquel les interrègnes, les
anarchies, les usurpations mêmes s'effacent
comme non avenus, par un abolissement
immédiat. Car il m'arriva, tout d'un coup,
de ne plus sentir trace du changement qui,
depuis de si longs mois, s'était cependant
établi en moi. Et cette demande de nous
retrouver en présence, que m'adressait
Saint-S., avait beau être bien indirecte et
même presque contestable en son interpré-
tation : elle suffisait pourtant à me faire
éprouver que mon présent se renouait soudain à notre passé, dans le retour pour moi
à cette habitude charmante où l'on avait hâte
de déférer à chaque prière l'un de l'autre.

En conséquence, je fus sans retard, et
tout entière, à mes apprêts de voyage, en y
faisant mille réflexions, dans lesquelles la
maladie de mon mari n'intervenait, je vous
le confesse, qu'à titre auxiliaire. Je me
livrais aux idées les plus diverses sur ce qui

devait, au même moment, occuper la conscience de Saint-S. Je songeai un peu à lui supposer peut-être quelque remords ; ce qui, par une pente naturelle, me conduisit, de préférence, à lui attribuer des regrets, bien encombrants, hélas ! dans son nouveau ménage, bien inutiles surtout, ou plutôt dont ma modestie remettait l'appréciation à la providence. En tout cas, l'attente où je m'imaginai qu'était Saint-S. me sembla commander des pratiques d'un zèle renaissant. Télégramme pour télégramme ! Je lui expédiai l'annonce de ma prompte arrivée ; et rien que ce petit détail, dont je m'acquittais, prit dans ma tête les proportions d'une énorme intrigue entre nous. Le sentiment des choses d'autrefois m'avait instantanément cernée ; il m'envahissait par les chemins familiers, par les sentiers anciens, par chaque détour qu'il connaissait si bien vers les profondeurs de mon âme.

Dans tout cela, l'événement que je devrais peut-être tenir pour le plus prodigieux encore, quoiqu'il se soit effectué en moi sans que je l'aie presque senti, c'est le dénouement de mon histoire avec M. Marfaux. Je n'en puis comparer la manière qu'à une sortie de rêve. Vous savez, chère grande amie, que, pour réveiller les personnes hypnotisées, il suffit par exemple de leur souffler sur les paupières ; de même n'aurai-je donc eu besoin que de percevoir un écho tout lointain, et aussi léger qu'un souffle, pour être rappelée à la réalité ?

A vrai dire, je ne me dissimule point jusqu'à quel degré j'avais laissé cet aimable séducteur s'avancer vis-à-vis de moi. Aussi retiendrai-je, d'une telle aventure, la notion que j'y ai acquise sur ce qui, tant de fois, aura dû, incompréhensiblement, indéfinissablement, déterminer une femme à sa propre chute. Oui, chez l'homme qui *veut* énergiquement l'une de nos pareilles, il existe une fascination — non pas entendue au point de vue moral, ni au sens figuré, — mais une fascination physique, comme celle du serpent sur l'oiseau, une attraction matérielle, comme celle de l'aimant sur le fer. Pour me soustraire à ce genre d'action dont j'étais l'objet, il aura donc fallu que le centre de moi-même, le cœur de mon âme,

fût brusquement déplacé, reculé hors la portée de l'élément qui m'impressionnait irrésistiblement. C'est à cela que servit, sans retard, l'intervention de Saint-S.

Je n'accuse M. Marfaux d'aucune sorcellerie ; et, que je sache, il n'a rien de vipérin, pas plus que je ne prétends m'assimiler à une fauvette. Je reconnais simplement qu'il était en train d'exercer son pouvoir d'homme, au regard d'une femme. Mais, bien que n'ayant pas de juste reproche à lui adresser, il m'est advenu, à l'improviste, de n'avoir plus pour lui qu'une étrange animosité. Je me trouvais dans l'état d'une personne qui, reprenant — à temps — sa connaissance, eût repassé en un éclair ce qu'on lui avait fait déjà dire et admettre d'illicite, ce que l'on allait la pousser abusivement à commettre pendant un sommeil artificiel.

Vous concevez bien que je ne suis pas entrée dans tous ces commentaires auprès de M. Marfaux. A peine vaudraient-ils quelque chose en leur forme d'Essais de bonne foi sur soi-même, dont une petite amie se permet de fatiguer, sans doute, une grande amie. Mais cela n'eût pas édifié un interlocuteur partial et intéressé, un adversaire que je voyais, du reste, prêt à tout contredire et à rien admettre. Je me séparai donc de… mon magnétiseur, selon la façon qui me parut devoir être la plus insignifiante : sans explication en lui épargnant ainsi qu'à moi les agacements d'une dernière entrevue. Quoi qu'il ait pu penser de ma conduite, je l'estime plus sensée, et peut-être aussi moins cruelle, que si j'avais risqué d'engager avec lui une sorte de dialogue de Babel, où subitement nous aurions eu la confusion réciproque de ne plus du tout parler le même langage.

Et ceci réglé, vous concevez maintenant quelle était la violence de mon émotion, lorsque j'atteignis à cette villa des Ifs Lunés, qui est un castel du type le plus confortable et le plus coquet, dans un bois d'oliviers, de lauriers-roses et de cyprès. Aussi ne fus-je pas fâchée, au milieu de mon trouble, en débarquant, d'avoir tout d'abord ce répit d'être en somme reçue, non point par quelqu'un de mes hôtes, mais par le valet de chambre de M. de Courlandon, qui me demanda si je voulais être menée auprès de celui-ci.

Ce fut ainsi que, en pénétrant dans le refuge du malade, dans un unique coup d'œil, je re-

au-devant de moi. Ses premiers mots consistèrent à m'apprendre qu'un mieux considérable s'était produit dans la santé de mon mari, et c'était surtout de m'annoncer cette amélioration qu'il avait l'air le plus gêné, comme si j'eusse pu prendre en mauvaise part que, d'après cela, l'on m'eût donc bien lestement dérangée d'où j'étais.

René chéri avait couru se faire embrasser par son père qui ébaucha, pour me tendre la main, un quart de geste si équivoque que je me jugeai au moins autorisée, sinon invitée, à ne m'en être pas aperçue. Mais j'avais toutefois discerné combien le malade était lamentablement amaigri, puisque

vis à la fois mon mari et Saint-S., comme deux têtes sous un même bonnet. Je ne saurais définir la mine que je devais avoir. Saint-S. était très rouge; et l'autre, très pâle.

Le maître de la maison, qui avait adopté vraisemblablement cette attitude d'un dévouement de toutes les minutes à son ami, afin de n'être point seul au moment de supporter le choc de mon arrivée, vint alors

MAIS J'AVAIS TOUTEFOIS DISCERNÉ COMBIEN LE MALADE ETAIT LAMENTABLEMENT AMAIGRI.

le faible mouvement qu'il s'était donné avait fait rouler son alliance de ses doigts. Et ce fut notre fils qui courut la ramasser par terre, et qui la lui remit en faisant le petit fou.

Il convient, néanmoins, de porter à votre connaissance que le médecin, avec qui j'ai eu l'occasion de converser depuis lors, ne témoigne plus d'inquiétude. Il considère que son client est à présent tiré d'affaire, et qu'il s'en remettra tout à fait, à condition de ménager sa constitution pendant longtemps encore. Cet excellent docteur avait le sous-entendu très décemment clair, et la réticence fort indicative. Je ne pouvais cependant pas lui répondre combien ses recommandations eussent été mieux placées, dans l'oreille de l'amirale X..., de la chanoinesse de Z..., ou d'autres quinquagénaires, dont M. de Courlandon a toujours goûté l'entretien, pour leur érudition qui est, paraît-il, notoire, et que, dès les premiers temps de mon mariage, je l'ai vivement dispensé de m'inculquer, à un degré quelconque.

Mais, en dépit de toutes mes digressions, je ne puis perdre de vue, chère grande amie, que c'est spécialement sur le chapitre de Saint-S. où je suis attendue par votre affectueuse curiosité. Je serais même portée à dire que vous m'y guettiez avec un peu de malice, si je ne me sentais là une tendance inique à rejeter sur votre compte mon propre embarras pour aborder ce sujet.

Ah! contentez-vous des déclarations les plus sommaires qu'il m'est possible de fournir en cette matière; comprenez-moi d'y chercher toutes les échappatoires. Ne vous lassez point de ce que vous appellerez peut-être ma perpétuelle inconsistance; et, je vous en prie, assistez-moi davantage, à mesure que je vous semblerai de moins en moins savoir ce que je veux au monde.

Et pour commencer, dites? ne connaissez-vous pas aussi bien que moi cette sensation appauvrie qu'il y a, plus tard, à revoir les choses dont on s'était émerveillé la vue, quand on était petite? On avait, par exemple, gardé l'impression d'un vaste paysage, toujours rectiligne, dont toute la composition s'imposait indiscutablement à nos esprits encore vides de ressource critique et, de cela, béants pour admirer. Et voilà que, par la suite, le souvenir primitif se heurtant contre une remise en présence des lieux, on les soupçonne d'avoir changé, d'avoir laissé déranger leur harmonie, rétrécir la place, abaisser la colline, rabougrir les arbres, tordre la rivière, évoluer à gauche les emplacements de droite, et réciproquement. Puis on n'a plus qu'à donner tort à sa mémoire et à se soumettre à la réalité.

Existerait-il donc un âge, au cours de l'existence, où l'âme ait une assez rapide croissance pour qu'un bien minime espace de temps — moins de quatorze mois! — lui suffise à être devenue une tout à fait grande personne, de petite fille qu'elle aurait été naguère? Pour ma part, je suis, à présent, en demeure d'admettre que certains événements peuvent provoquer à un pareil développement des facultés.

L'enthousiasme puéril que j'avais apporté à reprendre contact avec Saint-S. n'a pas eu de durée. Les sentiments qui pétillaient en moi, qui demandaient à en éclater, ne m'ont donné qu'une trop prompte mousse de bonheur.

Mais je ne trouve que des raisons frivoles à articuler pour ce que j'ai pourtant ressenti bien au fond. Vous vous indigneriez si j'objectais que le héros du roman dont j'ai versé tant de larmes, a rasé sa belle barbe, pour notre épilogue, et que sa figure d'aujourd'hui n'est plus la chère figure de bon lion qui m'a si bien appartenu jadis. Sans doute m'aura-t-il désenchantée surtout en se comportant absolument ainsi qu'il devait le faire, au lieu d'être je ne sais comment?

Quelle suite d'émotion aurais-je donc exigée de sa vie nouvelle?... Qu'il en fût très malheureux?... Peut-être... Ou bien très heureux? Ma foi, oui, plutôt! Or, il est content, il est paisible, il n'est nullement malheureux de n'être pas heureux. Timoré au début, à mon égard, il a, depuis, adopté, pour moi, les mêmes allures de convenance qu'il observe identiquement envers sa femme. Mais c'est en n'aimant plus René chéri qu'il s'est inconsciemment trahi le mieux, pour moi, de ne plus rien aimer du passé.

Tout à l'heure, il s'était installé à mon côté, tenant son bébé dans ses bras ; et il devint si enfantin d'absorption paternelle, que ce fut plus fort que moi de le laisser gazouiller avec ce symbole de sa vie nouvelle. Je m'enfuis dans le parc, emmenant mon cher petit garçon adoré, et un peu toute douloureusement fière de pouvoir échanger de la tendresse pensive et déjà presque grave avec ce qui désormais était ma vie à moi.

D'autre part, il ne m'a pas été pénible de faire la connaissance morale de Mme de Saint-S. C'est une gracieuse personne. J'ai cru surprendre, dans ses narines, qu'elle devait être jalouse, à la manière dont, tout de suite, elle m'a flairée. Ce n'est pas que je lui prête une intuition exceptionnelle ; mais je suspecte ce que les nouveaux maris peuvent dire à leur femme sur leurs amies de la veille, qu'ils lui ont présentées. Et les jeunes épouses, encore ulcérées par les premières barbaries nuptiales, doivent poursuivre le sauvage plaisir d'apprendre au moins de qui elles possèdent la dépouille.

En définitive, je ne remporterai, de ce coin de Provence, qu'une vraie petite satisfaction ; et elle est, je le crains, de grosse méchanceté. Je n'ai pu me retenir de chercher s'il y avait un certain sens — que je vous laisse à deviner — dans les regards dont Mme de Saint-S. gratifie couramment celui qui a le devoir de lui donner toutes les joies de ce monde. J'aurai la pudeur de ne point vous détailler les soins méticuleux avec lesquels j'ai étudié les attitudes de la dame, les reflets de sensations sur son visage, le langage mimé que toute sa personne pouvait parler ou taire à mes yeux, dans le voisinage de son mari. Eh bien, je crois être en mesure de certifier qu'aucun *sens* caché n'est à lire entre les lignes de ce corps, qui met toute sa rondeur à ne rien exprimer de plus que de la pure bonhomie conjugale. Ainsi, les sacrements n'auraient donc même pas eu la vertu de catéchiser Saint-S. ; et il continuerait de mériter ce titre de « maladroit », dans lequel vous

l'avez résumé pour la première partie de sa carrière, en célibat.

Ce voyage aura, du moins, profité à René, dont j'ai la consolation qu'il est à s'ébattre, à cœur-joie, sous ce soleil du Midi qui, à cette époque de l'année, nous fait, à nous autres arrivants du Nord, une chaleur de résurrection. Et c'est l'appréhension de ramener ce bon petit vers les brumes de Pontarmé qui m'a déterminée à prolonger, jusqu'au commencement de la semaine prochaine, les quelques fonctions apparentes de sœur de charité que j'ai dû affecter auprès de M. de Courlandon, et dont celui-ci n'a d'ailleurs que faire.

Votre bien respectueusement affectionnée,

ANNA DE COURLANDON.

XXXVII

Madame Vanault de Floche à Madame de Trémeur, Hôtel des Étrangers, à Salies-de-Béarn.

CHATEAU DE PONTARME
Par Chapelle-sur-Esve
INDRE-ET-LOIRE

29 *octobre* 1892.

Je ne trouverais pas en moi la force de t'écrire si je n'en avais point le devoir absolu envers toi.

J'ai ma lettre.

Allons, oui ! je l'ai regagnée, comme tu ne diras sans doute pas que tes raisonnements se soient abstenus d'y aider, autant que c'était en ton pouvoir. Ton excuse, c'est que tu ne pouvais pas, grand Dieu ! concevoir toutes les ignominies du joug sous lequel tu me poussais !...

Enfin, je suis donc sauvée, et même encore vivante ; et, plus tard, le courage me reviendra, sans doute, de me regarder à nouveau dans une glace. Mais il paraît que je ne suffisais pas à payer deux rançons : et ta lettre, à toi, malgré mes prières les plus DÉVOUÉES, on a refusé de me la rendre, à moi.

Si tu veux la ravoir, je suis chargée de te prévenir qu'elle est maintenant remportée à Paris. Tu sais à qui t'adresser. On attend impatiemment que tu indiques l'endroit et le moment — tu as là-dessus le choix — où tu entendrais exercer le moyen personnel de réclamation qui, en revanche, t'est désigné.

Françoise, tu n'aurais jamais su que j'ai fait ce que j'ai fait, si je n'avais eu cette mission de t'avertir, si je ne m'étais résignée à te préparer, moi-même, à

t'abreuve pas. N'est-ce pas toi qui m'as enseigné, dans des termes que j'ai pesés, syllabe par syllabe, à éviter les fureurs de mots par lesquelles on fournirait à l'autre un motif « d'écœurement superflu », pour l'heure que les « réflexions » peuvent faire accepter.

Je te plains comme tu m'as plainte, et encore plus vivement : car si vieille que je puisse devenir, je n'aurai jamais l'existence assez longue pour oublier ce que je viens de connaître, et ce dont on te propose, par mon intermédiaire, d'avoir à te souvenir !

Une épreuve de ce genre rend pour longtemps ombrageuse. On en est devenue un peu une bête, qui ne comprend pas pour-

J'AI HORREUR DE CEUX QUE J'AIMERAIS AIMER.

ton malheur. Je t'aurais plutôt raconté des mensonges ; ou même je me serais tue envers toi, toujours, quitte à ne plus te donner jamais de mes nouvelles.

A ton tour de décider ce qu'une femme, m'as-tu dit, ne peut pas décider pour une autre.

Ma pensée, ma main se refuseraient à un récit... oh !... dont tu as soif, peut-être ? mais dont il vaut pourtant mieux que je ne

quoi ni comment il lui a fallu ainsi pâtir. Je détesterai peut-être toujours tout le monde, de ce que personne n'en aura pu me secourir. J'ai horreur de ceux que j'aimerais aimer ; et, toi-même, je crois te haïr autant que, en ce moment, je me hais de sentir que c'est moi qui suis moi.

Adieu !

V°.

* * *

XXXVIII

Le baron Munstein au prince de Caréan-Priolo, à Sorrente (Italie).

Paris, 30 octobre 1892.

Prince,

Je me suis empressé de communiquer à ma

Prince, que n'avez-vous été là pour prendre paternellement votre part des joies

fille la demande que vous m'avez fait l'honneur de m'adresser, et sur laquelle c'était à elle qu'il appartenait de se prononcer.

Son premier mouvement — qui me paraît digne de vous être cité en ce qu'il vous initiera un peu à la nature de ma Flore — fut de me prier de mander votre fils. Elle voulait que ce fût lui qui, tout d'abord, reçût d'elle sa réponse solennelle, dont je pense ne pouvoir donc vous rapporter le sens par aucun moyen meilleur que celui de ce détail.

PRINCE, QUE N'AVEZ-VOUS ÉTÉ LA POUR PRENDRE PATERNELLEMENT VOTRE PART DES JOIES QUI RAYONNÈRENT DE CETTE SCÈNE INGÉNUE !

qui rayonnèrent de cette scène ingénue ! Vous auriez senti, comme moi, combien c'est encore un bon âge de la vie que le nôtre, puisqu'on y peut recouvrer ses plus grandes émotions de jadis, devant un immense émoi d'autrui, devant ce trouble surnaturel où l'on voit s'exalter des créatures de notre élection !

J'entends rendre un hommage à votre fils, et non pas céder à une vanité envers ma fille, en vous confiant le souci qui commençait à me venir de ce qu'elle refusait si légèrement les partis les plus illustres ou les plus opulents dont on n'a point cessé, tour à tour, de me multiplier les offres à son sujet, depuis sa plus tendre nubilité. Avec un dédain plausible pour tout enrichissement, je lui attribuais une aversion déplacée contre les avantages nobiliaires, jusqu'au jour où elle m'a prouvé, en acceptant le prince Silvère, que c'était la qualité foncière de la personne qui, seule, lui importait chez son futur époux.

La plus rare sympathie me portait déjà vers celui qu'elle devait choisir, avant que j'eusse éprouvé ce qu'il restera désormais de tout à fait cher pour moi.

En outre du nom que vous lui transmettez, je considère comme un autre bien non moins précieux, cette fleur de santé dont vous avez achevé de constituer le patrimoine. J'en augure merveille pour cette postérité de nos enfants, à laquelle il vous plaît de déterminer déjà une sorte de caractère et de fixer sa qualité ; et je reconnais, après vous, que la tâche noble, par excellence, est celle de la progéniture.

Combien de générations ne faut-il pas, en effet, dans les familles de mon espèce, pour qu'un individu s'y rencontre par hasard qui sache, à mon exemple, gagner le rang d'où l'on traite sur le pied des grands de la terre ? Pour mon compte, je suis le premier et le dernier, hélas ! des barons Munstein.

Au contraire, comment n'admirerait-on pas, dans la suite de vos aïeux et jusque dans votre descendance à venir, cette sécurité héréditaire de chacun des vôtres, pour qui le fait de donner le jour à un mâle, en tout temps et chaque fois, suffise à également faire un prince de Caréan.

Veuillez, prince, agréer mes respects et ma parole de notre bonne entente sur tous les points possibles.

MUNSTEIN.

* * *

XXXIX

Madame de Trémeur à Monsieur Le Hinglé,
112, avenue Marceau, Paris.

Salies-de-Béarn. — Dimanche soir.

Chéri adoré, c'est encore toi, comme toujours, qui avais raison ! Je reçois, à la minute même, la confirmation abracadabrante de ce que tu m'avais pourtant prédit, quand, au lieu de t'en croire, je me fâchais sottement de cela.

Cette malheureuse misérable de Vanoche m'apprend que son Munstein a décrété de s'attaquer à moi, maintenant qu'il a fait d'elle ce qu'il a voulu. Ce bandit est à présent rentré à Paris, paraît-il ; je suis tenue, paraît-il, de lui fixer, à bref délai, le rendez-vous sans lequel les preuves qu'il a saisies contre moi ne me seront pas restituées. Oh ! mon mignon tout puissant, toi qui sais tout d'avance, toi qui es capable de tout, je m'en remets à ta force pour inventer ce qui va sauver ta petite !... Oui, n'est-ce pas ? je n'ai plus à m'occuper de rien ; tu vas effectuer le nécessaire. Je t'embrasse pour que tu trouves, au besoin, l'impossible ; je t'embrasse jusqu'au fond de toi, où il y a cet abîme de tant d'idées et de choses sombres, dont j'ai si souvent peur, avec des jouissances de vertige.

Mon chéri, tu n'auras pas attendu ce jour pour sentir que je ne suis pas une Vanoche numéro deux !... A vrai dire, le parti que, sous ta direction, je lui ai à peu près conseillé — et qu'elle a personnellement adopté, — c'était encore le mieux pour elle, puisqu'elle était hors d'état, la pauvre ! de subsister avec ce sentiment perpétuel que le ciel est sur le point de vous tomber dessus. Car c'est là une perspective à laquelle je ne suis pas encore tout à fait habituée moi-même, après mes années cependant de bravades avec toi, dans une atmosphère d'amour où il y a aussi de la mort. Et Dieu sait pourtant que j'ai, moi, tes douces caresses, tes violences bien-aimées pour m'engourdir, pour m'aguerrir ; et c'est en me nourrissant de ta voix, en respirant tes regards, que peu à peu je m'acclimate à vivre sous une catastrophe. Ah ! cette lamentable Vanoche ! que ne puis-je, en ce moment, la chapitrer, elle qui est si docile à la corvée régulière, avec un mari dont c'est le mot de dire qu'il lui est si absolument égal, au lieu de lui faire l'effet qu'elle sente rencontrer et aimer dans un autre le meilleur de sa propre chair ! Mais n'est-ce pas la première fois que, dans le cours de ce qui est, selon moi, sa prostitution conjugale, elle aura au moins

TU CHOISIRAIS UN NID D'HOTEL QUI SE NOMME « PETIT CHATEAU DE GASTON PHŒBUS ».

obéi à une inspiration supérieure, à un mouvement moral, en s'en allant passer par la tente d'une espèce d'Holopherne — à qui toutefois elle aurait joliment bien fait de couper la tête après, pour ma tranquillité! Non, je ne plains pas Vanoche : l'acte auquel elle vient de se prêter n'aura rien eu de plus servile que de tous ceux de sa coutume; et il lui aura demandé — et même donné, ma foi! — une sorte de grandeur d'âme.

Dis, trésor, ce Munstein est donc fou d'avoir dans la tête que quelque chose de moi puisse être pour lui, alors qu'il s'est vanté de me savoir à toi, comme je t'en informais l'autre jour, quand nous nous entretenions de ses menées inqualifiables, dont mon amie me semblait si bien être le but unique? Le fou! le fou! Le fou dégoûtant!... Mais il est dangereux aussi; et heureusement que Glé-Glé est là pour m'en préserver. Je voudrais deviner ce que tu vas entreprendre. Est-ce qu'il n'y a pas moyen de recourir à la police? C'est tout ce que j'ai encore imaginé, à moi seule; mais je n'ai l'orgueil que d'être la toute petite chose de tes bons plaisirs, et tu es ma vraie pensée, toute ma volonté et mon espoir en tout.

Et jeudi prochain, tu ne l'oublies pas, hein? chéri aimé! J'ai ta parole que tu vas arriver près d'ici, auprès de moi; tu te rappelles comment tu me l'as donnée, dans un baiser d'adieu, puisqu'il fallait se résigner encore une fois à une séparation de quelques jours.

Vas-tu bien vouloir être tout à fait gentil?... Oh! mais gentil, gentil!... Ce serait de ne pas prendre Biarritz, comme on l'a d'abord décidé, pour m'y faire ton amour de visite. Mon loup, on y est exposé, parci, par-là, à rencontrer quelques gens dont on pourrait être gêné. Et puis, c'est un endroit où il y a, encore, à cette époque, un casino où l'on joue, et une ou deux bandes d'Espagnoles qui te paraîtraient peut-être beaucoup plus belles que moi.

Du moment que, à cause de fillette, nous avons reconnu que tu ne devais pas loger dans un hôtel de Salies, je connais une retraite où je serais bien touchée que tu y vinsses faire ta neuvaine de m'aimer. Tu t'ennuierais là, comme un bon petit

saint adoré, pendant le temps sans la moindre ressource, où il me serait impossible de rester en ta compagnie. Oh! que je t'en aimerais! Et déjà j'éprouve en moi des choses qui ne pourraient pas manquer de te récompenser au delà de l'imaginable.

Alors, tu descendrais donc dans la ville d'Orthez, toute voisine de moi; et tu choisirais un nid d'hôtel, qui se nomme « Petit château de Gaston-Phœbus ». C'est par une excursion de cet après-midi même que je me suis ingérée d'aller le découvrir, sous les guirlandes de vigne vierge dont il est, à cette heure, splendidement cramoisi.

N'ayant plus, depuis longtemps, à ménager, hélas! l'ignorance de ma femme de chambre à notre sujet, je compte, du moins, sur son adresse pour aider à mes absences, pour enjoliver les prétextes comme en exige à présent Irène. Moi je ne sais les donner à cette pauvre petite qu'avec une gêne ou une sécheresse dont j'ai tout de suite envie de pleurer.

Enfin, enfin, est-ce bien vrai que chaque chose dans la vie puisse advenir à son heure? Et cette passion d'être avec toi dans un lit, depuis un soir jusqu'à un matin, est-ce Dieu possible qu'elle soit à la veille d'être réalisée, quand après des années si longues de souhaits et de déceptions, je finissais par la croire irréalisable!

Chéri, chéri, le Gave passe, avec son bruit torrentiel, sous les fenêtres de l'endroit qu'il faudra que nous habitions. Mais, va, il y aura dans mon être un tel tumulte que ce serait moi-même qui nous empêcherait encore le plus, tous les deux, de dormir, si le sommeil ensemble n'était pas pour nous une nouveauté d'amour que nous saurions nous forcer à faire, comme la plus tendre et la plus délicieuse des dépravations. Après n'avoir été, durant nos plus chères entrevues, qu'une maîtresse hâtive pour mon maître charmant, je brûle, dès aujourd'hui, d'une fièvre dont je ne m'apaiserai que dans cette extase inconnue de me sentir devenir ta femme, sous cette consécration de la nuit qui seule rend époux.

O mon fiancé, mon petit mari de bientôt, sois fidèle à la date fixée pour notre première nuit de noces! En m'apportant la suprême joie de t'avoir; apporte-moi aussi l'affranchissement du souci que je te confiais tout à l'heure, et dont tu ne voudrais pas permettre que je pusse être soudain réveillée vilainement dans le bonheur de tes bras. Viens vite, que j'écoute et que je mange sur tes lèvres comme quoi personne ne peut rien me faire au monde, et que toi, tu peux faire de moi tout ce que tu veux, éternellement.

FRANÇOISE.

XL

Monsieur Guy Marfaux à la vicomtesse de Courlandon, villa des Ifs Lunès, par Draguignan.

Paris, 31 octobre 1892.

Madame,

J'ai quitté le château de Pontarmé, d'où j'emporte tant d'agréables souvenirs et le regret, qui pourtant les gâte tous, d'avoir été empêché par votre départ précipité de mettre la dernière main à l'œuvre que vous aviez daigné me poser, avec presque autant de complaisance qu'un modèle de profession.

Pendant toute une journée, après que vous n'avez plus été là, je suis resté encore dans la contemplation du tableau, m'efforçant d'y retrouver toute votre ressemblance. Et ma peine a été bien vive de n'avoir obtenu qu'un résultat relatif, quand, enhardi par d'heureux antécédents, et dans la sincérité de mon zèle, j'étais en droit d'espérer le succès absolu.

PENDANT TOUTE LA JOURNÉE, JE SUIS RESTÉ ENCORE DANS LA CONTEMPLATION DU TABLEAU

A vos pieds, Madame, je m'accuse de n'avoir pas disposé de toute la maîtrise qui aurait convenu à la nature du sujet. Avec une rapidité d'exécution moins nerveuse et la poussée d'un talent plus robuste, je pourrais probablement me flatter aujourd'hui d'avoir satisfait votre goût, ou la modestie du mien. Du moins j'aurais eu besoin d'une séance de plus. Tout pesé, je crois qu'elle m'aurait suffi ; et vous m'aviez, Madame, permis d'y compter.

Votre éloignement inopiné m'a réduit à reconnaître que ma tâche était finie, sans que je la sentisse, à proprement dire, achevée. En effet, il me semble que je gâcherais ce qui reste, en somme, de fait, si je voulais tenter une reprise sur une physionomie aussi particulière que la vôtre, d'un caractère aussi difficile à déterminer, surtout une fois qu'il a été lâché.

Veuillez entendre, Madame, avec quel respect je demeure toutefois à vos ordres, pour les retouches que vous pourriez désirer encore, et notamment si votre sens de l'esthétique souhaitait, un jour ou l'autre, me faire ajouter à mon étude sur votre admirable personne ce que, en terme de peintre, j'appellerai le coup de fion.

GUY MARFAUX.

*
* *

XLI

Monsieur Le Hinglé à Madame de Trémeur, Hôtel des Étrangers, à Salies-de-Béarn.

Paris, le 2 novembre 1892.

Mon amour,

Je vous bénis de toute mon âme pour les immenses joies que je vous dois. C'est par vous seule que je connais ce que la vie peut contenir ou donner de bon. Et le premier véritable service que vous m'ayez demandé, voilà qu'aujourd'hui j'ai le bonheur d'avoir pu vous le rendre. Je vous remets, dans ce pli, les pages dont la possession vous refait complètement maîtresse de vous-même. Comment elles ont repassé dans mes mains, je vais vous le dire pour qu'il

ne subsiste plus en vous rien de troublant ni d'équivoque de ce côté-là. Mais encore, merci ! Merci de la tâche heureuse que vous avez eu l'inspiration de me confier pour votre bien. J'en reste sur une impression d'amant triomphale.

Avant-hier, au reçu de votre lettre, dont la plainte était si pénétrante, mes perplexités furent vives. Mon premier mouvement, c'était d'aller carrément trouver Munstein. Mais il pouvait ne point me recevoir, éventer, dans ma démarche, une intention bien naturelle chez moi d'intervenir entre vous et lui. Et puis, sur son terrain, dans son hôtel, je lui sentais une force instinctive dont il valait mieux l'avoir, avant tout, dépouillé. Je ne m'arrêtai pas à l'idée de le rencontrer comme par hasard dans son chemin, car c'était vraisemblable qu'il n'aurait pas alors sur lui ce que j'avais à lui reprendre ; et tout serait aggravé sinon perdu, si je le laissais partir sans lui avoir arraché les crocs, en l'état où le mettrait le colloque que nous aurions eu.

Or, il vous faut savoir que, au moment dans lequel votre tendresse m'a saisi de cette grosse question, j'étais juste en train de faire un tri de mes papiers. En méditant, mes yeux tombèrent sur le cher monceau, si petit et si grand, de tout ce que vous m'avez écrit. Il y avait là une carte de vous, qui me parut aussitôt providentielle. Là-dessus, vous aviez crayonné ce rendez-vous :

« Pour une seule journée à Paris, hôtel Stuart. Je vous attendrai à trois heures. Montez sans me nommer, à l'appartement 11, au second. Mercredi. »

Vous ne l'avez pas oublié, n'est-ce pas, cette circonstance si vivante encore, quoique lointaine maintenant ? Vous aviez, le matin même, laissé votre maison à Houlgate ; et, le soir, vous filiez vers la Bourgogne, pour assister à un accouchement de votre sœur. Jusqu'alors, vous n'avez pas consenti à venir chez moi ; et, dès lors, vous avez senti que désormais vous seriez déjà chez vous, la première fois que vous voudriez bien m'aller voir. Oh ! le beau souvenir ! et qu'il ressemblait peu aux soucis de l'heure présente !

Cette carte — dont il était loisible à

IL HAUSSA FURIEUSEMENT
LES ÉPAULES. JE MIS L'ARME
AU POING, ET J'AJOUTAI...

Munstein de contrôler l'authenticité avec le spécimen qu'il détenait de votre écriture, — je résolus immédiatement de l'employer en guise d'appât. L'indication de jour qu'elle portait m'obligeait à vingt-quatre heures d'attente, mais s'adaptait à aujourd'hui. Néanmoins je me conditionnai sans retard une malle, en la bourrant de façon à ce qu'elle eût un convenable poids. Et je me fis vite transporter avec mon bagage à l'hôtel Stuart, pressé de courir la chance que l'appartement 11 fût vacant. Je ne pus avoir que le 14 ; mais il était également au second, et deux petits traits me suffirent pour falsifier votre texte d'une manière satisfaisante.

Ce matin, je plaçai la carte sous une enveloppe, que je déplorai bien un peu de laisser sans suscription. Mais cela pouvait passer, à la rigueur, pour l'excès de la prudence, chez une femme traquée et désireuse de réduire au strict nécessaire les traces de son action. Ensuite, je chargeai du message un commissionnaire, en lui donnant verbalement le nom, l'adresse du destinataire, et l'instruction de s'assurer que celui-ci était à son domicile, et que la recommandation de n'avoir affaire qu'au concierge, dont il n'y avait point d'interrogatoire à normalement appréhender. D'ailleurs, je suivis mon agent, à distance. Je le vis franchir la grille du quai de Billy, et presque tout de suite ressortir, me faisant signe que la commission était faite.

Bien avant l'heure fixée, j'étais établi à mon poste, c'est-à-dire dans la chambre à coucher où l'on n'accédait qu'après avoir longé le salon, qui était de la bonne longueur pour rendre quelque peu longue... assez longue... toute retraite par là, même pressée, dont on s'aviserait éventuellement.

J'avais groupé de lourds fauteuils autour d'une table massive, par-dessus laquelle je devais être ainsi en position pour causer, séparément, et pour... envoyer ce qu'à la fin je pourrais peut-être avoir à ne pas envoyer dire. Cela fait, je baissai les grands rideaux des fenêtres. Et, pendant longtemps, j'attendis, tout debout, dans l'obscurité, que mes yeux s'exerçaient petit à petit à percer. Oh! ce fut très long! Un

pigeon venu sans doute d'en face, envolé des Tuileries, s'était perché sur l'appui du balcon ; et, en écoutant son roucoulement sinistre de monotonie, inexorablement doux, il me semblait y entendre un accompagnement de ma pensée.

A force de patienter, et gêné par son poids dans ma poche, j'allais en ôter mon revolver, quand on frappa.

J'étais, vous le savez, trop éloigné de la porte donnant sur le couloir pour qu'une articulation de moi y parvînt avec le caractère d'une voix plutôt que d'une autre. Je fis le murmure qu'il fallait.

On ouvrit la serrure, on la referma ; et des pas approchèrent sur le tapis du salon.

— « Peut-on entrer chez vous ? » demanda-t-on avec rondeur.

C'était l'homme, c'était bien lui ! Mon cœur bondit, d'un plaisir violent ; mais je ne répondis que par une toute petite toux. Cela contenta.

— « Diable ! reprit-il de plus près, comme on s'est mis en noir par là !... Il ne faut pas avoir si peur... Hé ! je ne suis pas venu pour ne pas vous voir ?... Au moins, guidez-moi ! » dit-il en franchissant le seuil de la chambre.

Je retenais ma respiration. Moi, je discernais Munstein. Il se dirigea vers le filet de jour qui filtrait entre deux rideaux un peu disjoints ; et, délibérément, il en tira le cordon. Pendant ce délai, j'avais clos l'issue de la pièce, et je m'étais adossé, là-contre. La seconde d'après, on était en pleine lumière et en tête-à-tête.

A ma vue, le visiteur eut un haut-le-corps et un juron. Ses joues devinrent écarlates, et sa poitrine se gonfla comme s'il y avait eu un bouillonnement de cris et d'appels qui ne pouvaient pas s'en échapper.

— « Un guet-apens ?... » bégaya-t-il.

— « Non : un règlement. Vous rapportez ici une lettre. J'y suis pour la réclamer. Exécutez-vous, et allez-vous-en. »

Il haussa furieusement les épaules. Je mis l'arme au poing, et j'ajoutai :

— « Autrement, vous ne vous en irez pas. »

Il faut que Munstein soit brave, car il avait déjà trouvé le temps de redevenir canaille. Je me sentais pourtant une amertume dans la gorge et un feu aux yeux qui ne devaient pas me donner la mine bonne.

— « Je n'ai point cette lettre sur moi... » répliqua-t-il.

— « C'est faux. Vous êtes un homme de Bourse, et je sais que, là, les plus éhontés de vos pareils s'astreignent à être corrects dans leurs opérations sur parole. Vous êtes prêts à faire votre livraison contre livraison. »

— « Eh bien! observa-t-il cyniquement, je n'ai rien palpé. Je ne dois rien. »

Et il affecta de vouloir gagner la sortie. Je ne lui barrai pas le chemin, me garant, au contraire, d'un corps-à-corps que sa stature et sa pesanteur auraient pu faire se terminer à mon désavantage. Mais, pendant qu'il portait la main au bouton de la porte, je lui dis :

— « Attention! Au moment où vous entrebâillerez le battant, je vous jure que vous recevrez une balle dans les reins! »

Il s'arrêta net, entendant que c'était vrai, et que, à nous deux, nous tenions chacun par moitié tout son destin au bout des doigts. Dans un brusque tour sur lui-même, il me fit tête en grondant. L'obstacle des meubles était entre nous. Il souffla rudement, réfléchit et reprit, à demi-voix, comme s'il eût parlé autant à lui qu'à moi :

— « Allons! tout ça, ce sont des fanfaronnades! Vous ne pouvez pas être sûr de me tuer sur le coup ; et il accourra du monde, avant que vous ayez eu le loisir de m'achever, de me fouiller, d'anéantir le sacré chiffon. La dame, par qui vous avez été aposté, ne vous a certes pas autorisé à faire du bruit, ni — je le souhaite pour vous — à vous faire guillotiner. Tant pis! on va bien voir, je vous quitte!... »

Il pivota, mais tout de même lentement encore, sur les talons. Je n'avais plus qu'un instant pour le convaincre, ou le tuer.

— « Un dernier mot! lui dis-je : ne comptez sur aucun ménagement de ma part: Je ne dépends plus de personne au monde, parce que, *tout à l'heure, de toute façon, je vais me brûler la cervelle.* »

Cette déclaration lui fit une secousse. Celui qui est devenu maître de sa vie, est,

effectivement, maître absolu de toute autre vie qu'il ajuste, à courte portée.

— « Qu'est-ce que vous me chantez là? » interrogea-t-il d'un air déjà tout ébranlé.

— « Je dis qu'à l'heure actuelle, je suis non seulement ruiné, mais aussi un homme taré, déshonoré, fini. On m'a surpris, l'autre nuit, à une table du club, en train de tricher, paraît-il ; et ce n'était pas la première fois, assure-t-on. Le comité a exigé ma démission immédiate. Je me suis réclamé de mes meilleurs amis : ils m'ont tourné le dos. Me voici dehors, de partout ; et, même dans la rue, si j'avais la lâcheté de survivre, mon plus humble salut serait un affront public à la femme pour les beaux yeux de laquelle j'ai tout mieux aimé que d'avoir un train d'existence déchu. En l'honneur d'elle, je vais disparaître, sans une ombre d'hésitation. Alors, quand son repos est menacé aussi par vous, si vous croyez encore que je peux avoir le moindre scrupule de vous abattre, alors... alors, c'est que vous êtes fou!... »

Durant ces paroles, Munstein était devenu calme, pensif ; il soupesait l'affaire. Le sens et le ton de mon argumentation ne lui laissaient point de ressource pour le contester. Il admettait que j'avais raison d'une façon écrasante, qu'il m'était impossible de perdre ma cause ; et, comme il ne s'entête jamais sur les mauvaises entreprises, il ne résista plus, il s'inclina. Avec la lettre, je n'eus point de difficulté pour lui faire restituer aussi la carte ; il se désintéressait, il se retirait complètement d'une combinaison où il était roulé.

— « Au revoir... » murmura-t-il encore. Mais c'était visiblement une manière de me demander s'il avait congé, s'il pouvait désormais me fausser compagnie, sans inconvénient.

Je lui répondis adieu, en lui montrant la porte, d'un geste qui le jetait loin.

Et maintenant, ma très chère âme, il vous faut savoir que tout ce que j'ai dit ainsi à cet homme, je n'en ai rien inventé.

C'était l'entière vérité des choses qui ont eu lieu, et de la chose qui va être.

Je ne vous demande pas pardon de ce

que j'ai commis. Ce serait une sottise, puisque, de tous les crimes possibles contre les
autres, il n'en est pas un dont l'aveu entre
amants ne serait quelque prétexte à des
baisers de plus.

M'expliquer à vous de ma conduite
passée et de ma résolution présente? vous
en devinez bien les motifs, vous ne les savez
que trop ! Et vous ne voudriez pas que je
me force à parler si inutilement, à l'heure
où le silence commence à s'imposer en moi,
de toute part.

Oui, nous nous serons aimés, sans préjugés, sans remords, avec une passion fauve
l'un pour l'autre. Seulement, nous nous
sommes toujours résignés à sentir que les
conventions de la société nous tenaient entre leurs barreaux. Alors, ce soir, c'est mon
tour d'avoir à en mourir, dans la cage, en
tournant vers vous le grand dernier regard... Et toi, regarde-moi faire, sans rien
tenter, sans rien dire, sans avoir l'air de
comprendre, en lionne.

                                        CLÉ.

*
* *

XLII

*La comtesse de Pontarmé à la marquise
douairière de Nécringel, à Sorrente (Italie).*

CHATEAU DE PONTARME
Par Chapelle-sur-Esve
INDRE-ET-LOIRE

                          5 novembre 1892.

Je ne me tiens pas, bonne amie, de vous
informer immédiatement du bienheureux
événement qui vient de s'accomplir en notre
faveur. J'en suis à cette heure tout emplie
de joie, quoique le courrier qui nous est arrivé ce matin ne soit pas exempt, à d'autres
égards, de nouvelles dont je pourrais être
bien attristée.

C'est au sujet de mon Anna que j'ai
tant à me réjouir. Quand elle s'est mise en
route récemment, nous étions d'accord
qu'elle allait faire un simple acte de présence aux derniers instants de son mari.

Et ce qui me consolait de cette si pénible
démarche pour elle, c'était la pensée que
nous touchions, du moins, au dénouement
de cette situation de femme séparée, dans
laquelle je ne me suis jamais résignée à
voir ma fille. Aussi, lorsqu'il me fallut ensuite apprendre que la santé de M. de Courlandon s'améliorait graduellement, mon
sentiment ne fut pas celui que l'on devrait
toujours avoir pour son prochain ; j'en fais
ici mon meâ culpâ. Je ne ressentis que de
la déception, puisque la rupture entre les
deux époux, avec le rétablissement de mon
gendre, redevenait une question aussi vivante que jamais.

Eh bien, bonne amie, au moment où je
croyais n'avoir plus qu'à recommencer de
me désespérer, voici que ma chère enfant
m'annonce son entente avec M. de Courlandon pour une reprise de la vie commune !
Quelle bénédiction ! Car c'est à l'inépuisa-
ble bonté de Dieu que nous sommes rede-
vables de cette solution si parfaite. Je rends
grâce aussi à ce brave petit bambin de
René d'avoir, sans nul doute, servi de trait
d'union entre un père et une mère tout à
fait sans reproche l'un vis-à-vis de l'autre,
et dont le seul grief est de n'avoir presque
jamais pu réciproquement se sentir. J'imagine encore que la bonne harmonie d'un
ménage en lune de miel, chez lequel vient
de s'opérer le rapprochement des Courlandon, aura été d'un excellent exemple ;
un peu d'émulation aura pu très bien piquer
Anna au jeu. Enfin elle va donc se retrouver
une femme comme toutes les autres dans la
société ; et le plus fervent de mes vœux a
été accueilli. Le seul souci qui pourrait me
rester encore, c'est de prévoir un rétour prochain de ces scènes perpétuelles, dans lesquelles M. de Pontarmé et moi nous nous
serons reposés un peu d'intervenir pendant
que notre gendre aura été absent de la famille.

Une si grosse surprise de bonheur occupe trop de place dans mon cœur, pour y
laisser toute celle que je devrais à l'infor-
tune d'amis dont vous-même, le mois passé,
avez eu la compagnie chez nous. Cette charmante Mme de Trémeur, par une fatalité que
je ne puis attribuer qu'à une méprise, a bu

tout le contenu d'un flacon de laudanum ; et, d'après les renseignements sommaires que nous avons, on la tient pour irrémédiablement perdue. Pauvre jeune femme! si digne de tenue, si louable à tous égards !

A son propos, j'ai eu à me révolter contre mon mari, même contre votre vilain Jean, à qui j'ai dit que c'était vraiment bien la peine d'avoir une mère d'aussi grande vertu que vous pour ne voir que des drames mystérieux ou du roman partout chez les femmes de notre monde, et toujours ne rêver que plaies et bosses conjugales. On était mal venu à vouloir me faire entendre des choses sur ce ménage, alors que je sors d'observer combien M. de Trémeur se frottait les mains de plaisir, en vantant à sa femme le bon effet dont leur séjour à notre Pontarmé le faisait se féliciter pour elle. Moi, j'entrevois tout bonnement là-dessous quelque affreuse négligence de pharmacien, quelque erreur d'étiquette qui, du moins, justifierait l'établissement d'une potence pour des espèces pareilles.

Les Vanault, maintenant partis, ont été les derniers hôtes à égayer le château de leur présence. Le mois entier dont la petite femme a profité ici, me parait avoir fini par la styler. Comme elle s'en allait, — et avec la liberté que je tire de mes cheveux blancs, — je lui déclaré qu'elle avait gagné le petit rien indéfinissable qu'il lui fallait encore pour avoir l'air tout à fait rompu à toutes les choses du monde. Elle s'est jetée dans mes bras, gracieusement rouge, avec une petite larme à l'œil, de contentement, bien entendu.

A présent que la colonie du château est réduite à sa plus simple expression, je pourrais bien craindre que votre fils ne s'y ennuyât un peu, s'il ne cherchait tout son agrément à être le plus adorable des maris, le plus adoré... et, dame ! le plus adorant aussi. Sur ce chapitre, je suis censée ne rien savoir encore de particulièrement précis. N'allez donc pas gronder Jean. C'est, d'ailleurs, du côté de Valentine que la raison devra finir par commencer ; ou bien alors à quel saint faudra-t-il les vouer ?

Hier, les Ruan se sont rencontrés, au château, en visite avec les Guébeurgué. Ils n'ont parlé que du scandale du Little Club, où l'on a dû se résoudre à exécuter un sportsman bien considéré jusqu'ici, M. Le Hinglé, dont les procédés au jeu avaient, depuis quelques jours, donné l'éveil. Quatre de ses camarades, de la plus haute honorabilité, ont eu le dévouement, quand il tenait la banque, de ne pas le perdre de vue pendant plusieurs soirées, se tenant les uns derrière son dos, les autres bien en face de lui ; ce qui les obligeait, dans le même temps, à lui faire d'autant meilleure figure et à le traiter avec un redoublement de cordialité extérieure. Enfin, le pauvre diable a été pris en flagrant délit ; et il n' pas tardé à se tirer une balle dans la tempe. Ce moyen, quoique coupable, était cependant ce qu'on pouvait lui souhaiter de mieux.

Avant de nous quitter, vous supposez bien que le baron Munstein nous a fait part, avec la plus vive satisfaction, des accordailles dorénavant officielles entre sa fille et le prince Silvère. Je n'aurais rien à vous apprendre sur ce mariage, dont vous-même, au début, avez été le bon génie, si je ne voulais vous confier une remarque qu'il vous appartiendrait de livrer à la sollicitude du prince de Caréan-Priolo, au cas où, toutefois, vos causeries de longue amitié avec lui auraient le degré d'intimité qui vous permît de toucher à un point de ce genre. Je dois donc dire que Mlle Munstein ne témoigne pas encore ce zèle de catholicisme d'ordinaire si édifiant, à l'époque de leur mariage, chez les personnes qui ne sont point nées dans une complète orthodoxie. Ce détail a sa grande importance pour la solidité de l'union qui s'apprête, car il ne m'a point échappé que le jeune futur était, pardessus tout, un esprit croyant et religieux.

Quant au baron Munstein, il m'a, naturellement, laissé l'impression d'un gros bonhomme, très bon papa en tant que père, et même très bon enfant avec les tout petits, ainsi qu'il a le don de se mettre à la portée de chacun. Il a beaucoup inspecté les tenants et les aboutissants de notre domaine, dont M. de Pontarmé, depuis longtemps déjà, déclare la charge de plus en plus lourde, dans ses marottes de bon administrateur et de bon chef de famille. Mon mari ne m'a pas témoigné encore l'intention qu'il pourrait, à l'occasion, se défaire de son château ; mais, en tout cas, le bon sens indique qu'une affaire avec un homme aussi richissime que le baron, forcément, serait toujours bonne.

Voici, chère amie, tout ce qu'il me semble avoir aujourd'hui à vous écrire, pour vous retracer une physionomie exacte des circonstances ou des personnes dont vous êtes loin, et qui peuvent vous intéresser.

Je vous ai exprimé, dès ma première ligne, combien j'étais radieuse du résultat qui était enfin acquis, pour la bonne appa-rence des nôtres. En terminant, j'y reviens encore, de tout mon cœur. Une fois de plus exaucée par le ciel, je le remercie de nouveau pour la grâce qu'il me fait de vieillir sans la moindre altération dans mon caractère. Ah ! plaignons ces esprits malveillants (si vraiment il y en a de sincères), qui se refusent à regarder la vie telle que je la sens, pourtant, si facile à voir ! C'est-à-dire, bonne amie que j'embrasse, un temps où l'on a le bonheur de faire son salut, au milieu de bonnes choses, avec de bonnes gens.

OURLAS-PONTARMÉ.

TABLE

MODERN-BIBLIOTHÈQUE

PRIX DU VOLUME { Broché . . . . . . 0 fr. 95
Cartonné . . . . 1 fr. 50

Pour paraître le 1ᵉʳ Juillet 1907

LA

CONFESSION D'UN AMANT

Par Marcel PRÉVOST

Illustrations d'après les aquarelles de G. Conrad
et huit hors-texte en couleurs

Il paraît un volume au commencement de chaque mois

Imp. WELLHOFF et
Roche, 55, rue du
mont. Levallois-
Perret. Tél. 542-71.

www.ingramcontent.com/pod-product-compliance
Lightning Source LLC
Chambersburg PA
CBHW060817250626
47162CB00005B/1835